JN059885

悲劇の元凶となる最強外道
ラスボス女王は
民の為に尽くします。7

悲劇の元凶となる最強外道ラスボス女王は民の為に尽くします。7

天壱

illustration 鈴ノ助

ICHIJINSHA IRIS NEO

CONTENTS

Charcters

プライド

フリージア王国の第一王女。
八歳で前世でプレイした乙女ゲーム
『キミヒカ』のラスボス女王に
生まれ変わっていたことに気づいた。
攻略対象者の悲劇を未然に防ぎ、
国や民の為に尽くすことを決意する。
頭脳と戦闘力はチート。
予知の特殊能力者。

ステイル

プライドの義弟で第一王子。
攻略対象者の一人。
瞬間移動の特殊能力者。
プライドとは従属の契約を
交わしている。

アーサー

フリージア王国の
騎士団八番隊副騎士隊長。
攻略対象者の一人。
万物の病を癒す特殊能力者。
プライドの近衛騎士。

ティアラ

プライドの妹で第二王女。
乙女ゲーム『キミヒカ』の主人公。
可憐な美少女。

ローザ

プライドの母親。
フリージア王国の女王。
予知の特殊能力者。

アルバート

プライドの父親。
フリージア王国の王配。

ヴェスト

女王の義弟でプライドの叔父。
フリージア王国の摂政。

ジルベール
フリージア王国の宰相。
攻略対象者の一人。
年齢操作の特殊能力者。

ロデリック
フリージア王国の騎士団団長。
アーサーの父親。
斬撃無効化の特殊能力者。

クラーク
フリージア王国の騎士団副団長。
ロデリックとは友人関係。

アラン
フリージア王国の一番隊騎士隊長。
プライドの近衛騎士。

エリック
フリージア王国の
一番隊副騎士隊長。
プライドの近衛騎士。

カラム
フリージア王国の三番隊騎士隊長。
プライドの近衛騎士。

ハリソン
フリージア王国の
八番隊の騎士隊長。

ヴァル
プライドと隷属の契約を交わした
元盗賊の罪人。配達人の任を
務めている。土壁の特殊能力者。

ケメト
元孤児。能力増強の特殊能力者。
セフェクの弟。

セフェク
元孤児。水を出す特殊能力者。
ケメトの姉。

アネモネ王国

レオン
アネモネ王国の第一王子。
プライドの元婚約者。攻略対象者の一人。

ハナズオ連合王国

セドリック
サーシス王国の王弟。
攻略対象者の一人。
フリージア王国に
同盟を持ち掛けた人物。

ランス
サーシス王国の国王。
セドリックの兄。
ヨアンとは友人関係。

ヨアン
チャイネンシス王国の
信心深い国王。
ランスとは友人関係。

用語

✴フリージア王国 予知の特殊能力者である女王が治める大国。
世界で唯一特殊能力者が産まれる国。

✴アネモネ王国 フリージア王国の隣国。世界有数の貿易大手国。

✴ハナズオ連合王国 金脈の地サーシス王国と、鉱物で有名なチャイネンシス王国が
統合された国。

✴ラジヤ帝国 奴隷生産国として一番の大国。奴隷生産と侵略で領土を広げた。

✴『君と一筋の光を』 プライドが前世でプレイした乙女ゲーム。
シリーズ化もされた大人気作。通称『キミヒカ』。

この作品はフィクションです。
実際の人物・団体・事件などには関係ありません。

悲劇の元凶となる最強外道ラスボス女王は民の為に尽くします。7

第一章　冒涜王女とお祝い

誰かが叫んだ。始まりだ、と。

「今日は皆の者大いに飲み！　食べ！　騒いでくれッ‼　新たなハナズオ連合王国の未来を祝そう‼」

「我らが神に感謝を。そして神の名の下に新たに誓おう！　新たなハナズオ連合王国の未来を‼」

「乾杯」と。金脈の地サーシス王国。鉱石の地チャイネンシス王国。双方の地で行われた国王のスピーチに誰もが応えた。国中の誰もが彩り鮮やかに笑い歌い、ジョッキの音を奏でる。

私達は今、自国フリージア王国から遠く離れた同盟国ハナズオ連合王国にいる。

ハナズオ連合王国の救援要請を受け、ラジヤ帝国の侵略から国を守る為にフリージア王国騎士団を引き連れた私達が防衛戦に勝利したのが四日前。負傷した私の足の完治を待ってくれたハナズオ連合王国が今日、国を挙げて盛大な祝勝会とお祭りを行っていた。

ハナズオ連合王国の形成するチャイネンシス王国、サーシス王国。その両国同時の祝勝祭は夜通し行われている。城での祝勝会が終えた後でも国全体の熱は決して冷めはしないだろう。城の門が解放され、敷地内であろうとも城の建物前までは身分も国も関係なく誰もが行き来を許された。

元々両国の民同士が密接だったハナズオ連合王国は終戦を知らされ、すぐに国籍関係なく互いの国に集い合っていた。お祭りの間も変わらず民は互いの国……〝ハナズオ連合王国内〟を行き来していた。この後に待つ締め括りを今から待ち遠しく思っているのだろう。

「ごめんなさい、アラン隊長、カラム隊長。折角のお祝いなのにお二人は楽しめなくて」

私は背後を守ってくれている二人に改めてお詫びを言う。さっきも一度謝ったけれど、折角のお祝いに近衛騎士任務中の二人だけお酒も飲めないのは本当に申し訳ない。

この祝勝会が決まった時、アラン隊長とカラム隊長は自ら近衛騎士の任を申し出てくれた。近衛騎士が四名いる中、茶色がかった金色の短髪にオレンジ色の瞳を持つアラン隊長は一番隊、そして瞳と同じ赤茶に赤毛混じりの髪をしたカラム隊長は三番隊の騎士隊長だ。

アーサーも自分がやると言ってくれたけれど「良いから！　お前は皆に思いっきり褒められてこい！」「酒の量だけは気をつけるように」と二人に送り出されていた。

「いえ、とんでもありません！　それよりも足のほうは本当に大丈夫ですか？」

「この後のダンスも、もしお加減が難しいようであれば……」

首を横に振っては私のことを心配してくれる二人に笑みを返す。大丈夫です、と私からも言葉を返してから辺りを見回した。さっきまで傍にいた筈の妹弟のティアラやステイルも今は周囲の騎士や兵士、貴族と談笑している。漆黒の髪と瞳、黒縁眼鏡を掛けた第一王子のステイル。金色の瞳とウェーブがかった髪を持つ第二王女のティアラ。二人とも私と同じく国王二人が用意させてくれた衣装のお陰で問題なくハナズオ連合王国にも溶け込んでいた。

騎士は皆鎧姿のままだけれど、酒を片手に見事に兵士の方々と意気投合している。やはり同じ死地を戦い抜いた仲だからだろうか、戦士同士の国境の壁が無に等しい。アーサーを目で探すと、他の騎士の人達に囲まれて何やらすごく褒められている様子だった。照れたように顔を赤くしながら必死に手を振って謙遜している。銀色の髪を頭の上に括る蒼色の目の青年、私の最初の近衛騎士だ。まだ詳しくは聞けていないけれど、きっと最前線でもすごい活躍だったのだろうなと改めて思う。足を負傷してからは城でただ待つことしかできなかった私でも、それくらいはわかる。……ゲームでは簡単に語られた攻略対象者の過去でしかない事象も、この世界では残酷で熾烈な現実だ。

「プライド様、そろそろお時間となります」

〝プライド・ロイヤル・アイビー〟

ウェーブがかった深紅の髪に吊り上がった紫色の瞳を持つフリージア王国の第一王女、それがこの私だ。そして乙女ゲーム〝君と一筋の光を〟の第一作目に出てくる最低最悪外道ラスボス女王だと、前世の記憶を思い出したのが八歳の頃。主人公は妹のティアラ、そして義理の弟のステイルや騎士のアーサーは攻略対象者。今は悲劇も回避され、最後の攻略対象者だったセドリックも大勢の協力のお陰で自国であるハナズオ連合王国を守り抜けた。

「ええ、騎士団長。宜しくお願い致します」

行きましょうと声を掛けてくれた騎士団長に思わず背筋を伸ばしながら返事をする。これから私達は馬車で少し移動だ。

歴史に残る瞬間を見届ける為に。


チャイネンシス王国、サーシス王国との国境。そこに私達が到着した時には、既に大勢が溢れ返っていた。貴族も、民も、兵士も変わらず入り交じり、酒を酌み交わしながらジョッキや瓶を仰いで今か今かと合図を待ち続けていた。馬車を降りた私達も人混みに加わり、それを見上げた。

チャイネンシス王国とサーシス王国、二国を隔てていた国境の壁だ。

ヨアン国王……チャイネンシス王国がサーシス王国を戦火に巻き込まない為に築いた壁だ。終戦後には民もお構いなく登って乗り越えたり部分的に崩れた壁の隙間を潜り抜けていたらしい。現に今も子どもから大人まで軽々と壁の上に乗り上がって手を振ったり、酒瓶片手に仁王立ちをしている。だけど、正式に壁を破壊するのは今この時だ。

　ガラァンッ……ガラァアン……ゴォオンッ、と。突如チャイネンシス王国の鐘が一斉に鳴り始めた。城に併設された鐘だけじゃない、呼応するようにチャイネンシス王国中の鐘が鳴り始めた。途端に誰からともなく「おおおおおおおおっ‼」と咆哮が轟いた。壁の最前に立っていた人達が嬉しそうに持っていた酒を放り投げると、代わりにハンマーを手に取った。

　大きく掲げ壁に向かって振り下ろすと、殆ど同時に壁の向こう側からも同じくらい激しい衝撃音が響いた。一人が数度ハンマーを振り下ろすと、また別の力自慢にハンマーを譲り渡す。国を隔てるほど果てしなく長い国壁を、国民が挟むように取り囲み一斉に壊し剥がしにかかる。

　もともと急拵えで作られた壁だからか、数人繰り返すうちに容易く崩れ大穴を開けた。互いの姿が見えたことに興奮し、更に壁を叩く音が増していく。チャイネンシス王国の民がサーシス王国側から壁を叩き、サーシス王国の民がチャイネンシス王国側から壁を剥がす。

　大人も子どもも男も女も民も貴族も兵士もそして、王族も。

「お願い致します、ヨアン国王陛下」

　兵士から仰々しく手渡されたハンマーをヨアン国王が手に取った。さらりとした白髪に金色の瞳、細縁眼鏡をかけた彼は、今私達がいるチャイネンシス王国の国王だ。ヨアン国王は一瞬だけ重そうにふらついた後、すぐに両手で握り直し、壁に向けて振り上げた。周囲の民が歓声を上げながらヨアン国王の一挙一動に目を丸くする。

中性的な顔つきを男らしく力強い笑みに満たし、次の瞬間には勢いよくハンマーを振り下ろす。ガンと鈍い音の後、向こう側からも応えるように壁を強く叩く音が聞こえてきた。薄くなった壁を通して向こう側の歓声も聞こえてくる。ガン、とこちらが叩けば反対側からもハンマーの音がまた返る。交互に壁を叩き合っていくうち、とうとう先に向こう側からのハンマー音と同時に壁がベコッと抉れハンマーの一部が顔を出した。途端に民が沸き、ヨアン国王が汗を滴らせながら「ははっ」と笑ったのが見えた。金色の瞳が眩しいほどに輝いている。

　向こう側からのハンマーが引かれると同時に再びヨアン国王が勢いよくハンマーを振り下ろした。ガゴンッと音が鳴り、貫通された穴がまた大きくなった。一際大きな歓声が響き、ヨアン国王も楽しそうに笑いながら額の汗を自分で拭った。

　そうしてとうとう穴が完全に貫通されると、ヨアン国王の背後に控えていた兵士達がハンマーを手に穴を一気に広げ始めた。反対側でも同じことが行われているのだろう。屈強な兵士総動員の結果、あっという間に人一人が潜れるほどの大穴があけられた。そこから現れた人物に再び歓声が上がる。

「ヨアン！　久々の肉体労働は堪えたか?!」

　快活に笑うランス国王が同じように汗を滴らせながらチャイネンシス王国に踏み入った。前髪ごと後ろに流す金色の髪も今は少し垂れている。燃えるような赤い瞳を持つ、サーシス王国の国王だ。ランス国王の背後にセドリックも続き、握手を交わし合うランス国王とヨアン国王の姿を一歩引いた位置から見守っていた。国王二人の握手に民の歓声と拍手が波のように激しく沸き続ける。

　国同士の開通。ここからランス国王は一度チャイネンシス王国に、その後はヨアン国王がサーシス王国にそれぞれ訪問する。国王が揃ったことでイベントとしてはこれが正式には最後だ。でも破壊しきられず残っている壁に民はハンマーの他にも各自で持ち込んだ工具を振るう手をまだ止めない。壊せ、剥がせ、貫通させるぞ！　と怒声にも似た声量でこの上なく楽しそうに壁を壊す。

「どうぞ、宜しければプライド第一王女殿下も」

ヨアン国王が自ら私へハンマーを手に歩み寄ってきてくれた。思わず「えっ?!」と声を漏らして聞き返すとすかさず「ステイル第一王子殿下、ティアラ第二王女殿下、……そして騎士の方々も是非」と笑ってくれた。まさか国としての決定的瞬間に私達まで加えてくれるなんて。

遠慮より先に嬉しさが勝って、確認するようにステイルや騎士団長に目を向けてしまった。二人に目で許可を得て、私はハンマーを握る。すごく重いから若干引きずるようにして歩けば、民が道を開けてくれた。その真ん中を歩き壁の薄い部分を狙って振り上げようと力を込めるけど、重過ぎて完全には振り上げられず数十センチ浮かせるだけで精一杯になる。それでも第一王女として格好をつけたい欲と、さらにどうしても参加したい欲だけを糧に思いきりそのまま振った。

カツン、と少し拍子抜けした音と共にハンマーが壁にぶつかりそのまま地に突き刺さる。穴は全くあかなかったけれど、皆の歓声が身に染みるほどに温かかった。

もう数回持ち上げようとしたら、腕力が結構限界だった。それでも負けまいと力を込めたらふいに腕が軽くなる。何かと思って振り向くと、ティアラとステイルが一緒に私のハンマーを持ち上げてくれていた。まるで前世の餅つきのようなポーズではあるけれど、お陰で今度こそちゃんとハンマーを振り上げ三人でもう数回ハンマーを叩きつけることができた。ガツッ、ガツッと壁に力強い音が響き、主にステイルのお陰でやっと壁に穴があけられた。

更に歓声が強まり、第一王女としてやりきれたことが嬉しくて汗を拭うのも忘れて笑った。

「さて、……ですがプライド第一王女の威厳の為にもこれだけでは終われませんね」

突然ステイルが、やりきった感いっぱいの私からハンマーを回収した。何かと思ってティアラと同時に振り返れば、ステイルがにっこりと笑顔で私達に笑みを返してきた。

「プライド第一王女の力、ここに示して頂きましょう。……我らが近衛騎士の力をもって」

そう言うとおもむろに私の背後に控えてくれていたアラン隊長にハンマーを手渡した。第一王子であるステイルからの命令にアラン隊長は少し驚いた表情をした後、ニカッと楽しそうに笑った。

周りの騎士達も歓声を上げる中、アラン隊長は騎士達のほうを振り向くとアーサーを名指しで呼んで私の背後を任せてくれた。そしてハンマーを片手で持ち、壁に向かい思い切り振り上げた。

ドガァッ!! と耳を直接殴られたような破壊音が響き、たった一度で壁に大穴があいた。更に数回振り下ろせばあっという間に子ども一人潜れるくらいの穴になる。流石(さすが)アラン隊長。

騎士達やそれを目撃した民からも歓声が上がる中、アラン隊長は笑いながら手を挙げて歓声に応えた。そのまま今度はアーサーにハンマーを手渡す。俺(おれ)もですか?! と言わんばかりのアーサーに、アラン隊長はその背中を遠慮なく叩いて壁のほうへと送り出した。騎士達からも行け行けと楽しそうな声が送られる。ステイルもその様子にすごく楽しそうに口端を引き上げていた。

少し戸惑った表情をしたアーサーも、最後は覚悟を決めたように私達に背中を向けると壁に向かって駆け出した。アラン隊長よりも勢いをつけるように壁よりかなり手前で跳ね上がるとハンマーを剣のように振り上げ、上部に叩きつけた。

ドガッッ!! とまた大きな破壊音が響いたと同時に大穴があく。着地した直後にはハンマーを今度は別の壁面に向かって数回振り下ろした。ガンッガンッとアラン隊長よりは回数があったけれど、それでもたった数回で見事に大穴を壁にあけてしまった。

歓声を受けるアーサーがハンマーを片手に「エリック副隊長は御不在なので……」と、今度はカラム隊長に手渡そうとした瞬間。

ロデリック騎士団長が、そのハンマーを横から掴(つか)み取った。

銀色短髪蒼目の騎士団長はアーサーの父親だけど、ものすごく厳格な人だ。まさかの登場に騎士達全員がざわつくしアーサーもぽかんと口を開けている。私も驚きのあまり目を皿にして向けてしまう中、騎士団長はハンマーを手に私達へ身体(からだ)ごと向き直った。

「今回、エリックが負傷したのは私の責任でもあります。なので、ここは私が代わりに」

おおおおぉぉおおおおっ?! と騎士達から嬉しい雄叫(おたけ)びが上がる。騎士団長がこういう力比べのようにも見えるものに自ら参加してくれるなんて滅多にない。壁の前まで歩む騎士団長の背中に、次第にアーサーの目まで輝き出した。騎士団長が出るぞー!! と騎士達から叫び声が上がると、更に多くの人達がこちらに注目した。壁へハンマーを振るう人達も一度手を止めてしまう。貫通した先から騎士が壁向こう側の人達に「危ないので下がって下さい!!」と声を荒げた。騎士団長が壁の前に立った時にはすでに大勢の人達が距離をあけていた。

無言でハンマーを振り被(かぶ)る騎士団長は、片足で地面を強く踏みしめる。そして大きく縦に振り下ろしたその瞬間。ズガンッッ!!!! と地響きのような音をたてて壁に大穴があいた。……騎士団長一人が余裕で潜れるような大穴が。

騎士達の興奮が一気に最高潮になったように声が弾み、「流石です!!」と口々に騎士団長への賛辞が飛び交った。信じられないのだろう光景に目を白黒させるハナズオの民は「あれが特殊能力か?!」

「今何が起こった?!」と声を上げている。壁の向こう側にいるサーシス王国側からも同じような騒ぎ声が聞こえてきた。

「……お見事です、騎士団長。…………本っ当に」

あまりに凄まじ過ぎて口元が引き攣ったまま笑ってしまう。カラム隊長に軽い様子でハンマーを手渡した騎士団長からは「ありがとうございます。ですが、大したことでは」と短い謙遜の言葉が返ってきた。ハナズオの兵士よりも遥かな威力を見せたアラン隊長やアーサーを余裕で凌ぐ破壊力だ。騎士団長のこの威力を凌ぐ人間なんてきっといないだろう。これでまさか実際は腕力とは関係ない斬撃無効化の特殊能力者だなんて誰も思わない。……あれ？　特殊能力——……。

ドッガァァアアアッ!!!!

今までで一番大きな衝撃音と振動が、肌を揺らした。一瞬、また投爆でもされたのかと本気で思った。驚いて壁のほうに振り向くと、騎士団長が壊した壁とはまた別の壁が丸ごと崩れ落ちる瞬間だった。一箇所の亀裂が広がり全体に及び、雪崩のように壁が崩落していった。

「……流石、カラム隊長」

感心したようにステイルが賞賛の言葉を漏らした。……そうだった、カラム隊長の〝怪力〟の特殊能力こそこの場では最強だった。怪力の特殊能力でハンマーを一振りしただけではない、どれくらいの力をどうやってどの場所に集中すれば良いかも計算した上での渾身の一撃だ。たとえ同じ怪力の特殊能力者でも同じようにあのハンマーだけで壁を一撃粉砕するのは難しいだろう。

騎士達はもう大盛り上がりだ。カラム隊長の特殊能力を知らない民も目を丸くしながら歓声を上げている。騎士の中でも比較的に細身のカラム隊長が壁を崩壊させるなんてイリュージョンの域だろう。

壁の向こう側の人達もちゃんと避難させた後で本当に良かった。というかカラム隊長が敵勢力じゃなくて本当に良かったとつくづく思う。

「ちゃっかりハンマーは壊さないのがお前だよな」

「その程度の制御はして当然だ」

アラン隊長が軽く右手を掲げたままうんうんと頷くと、カラム隊長が手の甲だけで軽く当てて返した。どうやらカラム隊長の本気はこれ以上らしい。

壁が広範囲で崩れ落ちきった後、一気に互いの民が交差し合った。カラム隊長が恭しくハンマーをチャイネンシス王国の兵士に返却すると、他の騎士達も何人かが火がついたようにまだ聳え立っている壁に駆けていった。やはり力自慢には黙っていられないイベントだ。流石に特殊能力なしで騎士団長を越えられる人はいないだろうけれど。

無事に私やティアラ、ステイルの分も力を示してくれた騎士達のお陰で、滞りなく壁の撤去作業が進んだ。わいわいと我が国の騎士達も加わったことで、更にお祭り感が増した壁の撤去はどこからも騒ぎ声が耳を埋めた。そろそろ私や王族は城に戻る頃かしらと思ったその時。

「プライド第一王女殿下‼」

何百もの騒めきを超える快活な呼び声に振り向けば、ランス国王だ。ヨアン国王そしてセドリックと共にこちらまでわざわざ足を運んでくれた。国王とセドリックの名を呼びながら正面から迎えれば、ステイルとティアラも私の一歩引いた位置に並んでくれた。

「この度は祝勝会参列だけではなく、このような場にも足を運んで頂き感謝致します」

「いえ、こちらこそこんな素敵な場に立ち会わせて頂きありがとうございました。この後もどうぞ宜しくお願い致します」

ランス国王からの挨拶(あいさつ)に私からも答え挨拶を返す。ざわざわと周囲の騒めきでこんなに至近距離で話してもお互いに耳を澄まさないと聞き取れない。私の傍にいてくれるステイルとティアラやアラン隊長とカラム隊長は聞こえるだろうけれど、きっとそれより離れた人にはさっぱりだろう。

「本当に、ハナズオ連合王国と同盟を結ぶことができ嬉しく思います。遠き地ではありますが、是非我が国にも機会がありましたらいらっしゃって下さい」

母上も心からお待ちしていますと続けると、国王二人がそれぞれ優しい笑みで頷いてくれた。

「同盟時の契約通り、我がハナズオ連合王国は国内が完全に整い次第、フリージア王国との貿易を開始します。それ以外でも何か我が国にできることがあれば、何でも仰(おっしゃ)って下さい」

「フリージア王国への大恩は必ず返させて頂く」

ヨアン国王、そしてランス国王に私達からも御礼と笑みで返した。ステイルも私の代理で働いてくれている間に国王二人とは色々関わりがあったらしく、いつもよりも打ち解けた様子の笑みだった。

国王二人の背後に控えたセドリックはやはり民の前では国王二人を立てるのか、何も言わずじっとこちらを見つめてきていた。……でも、その目は完全に何か言いたげに私へと向けられている。燃える瞳で、また子犬のような眼差(まなざ)しを向けてくるので仕方なく私から「セドリック、この後も宜しくお願いね」と声を掛けてみる。すると、国王二人もセドリックを前に出させるように間をあけた。

二人に許しを得たセドリックが、一歩前に出て私の目の前に立つ。言いたいことがあるのだろうと、私は敢(あ)えて言葉を待つ。

ランス国王の弟。肩近くある金色の髪を靡(なび)かせ赤く燃える瞳を持つセドリックは、〝君と一筋の光を〝通称「キミヒカ」の攻略対象者の一人だ。無事兄と呼び慕うランス国王とヨアン国王の国を守れた彼もまた、ゲームの悲劇は回避された。

「こちらこそ宜しくお願い致します」

「もう今更でしょう？　言ってみなさい」

整った言葉で私に礼をしたけれど、それでもまだ何か言いたげに口を噤んで視線を泳がせる彼に、諦めて今度は促すことにする。彼の言い淀みにももう慣れてしまった。

セドリックは一度だけ喉を震わした後、私に向けて口を開いた。

「プライド。……今だけ、一度お前に触れさせて欲しい」

突然の要望に、思わず口を開いたまま固まってしまう。我が国へセドリックが援軍を求めに訪れた時、自分から宣言した私に自分から触れないという約束をどうやら気にしてくれているらしい。例の三日間のやらかしを思い出して少し悩んだけれど、今は国王二人や民の目もあるしと思い、了承する。私が考えを巡らせている間にも、国王達が「何故お前はそういう言葉選びをっ……」「セドリック、いつものような真似は駄目だよ⁈」と、民の前だからかセドリックを叩くことも押さえつけることもできず口だけで制止していた。更に言えばステイルから何やら怖い気配がして、ティアラも半歩だけ私を守るように前に出る。背後のアラン隊長とカラム隊長からも若干臨戦態勢のような気配も感じて、一触即発感がものすごい。

セドリックは兄二人の言葉に構わず、私に向かってゆっくりと手を伸ばした。握手を交わしたかっただけらしいと思い私からも手を掴み返したら、……途端に優しく引き寄せられた。

少し私の身体が前のめりになるくらいで、転ぶほどではなかった。何かと思いセドリックに握られた手を注視する。すると今度は私を引き寄せたのとは反対の手が動いた。その手も私へと伸び、セドリックの身体が私に更に近づいたと気づいた瞬間。

真っ赤な指輪を、手の中にそっと握らされた。

小さく硬い物を掴まされた感触に離された後手の中を確認してみれば。セドリックがいつも嵌めていた指輪の一つだった。彼の瞳の色と同じ赤い宝石がついた指輪だ。確か、嵌めていた指は……。

「セドリック、これ……」

その指輪の意味を理解し、他の民に見られないうちにもう一度握りしめて隠す。国王やステイル達にはもう見えてしまっただろうけれど、民にまで見られたら大変だ。

意図を問うように顔を上げる私に、セドリックが真っ直ぐ燃える瞳を向けてきた。

「貰って欲しい。……他ならないお前に、この場で形にして誓いたい」

あの時のような気取る言葉じゃない。真摯に訴えてくれている言葉だ。その瞳を、表情を見ればわかる。今は彼の気持ちが、ただただ嬉しい。私は彼の言いたい言葉をその指輪だけで受け止め、頷いた。わかったわと返し、指輪を握った手をそのまま自分の胸元まで運ぶ。

「この誓い、果たしてくれると信じているから。…………大事にするわね」

装飾が一つなくなったままの彼の左手に目を向ける。きっと彼はもうその指に装飾品をつけるつもりはないだろう。……少なくとも、この誓いを果たしてくれるまでは。

私の答えに、セドリックが静かに微笑んだ。まるで初めて絵を褒められた子どものような柔らかな笑みに、心臓を押さえつける。その隣でランス国王は恥ずかしそうに私へ小さく頭を下げてくれた。ヨアン国王も困ったように笑いながら、それでもどこか嬉しそうにセドリックの背中に手を置いた。

……それに対し、何故か私のほうは微妙に穏やかじゃなかったけれど。私、というか私の周りが。

カラム隊長とアラン隊長は、私が手を引かれた途端一瞬前のめりになっていたし、いつの間にか私の隣にまで並んでいたステイルは、どこか訝しむような表情でセドリックに目を向けていた。そしてティアラは。

「びっくりしましたっ。またセドリック王子がお姉様の髪や唇に口づけをしちゃうのかと思っちゃいました！」

あ。…………きゃああああああああああああ?!!　ティアラ！　ティアラがサラッと!!　すごくサラッと爆弾発言を!!

あまりの衝撃に固まってしまう私をよそに、ティアラは何でもないようなにこやかな笑顔のままだった。なんだかステイルの黒い笑みを思い出すそれに、アラン隊長やカラム隊長、当の兄であるステイルもびっくりしてティアラを凝視している。でも一番驚いているのは、……国王両名だ。

「ッなっ…………!!　……!!」

「くちっ……!!　……セドリッ……?!」

ランス国王もヨアン国王も目を限界まで見開いてティアラを見返している。開いた口が塞がらないまま二人の視線がティアラから私、そしてセドリックへと向けられた。兄二人からの視線に物すごく危機を感じたらしいセドリックが僅かに背を反らせると顎を引いて身を硬くする。完全に怒られる前の身構えた姿だ。

ランス国王の顔がみるみる赤くなる。一気に息を吸い上げ、セドリックの両肩を鷲掴みにする。

「セドリック!!!　今のは本当か?!　プライド王女殿下に何というっ……!!」

「申し訳ありません、プライド王女殿下……!!　セドリックは教養のほうが未だ足りず、この責任は必ず取らせます。第一王女殿下の、まさか唇までっ……!!」

セドリックに詰め寄るランス国王と私に頭を下げてしまうヨアン国王に、私まで焦ってしまう。声が聞こえないまでも、私達の様子から不穏を感じ取った騎士や兵士達が民から隠すように背中でバリケードを作ってくれた。お陰で人目につかずには済んだけれど、同時に逃げ場もなくなった。この件に関しては私も許すわけにはいかないのでどうしようもない。二人の勢いから逃げるように一歩後退りながら、なんとか言葉を返す。

「へ……陛下の責任では、ありませんから……。それに、母上にも知られておりません。口づけも唇に関しては幸い未遂で……」

「はいっ！　お姉様を木に押しやったり乱暴な言葉で怒鳴ったり、お姉様を泣かせたことも母上はご存知ありませんから」

ッッッティアラ!!⁉　怒ってる⁈　やっぱり怒ってる⁈

変わらずの笑顔ではっきりとセドリックのやらかしが赤裸々にされてしまった。私が戸惑ったままティアラに目で訴えると「私はまだ許してはいませんっ」と頰を膨らませてステイルの背中に隠れてしまった。……そういえば、あの時ナイフで応戦してくれたティアラは私がセドリックに何をされていたのかその目で見ていたんだった。

ステイルが今度は笑いを嚙み殺している。明らかに私や国王達から顔を背けながら口元を片手で押さえて肩を震わせていた。……すごく、すごく嫌な予感しかしないまま改めて国王達に振り返る。

二人とも、絶句してしまっていた。私への眼差しが〝迷惑を被った人〟から〝被害者〟になっている。言葉が出ない様子の二人の目が私に真偽を確かめていたので、観念して私が一度だけ頷くと国王二人の顔色が赤から蒼白に変わっていった。

「ッこの大馬鹿者!!!!」

ガゴンッ!!!!　と、まるでハンマーで壁を叩いた時のような音でセドリックの頭に拳が叩き落とされた。「ぐあっ!!」と呻き声を上げたセドリックだけど、無抵抗にランス国王に殴られたままだ。

「大変申し訳ありません……!!　まさかセドリックがそこまでの無礼を犯していたなど今の今まで知らずに我々は……」

「女性に!!　王族っ……しかも第一王女!　……同盟を望む相手の、……ッいややはりまず何より女性に手を上げるなど論外だッ!!　王族としての恥以前の話だ!!　お前は一体フリージア王国で何を……」

　再び国王二人の猛攻が始まる。セドリックに今度こそ拳を叩き込んだランス国王と私に平謝りするヨアン国王は、このままだと本気でセドリックと三人で平伏しそうな勢いだった。特にランス国王に至っては既にセドリックの頭を鷲掴んでいる。

「プライド第一王女殿下!!　並びにステイル第一王子殿下、ティアラ第二王女殿下!!　この度は我が国のみならず第二王子のセドリックがご迷惑をお掛けして大変申し訳ありませんでした……!　我が愚弟に関しては厳しく処罰も辞さない故、誠に、誠に申し訳なく……!!」

　我が国からも相応のお詫びを……!　と気がつけば雪だるま式にハナズオへの貸しが増してしまっている。セドリックの頭ごと自身も頭を下げてくれるランス国王とヨアン国王に私から必死に顔を上げてもらうようにお願いする。よりにもよって歴史的イベントの時に国王二人に頭を下げさせてしまうなんて!!

セドリックも二人に謝らせてしまっているのに気が咎めたのか「お前からも謝罪をしろ!!」と髪ぐちゃぐちゃのまま頭を鷲掴まれても文句一つ言わず「大変申し訳ありませんでした……」と自分から腰を折って謝ってくれた。パッと見はランス国王が豪腕で強制的に征しているようにも見えるけれど。

「ッセドリック！　お前はこの後のダンスも自粛しろ!!」

「僕もそうしたほうが良いと思うかな……」

まったく!!　と怒鳴るランス国王にヨアン国王も同意する。確かに今の話を聞いた後では、危なっかしくて私やティアラ相手にダンスなどさせられないだろう。国王二人からのダンス自粛令に一瞬「なっ?!」と狼狽えた様子のセドリックだったけれど、すぐに萎れたように「わかった……」と肩を落とし項垂れた。記念すべき日に少し不憫だけどこればかりは仕方ない。それでも、取り敢えず国王二人の土下座を回避できたことに、私はホッとひと息ついて胸を撫で下ろす。

すると、ステイルもそれを回避できたことに安堵したのか「そろそろ城に戻る時間ですね」と少し機嫌が良さそうに声を掛けてくれた。

「では、プライド王女殿下。セドリックの非礼の後で申し訳ありませんが、どうかこの後も宜しくお願い致します」

「もう二度とこのようなことがないように、こちらも対処させて頂きます」

国王二人が私に頭を下げ慣れてしまった状況に、私からも「こちらこそ宜しくお願い致します」と頭を下げる。先程よりも国王二人と溝ができてしまっている気がするのは考え過ぎだと思いたい。立場としては向こうは国王で私は第一王女でしかないのに、私のほうが上みたいですごく肩身が狭い。

祝勝会も、残すは国王二人とのダンスのみ。最後くらいはお互い晴れやかな気持ちで終わりたいと願いながら私達は馬車に向かった。

「陛下とのダンス、すごく緊張しますけどすっごく楽しみですっ！」

少し機嫌が治ったティアラが私の腕に掴まりながら声を弾ませてくれた。同意しながらティアラに笑いかけ、……そのままなんとなく最後に背後を振り返った。

私達が長話をしている間も民や騎士達により叩き壊された壁。近衛騎士二人の肩越しに見れば、殆ど崩れ落ちた後だった。

国境の壁は記念碑に一部だけ残されたら、跡地には明日から早速大規模な建物を建設する予定らしい。サーシス、チャイネンシスを結ぶ公共の機関もしくは施設にするために。そして、二度と壁で国内を阻まない為に。

崩された壁の傍で、国も身分も関係なく肩を組み笑い合い抱き合う彼らは本当に幸せそうだった。世界中がこうあれば良いのにと、そう思うほど。

――昨日よりもずっと、風通しの良くなった国。

深呼吸をするかのように吹いた風が、去り際の私達の髪を揺らしてくれた。

優雅で軽快な音楽が大広間を満たす。指揮者と演奏者が生演奏を披露し、式服やドレスに身を包んだ人々がグラスを片手に談笑へ花を咲かす。一般の民は入ることの叶わない城内では今まさに最後の締め括りが行われようとしていた。

ハナズオ連合王国では、その国王並びに王族と公式な場でのダンスを許されるのは同じ王族もしくは婚約者や妻のみとされていた。そして鎖国状態だったハナズオ連合王国は、過去百年以上他国の王族とのダンスの機会はなかった。更にサーシス王国並びにチャイネンシス王国の前国王と王妃は、両国とも王族は男子しか生まれなかった。その為、国王が代替わりしてから次に披露されるのは次の王妃、もしくは王太子妃が現れる時だと思われていた。

しかし今は同盟国の第一、第二王女がいる。

何故か第二王子によるダンスが〝急遽〟取り止めとなったことだけが、楽しみにしていた令嬢を落胆させたが、新生国王によるダンスが初めて人前で披露されるのはハナズオ連合王国にとって喜ばしいことだった。

音楽家による曲が流れ大理石の床を来賓が囲み、歓声と拍手で包む。両国の国王がそれぞれ第一王女と第二王女の手を取り、入場した。煌びやかな衣装に身を包み、一挙一動の優雅さに見る者全てが溜息を漏らす。フリージアではない、ハナズオ連合王国の衣装だ。

プライドは長らく身を寄せたチャイネンシス王国、そしてティアラは直接同盟を結んだサーシス王国のドレスである。チャイネンシスの文化を反映させた純白のレースにいくつもの宝石を装飾としてあしらったドレスのプライドにも、サーシス王国の技巧を惜しみなく凝らした金糸の刺繍を施した薄桃色のドレスのティアラにもその美しさと愛らしさに男女問わず目を奪われる。第一王子のステイルもまた、チャイネンシスが誇る白を基調とした気品高い衣装を身に纏い姉妹のダンスを見守った。

　チャイネンシス王国の国王ヨアンがプライドの、サーシス王国の国王ランスがティアラの手を取り観衆に礼をする。音楽に乗り、事前の練習通りに国王と王女はステップを踏み出した。

　国王と同盟国の王女とはいえ、年の遠くない双方のダンスは誰の目にも絵になった。


　……良かった、ちゃんと踊れてる。

　ヨアン国王の手を取り、ゆっくりとステップを踏みながら私は心の中で胸を撫で下ろす。足の怪我が治ったのが今朝だから事前に予行練習ができたのは今朝の数回だけ。それでもなんとか国王にリードされる形で無事見せられるダンスを披露することができた。

　ダンスホールを囲む人達に目を向ければ、招かれた騎士団長や隊長格にハナズオ連合王国両国の貴族達そしてステイルとセドリックが私達に目を向けてくれていた。

「……プライド第一王女殿下。本当にこの度は何といえば良いのかわかりません」

　不意に小声でヨアン国王が語りかけられる。緩やかにステップを踏み、身体を音楽にのせながらそっと私に口を開いた。先程判明したセドリックのやらかしのことだろうかと、改めて「ヨアン国王陛下の謝られることでは」と返すと、勿論それだけではありませんと小さな笑みと共に返された。

「……貴方が、……フリージア王国の王女が貴方でなければ。きっと、このような奇跡は起きなかったでしょう」

くるり、と先導されるままに身体を回転させる。整えられた髪が一瞬だけ広がり、視界に入った。

「教養不足のセドリックを連れ戻そうとしたランスを止めたのは僕です。……セドリックが、どういう形であれ自ら殻を破ろうとするのなら、最期に背中を押したかった。〝神子〟と呼ばれ、ランスの為に殻にこもり続けることを選んだ彼の為になるならと」

中性的な顔立ちのヨアン国王の白い髪が揺れる。ランス国王やセドリックに比べて少し低い背ではあるけれど、女性である私やティアラより背の高い彼は、やはり立派な男性だ。

「……ですが、……どこかで期待してしまいました。〝神子〟と呼ばれた彼ならば、僕らにはできないような奇跡を起こしてくれるのではないかと縋るような想いで。……酷い押しつけです」

あんなにセドリックのことを見てきた筈なのに。と、一瞬だけヨアン国王の表情が曇った。否定もできず、言葉に詰まる私に吐露を続ける。

「セドリックは、ただの人間です。そしてそんな彼の成長を堰き止め続けたのは、他でもない僕らだ」

ランスもまだそのことに気づいてはいないでしょう、と目だけでティアラと踊るランス国王を指した。

「セドリックを責めないで欲しいとは思いません。ですがどうか、……願わくば僕らのことも責めて下さい」

切実に訴えるヨアン国王の金色の瞳に、胸が苦しくなる。わかりましたと声を潜めて返せば、少しその辛そうな表情が和んだ。言葉で感謝を伝えてくれるヨアン国王とそのまま身体を捻らせる。

「貴方はまるで、神の奇跡そのものです。プライド・ロイヤル・アイビー殿下」

きゅっと私の手を握る力が僅かに強まる。その片手だけを繋いだまま互いに手を広げた。

「〝ハナズオ連合王国〟が未だ存在する！　僕らは明日も変わらず神に祈りを捧げられる‼　……こんなの、本当ならあり得なかった」

少し浮き立つような明るい声が男らしい。引き寄せられ、整った綺麗な顔が至近距離にくる。

「謝罪と、そして心から感謝致します。何百、何千、何万でも貴方の幸せを祈り続けます」

ふんわりとこの上なく柔らかな微笑みを直接浴びる。思わずドキリと鼓動が鳴って、日光を浴びたように顔が熱くなった。

丁度そこで一度音楽が区切られた。互いとそして来賓に礼をし、流れるようにパートナーを交換する。ティアラがヨアン国王に手を取られ、私がランス国王の手に指先を置いた。

ヨアン国王と異なり、セドリックよりも更に背丈の高いランス国王は、ティアラの時と同様に背の低い私へ合わせるように腰に手を回してステップを踏んでくれた。……どことなく、ヨアン国王よりも足取りがぎこちない。どうやら緊張しているようだ。

「プライド第一王女殿下。蒸し返すことにはなりますが、……セドリックの件。誠に申し訳ありませんでした」

一歩一歩確実に綺麗なステップを踏みながら互いに少し緊張が解れ、身体が再び音楽に合ってきた時。ランス国王が、重々しく呟いた。

いえそんなと言おうとした瞬間、さっきのヨアン国王の言葉を思い出し、意識的に言葉を飲み込む。

「セドリックは私が齢八つの時から面倒を見ています。……セドリックがああなったのも、元はと言えば私の責任です」

ゆったりとカーブする。私の身体を軽々と支え、服と髪だけが翻った。

「理由はどうあれ、貴方に無礼な振る舞いを犯したことに変わりはありません。……知れば知るほど、貴方が何故ここまでのことをして下さったのか疑問しかない」

ヨアン国王とティアラに合わせて交差する。くるり、くるりと回りながら互いの位置が入れ替わった。

「セドリックは勿論、そして私自身も必ずこの償いは致します。……正直、今でもフリージア王国だけでなく貴方個人に。……私もヨアンも頭が上がらない」

「！　いえ、私は単に母上の代理として伺ったまでです。そんな、国王陛下が私に……」

まさか国王にそんなことを言われるとは思わず、驚きのあまり言葉を返してしまった。ランス国王は私が言いきる前にステップを更に踏んで私をリードする。

「私一人ではきっと何も叶わず、守れなかった。国も、民も、友も、弟も。…………凡人たる私では何一つ」

ランス国王の腕を潜り、また引き寄せられる。再び密着し改めてステップを踏む。最後の言葉にだけはどこか翳りも見えた。

「世界は広い。……だが、貴方のような存在がおられるとは思いもしませんでした」

片手だけ繋げ手を広げ、また戻る。腰に添えられた手がさっきより強張っているように感じた。

「美しく気高く、広き器だ。生涯忘れることはないでしょう。セドリックがああなれたのも頷ける」

音楽が佳境に入る。最後に向かい少しリズミカルに変わっていった。どういう意味かと問う前に足

取りが少し速くなったから急いで合わせた。

「セドリックを変えて下さったのは、貴方です」

ぐらりと身体が背後に逸れる。腰や手を支えられ、振り付け通りに仰け反る。歓声が上がり、ゆっくりとまた身体を起こした。

「フリージア王国が羨ましい。このように素晴らしき女王が未来に待っておられることが」

現国王からの、これ以上ない賛辞に顔が熱くなる。「そんなっ……」と声を漏らしながらも腕を添えあったままくるりくるりと回っていく。

「必ず全て御返しします。……私の代で叶わずとも、必ず」

力強いランス国王の言葉と同時に音楽が終わりを告げた。潜まるように小さくなる曲に合わせ足を止め、互いにそして来賓に礼をする。盛大な拍手と共に手を取られながら退場する時、歓声に紛れて私は思いきってランス国王の添えられた手に少しだけ力を込めた。

「国王陛下。……御言葉ですが、国を救われたのは私ではなく陛下です」

歓声に手で応えながら、ランス国王の添えるほうの手がピクリと震えた。表情こそ笑みを振り撒いているけれど、意識は確かに私に向いているのがわかる。

私もランス国王のことはゲームでも詳しく知らない。セドリックからもちゃんと聞いたこともない。ただ、私が目にしてきただけでも立派な優しい国王だ。それに……。

「ランス国王陛下は、セドリックにとってもヨアン国王にとっても特別な御方です。貴方が貴方でいて下さらなければ、……きっと私達はここにはいられなかったと思います」

セドリックがほんの一欠片でも、他国からの援助があるかもと……外の世界に希望を見出してくれたから私達とハナズオ連合王国は繋がれた。きっとセドリックに外の世界への希望を与え続けてくれたのは兄と呼ばれたこの二人の国王だ。そしてヨアン国王とセドリックの今までの言動から考えても、ランス国王の存在は何にも増して大きい。

「凡人など……御自身を卑下なさらないで下さい。貴方はこんなにも特別で、素晴らしい国王なのですから」

私からも笑顔で声援に応えながら口だけを動かす。視線は交わらなくても言葉だけは届いている。

「ランス国王陛下がこのまま素晴らしき人格者として王であって下さることが、私個人が陛下に最も望ませて頂きたいことです。……それだけで、充分過ぎます」

それがきっと、ハナズオ連合王国とフリージア王国の繁栄にも繋がると確信できるから。

そう思って最後に笑みを向ければ、ランス国王も丁度私に丸く見開いた目を向けてくれていた。

「……………貴方の夫となれる方は世界一の幸福者でしょう」

見開かれた瞼が緩む。フ、と柔らかく笑ったその表情はセドリックに似ていた。退場し手を離す直前、そっと私の手の甲へ口づけが落とされる。……〝敬愛〟の証だ。

ダンスホールからは退場したといえ、まだ民の前だったから大きな歓声が上がった。国王からなんて畏れ多過ぎて思わず肩に力が入ってしまう。落ち着き払った表情を繕いながら恥ずかしさで目線が泳げば、拍手してくれているステイル達と一緒にセドリックの姿が目に入った。兄の口づけの姿が恥ずかしいのか、それともやはり自分もダンスできなかったのが悔しいのか、一人だけ顔を真っ赤にして目を擦っていた。

「素晴らしいダンスでした。姉君、ランス国王陛下、ヨアン国王陛下。ティアラ、お前もだ」

拍手をしながらステイルが歩み寄ってくる。控えていた近衛騎士のアラン隊長とカラム隊長も傍に来てくれて、御礼を伝えながら私からも一人一人に笑いかけた。ティアラも自慢げに笑ってステイルと私の手をそれぞれ掴む。

「とても素敵な時間でしたっ！」

ティアラの弾んだ声に私も同意する。少し遅れてセドリックもやってくれば。顔の火照り(ほて)だけはさっきの遠目と比べても大分引いていた。ただ、燃える瞳が別の意味でも若干赤い。彼はステイルと同じように私達に挨拶をした後、順番にランス国王とヨアン国王を小さく睨(にら)んだ。

「兄貴も兄さんも俺の話題ばかりする……」

ぼそり、とどこか不貞腐(ふてくさ)れたような呟きにランス国王とヨアン国王が同時に目を見開いた。「聞こえていたのか?!」「聞いてたのかい？」と声まで重なった。……そういえば、ゲームでセドリックは読唇術とかもできていたような気がする。

国王二人が今度は互いに目を合わせ、そっちも話していたのかと言わんばかりの表情を浮かべていた。確かに兄二人とも私へ弟の謝罪をしていたと知ったら恥ずかしいのも当然だろう。それくらいで泣くほど落ち込むこともないと思うけれど。

「…………口の動きで大体はわかる」

二人の問いに答えるセドリックに、国王だけでなくその場にいる全員が目を丸くした。恐らく今まで国王達にもできることを隠していたのだろう。その後も国王二人に質問責めにされるセドリックは、聞こえていないかのように目を逸らした。そして最後に私に目を合わせ、深々と腰を折る。

「……ありがとう」

低い声で放たれたそれは、すごく真っ直ぐに胸へ刺さった。何についての礼かはわからないけれど、きっと彼なりに考えての礼だと思い、私からも小さく言葉で返した。

ゆっくり顔を上げたセドリックがまた泣きそうな顔をしていて、堪えただけ少し成長したような気がしてなんだか微笑ましく思えた。

「では、長らくお世話になりました。同盟国としてまたお逢いできるのを楽しみにしております」

祝勝会を終えた翌日の今日、とうとう我が軍はフリージア王国に帰国する。

私の足のせいで五日間も長居してしまったにもかかわらず、ハナズオ連合王国の王侯貴族総出で国門まで見送りにきてくれた。ランス国王、ヨアン国王、セドリックを始めとした錚々たる顔触れだ。

「いえ、こちらこそ。ハナズオ連合王国の全国民がフリージア王国への感謝の念に堪えません」

「近々、必ず我が国からフリージア王国に挨拶に伺います」

急遽駆けつけて下さったアネモネ王国にも必ずお礼をと、ランス国王に続きヨアン国王が柔らかく笑んでくれた。私から両脇にいるステイルそしてティアラの順に握手を交わし、国王と最後の別れを惜しむ。騎士達も今は馬から降りて国王から労いの言葉を受けた。

私が足を治す為に滞在している間に騎士達も殆どがその怪我を癒していた。エリック副隊長を含めた重傷の騎士達も肩を借りて立ち歩くことが可能なくらいには回復をした。

私やティアラ、ステイルは挨拶の後、瞬間移動で一足先に帰国することになっている。近衛騎士の四人も一緒の帰国だ。エリック副隊長は帰国した後も暫くは安静だろうけれど、ステイルが怪我人ならば尚のことと母上から一緒の帰国をさせる了承を得てくれた。

　本当なら怪我人だけでも騎士全員瞬間移動したかったのだけれど、そこまで大規模な移動は流石に駄目だった。各国や地域でフリージア王国騎士団の様子を窺っている密偵や使者の目を考えても、ステイルの特殊能力が知られてしまう可能性はなるべく避けないといけない。王族だけなら移動中も馬車の中だし不在でも気づかれないけれど、怪我人や騎士隊が目に見えていなかったら不審に思われてしまう。……何故私達だけが先に瞬間移動で帰国するように母上から命じられたのかは、未だにわからないけれど。

「貴殿の功績も忘れはしません。素晴らしく強く、誇り高い騎士でした」

「素晴らしい采配でした。ハナズオ連合王国は両国とも貴方の手腕に救われました」

　私達と最後の挨拶を終えたランス国王とヨアン国王が騎士団長とジルベール宰相とも握手と挨拶を交わす。光栄です、とんでもございませんと二人もそれぞれ挨拶と笑みで返していた。

「……プライド」

　そして最後に、第二王子であるセドリックと別れの挨拶を交わす。私に贈ってくれた指輪があった指には、やはり今は何も嵌められていない。心なしかそれを含んでも今日はどこか装飾品がいつもより足りていない気がする。……まぁ、いつもが多過ぎるのだけれど。

　既に神妙な表情を浮かべているセドリックに私から握手の為に手を伸ばす。優しく私の手を取ったセドリックはぎゅっと両手で握り返してくれた。燃える瞳がこれ以上ないくらいの熱量で私に多くを語ろうと向けられている。

「元気でね、セドリック。ちゃんと国王陛下の言うことを聞いてね」

そう言って笑みで返すと、セドリックが「ああ……」と短く答えてくれた。真剣とも取れる作り笑い一つない表情のままだ。握手を交わした後には私の顔色を窺うように目を向け、手の甲に口づけをしてくれた。

事前に誰かから〝敬愛〟の証である手の甲ならセーフと確認を取ったのか、私の様子を見つつではあるけれど戸惑う様子はなく唇を添えてくれた。金色の長い髪が腕に掛かり、更には至近距離の綺麗な顔に思わず顔が熱くなった。最初に会った日の手の甲への口づけとは違い、重々しく手の甲に触れられたその唇は……、…………あれ。思わず手の甲に口づけしてくれたセドリックに色々考え込んで呆けてしまったけれど、何だか口づけが長い気がする。…………まさか。

「え……」

ふと、予感がして思わず声が漏れた。左右を見ればステイルやティアラも気づいていたらしく驚いたように瞼を開いていた。私の手の甲に口づけをしてから、数秒掛けてセドリックがゆっくりとその唇を離す。

敬愛の〝誓い〟だ。

単なるその時だけの〝敬愛〟の意思表示ではない。生涯に渡って敬愛し続けると、……私がそれだけの人間だとセドリックが認めてくれた証だった。目の前にいる第二王子からの意思表示に、驚きで声が出ない。最初に会った時は何の脈絡もない口づけばかりだったけれど、今回は違う。ちゃんと口づけの重みも意味も理解した上での、更には証ではなく誓いだ。

あの時のような自信たっぷりの笑顔もない。真摯な表情で、顔を上げた後もまるで贖罪でもしているかのように眉を寄せ私を正面から捉えていた。男性的に整った顔でそんな表情をされるからいっそ決め顔よりも心臓に悪い。

「誓います……。次にお逢いするまでには、必ず変わっていると」

突然、いつもの聞き慣れた話し方からの敬語だった。最初の最悪な印象をやり直すかのような言動に動揺が隠せない。必死に悟られまいと顔の筋肉に力を込めたけれどそのまま固まってしまう。そっと手を離されれば、パタリと手に力が入らず真横に垂れてしまった。

「本当は、その…………に……………たかった」

独り言のように小さく、くぐもった声は上手く聞き取れなかった。聞き返したくて目だけで顔を見返せば、少し残念そうに哀愁を帯びた笑みが先に向けられていた。

「ですが、俺にそれは許されない。……少なくとも、今は」

手を胸に添え、最後に深々とこうべを垂らす。優雅なその立ち居振る舞いは、誰がどう見ても立派な王子様そのものだった。私が尋ねるように見つめてもセドリックはそれ以上語ろうとはしない。ただ、どこか大人びたその表情は何かを物語ろうとしているかのようだった。……昨晩の指輪と同じように。

無意識に、彼から貰った指輪を仕舞ったままの懐を、気づけば胸ごと服の上から押さえつけていた。きっと、今の口づけもそういう意味だろうと思えば、彼の真摯な気持ちが余計に身に沁みた。

私に顔を上げたセドリックが次に隣のティアラへ握手を求める。少し怪訝そうな表情のティアラだったけれど国同士の挨拶だ。ゆっくりとセドリックへ手を差し出した。彼は片手で重々しくティアラと握手を交わし、敬愛の挨拶でもある手の甲に口づけをする。今度はすぐに唇を離し、それを見届けたティアラが「ふんっ」と鼻を鳴らして顔を小さく逸らした。そのままセドリックから手を緩められる前に自ら手を引……こうとした、寸前。

ティアラに添えられていた手とは反対のセドリックの手が動いた。片手ではなく両手でティアラの手を包んだと思った瞬間。チャリッと小さな音がした。

顔を逸らしていたティアラが驚きで目を丸くする。水晶のような大きな瞳をセドリックの燃える瞳へ向ける。

私の位置からは、長い髪に隠れて表情は見えない。ただ、手を包んだままのセドリックがそっと彼女に耳打ちをするようにして、私側のティアラの耳に顔を近づければ潜めた声が隣にいる私まで聞こえてきた。その言葉に、私は。

「〜〜〜〜っっっっ?!!!!」

もう、声にすらならない。顔が、身体が灼熱のように熱くなって頭が沸騰する。こんなにクラクラしたのなんて、レオンに頬へ口づけされた時以来だ。

セドリックの横顔に釘付けになりながら固まると、私の背後に控えるアーサーとカラム隊長が心配して私の名を呼んでくれた。二人にはどうやら台詞は聞こえなかったらしい。唇を強く結んだまま固まっていると、暑過ぎて汗までかいてきた。

セドリックはそっとティアラから離れ、私の時と同じように頭を下げた。そのまま何ごともないようにステイル、ジルベール宰相、騎士団長に挨拶を続ける。ティアラも私と同じように固まったまま動かない。放心したようにセドリックへ差し出したままの手でぎゅっと拳を握ったまま白い肌を真っ赤にさせていた。

あまりに私とティアラが真っ赤になっているから、それに気づいたランス国王が「セドリック！　また何か不敬をしたのか⁉」と挨拶を終えた後のセドリックに怒鳴った。ヨアン国王も心配そうに私とティアラを見比べる。反対隣にいたステイルまで私達のほうを覗き込んできてくれて、何もされていないと弁明する私の次に真っ赤なティアラにも声を掛けていた。でもティアラも完全に固まったまま小さな声で「な……なにも……」と呟くだけだ。セドリック本人も、手以外は触れてもいないと国王二人に言ったけれど若干顔が赤い。

上手くステイルとジルベール宰相が先を促してくれた。最初に私とティアラ、アーサーとカラム隊長が帰国すべくステイルが伸ばした手を掴む。

「そっ、……それではまた。……皆様とお逢いできるのを楽しみにしております。騎士団長、ジルベール宰相、騎士の皆様、お先に国で待っておりますね」

なんとか言葉にして、顔真っ赤の汗だくだくのまま皆に笑いかける。言葉がそれぞれ返ってきて、頭を下げられた。それをしっかり見届けた後、やっと私達の視界は切り替わる。

見慣れた我が国フリージア王国の城内に。

気が抜けて、視界が切り替わったとわかった瞬間にその場にぺたりとへたり込んでしまう。同時にティアラも私に寄りかかるようにして一緒に座り込んでしまった。アーサーとカラム隊長が心配してくれて、一拍置いてからステイルがアラン隊長とエリック副隊長を連れて現れる。私達の出現に、城内はすぐに慌ただしくなった。私達が宮殿の玄関口に瞬間移動したから、どんどん見慣れた衛兵や侍女達が駆け寄ってくる。ステイルと近衛騎士達が私達の身を案じながら集まってくる衛兵や侍女達に対応してくれる中、私はティアラと互いの真っ赤な顔を見合わせた。

「お姉様……」

なんとか口を再び開いたティアラは緊張が解けたように若干涙目だ。そのままそっと、私にだけ見えるようにして握られた拳の中身を見せてくれた。さっき、セドリックに握らされた品だ。それを確認しただけで私の熱が更に上がる。頭の中にセドリックのさっきの言葉が鮮明に蘇る。

『……必ず、相応しい男になってみせる』

深く、低いセドリックの声だ。色気の混じったその声が、思い出すだけで頭を振動させた。

『知識も、技術も、教養も全て。……必ず身につけてみせる』

確固たる決意がそこにはあった。セドリックの覚悟は私もちゃんと知っていた。彼はその為に昨晩、私にあの指輪を贈ってくれたのだから。

『その隣を俺は、……生涯の居場所にしたい』

それを聞いた瞬間ティアラは一瞬隣にいた私を見た。まるで意味を疑うような、確かめるような眼差しで。セドリックの言葉が冗談か本音かわからなかったのかもしれない。そして彼は確かに最後、こう言い放った。

『ティアラ・ロイヤル・アイビー。……貴方に、心を奪われました』

ティアラが見せてくれる手の中の品に、私もセドリックから渡された指輪を取り出し見せた。セドリックが私に贈ってくれたのは、彼が左手の親指にこれまで嵌めていた指輪だ。

親指は〝権威の象徴〟と〝信念を貫く〟ことを意味している。左手の親指なら〝障害を乗り越え〟

〝力を発揮する〟意味もある。本来ならばそこに指輪を嵌めることで願いを込めるそれを、彼は敢えて私に贈ってくれた。それはつまり彼が願掛けではなく、自分の意思と力でそれを成し遂げてみせるという私への誓いと意思表示だ。そして、セドリックがさっきティアラに手渡したのは……。

片耳分のピアス。

セドリックがいつも身につけていたピアスだ。セドリックの装飾品がいつもより少ない気がするとは思っていたけれど、今思い出せばティアラに彼が耳打ちした時チラッと見えたその右耳にはピアスがなかった。

男性の左耳だけのピアスは愛する女性を守るという誓い。更に言えば一揃いのうちで片方のピアスを贈ること自体その女性を愛しているという意思表示だ。セドリックはあのひと時でティアラに全ての形で自分の気持ちを伝えきった。そして彼は、その望みを叶える為にも確実に動き出すだろう。私に贈った指輪がそれを物語っている。

生半可な気持ちじゃない、恐ろしいまでの覚悟がそこにある。ゲームではたった一年足らずで立派な国王代理に成長した彼は、一体どこまで成長するつもりなのか。

「私っ……そんな、……何故、私に……？」

まだ言葉が気持ちに追いつかないのか、辿々（たどたど）しく零（こぼ）すティアラは顔を真っ赤にしたまま視線を泳がせていた。唇を震わし、両手で胸を押さえつける。あわあわと言葉を漏らしながら最後にセドリックに渡されたピアスをぎゅっと握りしめ、呟いた。

「……〜〜っ……、……ほんとっ…………だいきらいっ……」

顔を真っ赤にしたまま、金色の瞳を潤ませたティアラは怒ったように小さな拳を静かに震わせた。

どこにあった……?!　その、フラグ……?!

「……なるほど。概(おおむ)ね通信兵を介した際の報告通りですね。プライド」

そう謁見の間で女王ローザは静かに頷(うなず)き微笑した。予定通りハナズオ連合王国からの帰還を報告された彼女は、早速娘達の顔を見るべく自分の元へと招いていた。傍らには王配であるアルバートそして摂政であるヴェストを伴い、待ち侘(わ)びた再会を玉座で叶(かな)えた。自分の前に並ぶプライド、ティアラ、ステイルを見つめながら、ヴェストによる情報共有を耳に通した。

プライド達からハナズオでの報告があったように、ローザもまたラジヤ帝国との和平が成立したことを改めて彼女達に告げる。諍(いさか)いもなく表向きは協力的な対応であったことも語れば、プライド達もほっと胸を撫(な)で下ろした。

「此度(こたび)はよくやってくれました。プライド、ティアラ、ステイル。これでハナズオ連合王国とも良き関係を築き、双方の平穏も保たれるでしょう」

ぴんと張り詰めた空気の中、ローザからの賞賛の言葉にプライド達もそれぞれ丁寧な礼で返した。今回のハナズオへの出向を許してくれた女王へと感謝を示す。互いの報告を終えたところで、一度はそこで沈黙が広がった。護衛の衛兵も咳払(せきばら)い一つも許されず、そして女王の許可もなく退出ができないプライド達もまた背筋を伸ばし指の先まで神経を張り巡らせる中、それぞれローザを見つめる。

「……少し、大事な話をしましょうか」
フ、と静かな笑みと共にそこで目配せをするローザに、受けたヴェストも護衛達へと合図を送る。人払いの命令に、その場に並んでいた衛兵達だけでなくプライドと同行していた近衛(このえ)騎士達もまた一礼してその場を後にした。人払いの意味は外部との遮断そのもの。護衛ですら耳にすることも許されない会話だ。扉が静かに閉じきれられるまで、プライドも肩を狭めて振り返ることもしなかった。人に聞かれては困る、と考えれば表向きとは別にラジヤ帝国と何かあったのかとも考える。ただでさえ、ラジヤの名前を出したヴェストはプライドの目にも上機嫌には見えなかった。内容は「協力的だった」と言っていたにもかかわらず、まるで思い出すように柔らかな目元が僅かに険しくなっていた。

　緊張のあまり、人払いが完了するまでも繰り返し飲み込んだ口の中をプライドは小さく噛んだ。胸をぎゅっと押さえ、ローザの言葉を待ち、そして。

「……それで？」

は……？　と、突然沈黙を破ったローザの言葉に、プライドは一音を漏らす。それで⁇　と心の中で反復し思考する。てっきり人払いした本人であるローザから話があると思ったのに、自分が投げかけられるとは思わなかった。しかも、たった一言でもわかるくらい母親の声色は変わっていた。

「…………怪我の状態は。どうなのですかと聞いているのですプライド。軽傷とはいえハナズオの厚意で完治まで滞在していたのがそもそも帰国が遅れた理由でしょう？」

　さっきまでの悠然とした話し方とも違う、早口でまくしたてる少女のような話し方だ。女王としての話し方ではない、母親としての素のローザにプライドも半分笑った顔で固まった。自分の心配をしてくれていたのだなと思いつつ、……無事に足の怪我についてはきちんと誤魔化せていることにこっそり安堵する。今この場に近衛騎士のアランもカラムもいなくて良かったと思う。

　ええ勿論です、ご心配ありがとうございますとプライドが言葉を返す中、ステイルとティアラも気づかれないように口の中を噛み、平静を装った。二人からもプライドが祝勝会のダンスに参加するほどに回復したことを伝えれば、ローザだけでなくアルバートとヴェストも音になく息をはいた。ローザも人前ではない分、隠さずに大きく胸を撫で下ろす。

「安心しました。貴方も大変な目に遭いましたねプライド」

「いえ母上。とんでもないことでございます。そんなことよりも、以前にもお伝えしました通り此度の怪我は私による勝手な行動と不注意によるものです。どうか、私の命を救ってくれた我が近衛騎士のアラン・バーナーズ騎士隊長とカラム・ボルドー騎士隊長には寛大な処置をお願い致します」

自分の傷を按じ労ってくれる母親に感謝しつつも、今は近衛騎士二人の進退をとプライドは胸を示し一歩前に出る。彼らが何を選択しようとも受け入れる覚悟はしたが、母親にも彼らの功績を知って欲しいことには変わらない。プライドの言葉に、今度はティアラも前に出る。

「お姉様の仰る通りですっ！　お二人がいたからこそお姉様は助けられましたっ」

控えめながらも声を張り、続けて近衛騎士としてばかりではない騎士としての彼らの活躍も訴える。セドリックの一件のせいで暫くは赤面で動けなかったティアラだが、この訴えの為にも謁見の間へ姉と同行した。ただの報告だけならばプライドと補佐の兄だけでもこと足りる。

「……僕からも、お願い致します母上。あのお二人はとても優秀で何より信頼ができる騎士です。今後も姉君の危機を防ぐ為に、彼らの協力は必要だと補佐である僕も判断しました」

彼らの判断と行動に落ち度がなかったことも、宰相のジルベールと騎士団長のロデリックと共に確認済みであることも重ねて弁護する。ステイルにとってもやはり彼らはプライドに必要であるという考えは変わらない。実力も人望もあり、他ならないアーサーも信頼を置く騎士だ。

三人からの突然の訴えに、ローザだけでなくアルバートもヴェストも僅かに目を丸くした。王族三人が騎士の弁護など滅多にあることではない。聞き入っている間もまた三人がそれぞれ順番に彼らの弁護を功績を語り続け一区切りついたところで、静かにローザは手で止めた。女王の制止にぴしりと口を閉じながらも真剣な眼差しを変えない娘達に、ローザは溜息を飲み込んだ。

「……貴方達の言い分は理解しました。彼らの進退については、騎士団長とも相談の上で決めます。貴方達の意見も踏まえた上で正当な処遇を約束しましょう」

　今日は疲れたでしょう、ゆっくり休みなさい、と。女王らしい声高さと共に退室の許可を与えるローザに、プライド達も深々と礼をしてその場を去った。自分達から伝えた以上、後は最高権力者である母親の判断に祈るしかない。一度開かれ、彼女達の退室後に再び扉が閉ざされる。最上層部三人だけが残された瞬間最高権力者ローザは、……ぐったりと額を押さえ脱力した。

「………あの子、……自分の怪我を〝そんなこと〟って…………〜〜もうっ!!」

「ああいう自分を二の次にするところは、君に似てしまったなローザ」

「アルバート、それを言うならば他人のことばかり気に掛ける癖は間違いなくお前の血だ……」

　ジタバタジタバタと玉座で足をバタつかせる女王の肩にアルバートが手を置けば、ヴェストも自身の眉間を指で摘みながら肩を落とした。

　折角愛しい娘息子達の帰還に、初めて戦場に出たことへの恐怖や傷を負った痛みを分かち合おうと一週間前から意気込んでいた母親が、「そんなことより」の一言で切られ近衛騎士の弁護に切り替えられてしまったことに打ちひしがれるのを、今だけは静かに同情した。

「これは偶然ですね、フリージア王国の皆様」

騎士団長のロデリック率いる騎士団がハナズオ連合王国を出国してから二日目、騎士達はフリージア王国に向けての帰路に入り、……その途中、彼らに遭遇した。

全隊が足を止め、目の前に悠々と立ち塞がる馬車から降りてきた人物に騎士団長のロデリックは僅かに顔を顰めた。

「実は我々もつい先日までフリージア王国に訪問させて頂いていたのですよ」

堂々と振る舞いながら笑う男に、ロデリックは相手が何者なのかだけ察しをつけた。自分達がフリージア王国を留守の間、何者が訪れる予定だったかはよく知っている。その為に、副団長であるクラークを含めた約半数の騎士をフリージア王国に置いてきたのだから。

「ああ、申し遅れました。これでも私、ラジヤ帝国の皇太子でして。この度、フリージア王国と和平を結ばせて頂きました」

不快に感じる笑みで語られる彼の名乗りを受けながら、今度はロデリックが己の身分と共に名乗った。これはご無礼をと挨拶を続けながら、何故わざわざ自分達を待ち構えていたのかを考える。

偶然、ではない。彼らが立ち塞がっていたのは一本道。しかもハナズオ連合王国からフリージア王国を繋ぐ、自分達が確実に通る道だ。

通信兵からの報告で、ラジヤ帝国の彼らが会合のその日にフリージア王国を出国したことも知っている。タイミングから考えても、既に彼らはこの道を通り過ぎている筈だった。

「そうですか、貴方が噂に名高い騎士団長殿ですか。それはそれは。……さぞ、良き特殊能力に恵まれていらっしゃるのでしょう」

　嫌な愛想笑いを向けながら、最後にロデリックを見る笑みが引き攣るように歪んだ。ニマァ……という笑いに敵意を感じ、背後に控えた騎士達も気づかれないようにアダムへ身構えた。

「お会いできて光栄です。ところで、その馬車は……？　もしや王族の方々がおられるのではないでしょうか。是非とも一目御挨拶願いたいのですが」

　ニコニコとした軽薄な笑みに、ロデリックは表情を崩さないまま断った。馬車の中はたとえ誰であろうとも検めさせることができない旨を伝えると、初めてアダムの眉間に皺が寄った。

「どうしても……でしょうか？　せめてどなたがいらっしゃるかだけでも教えて頂きたいと、皇太子である私がお願いしているのですが」

「大変申し訳ありません。帰国までは護衛の為に何があろうともお通しすることはできません」

　きっぱりと言いきるロデリックに、アダムは舌打ちしたい欲を必死に抑えた。残念ですと返しながら、友交の証の握手をと手を差し出した。

「何があろうと、ですか。和平を結んだ証として一度、第一王女殿下や第二王女殿下にお目に掛かりたかったのですが。間近ですら許されないとは、やはりフリージア王国の壁は高く強固らしい」

　聞き取り方によってはフリージア王国の対応を咎めているようにも聞こえる発言に、ロデリックは冷静に対処する。大変申し訳ありませんと返しながら、アダムの手を取ろうとしたその時。

「構いませんよ、騎士団長」

　馬車の中から落ち着いた男性の声が放たれた。思わずロデリックも振り向けば、ゆっくりと馬車の扉が開かれる。ロデリックの背中越しにそれを覗き見たアダムは予想外の人物に目を丸くした。てっきり王女が乗っていると思った馬車から降りてきたのは、薄水色の髪をした男性だ。

「ジルベール宰相殿。……宜しいのですか」

「ええ、私などの為にプライド様や王族の方が誤解を招くほうが問題ですから」

ロデリックからの問いに笑顔で答えるジルベールは、共に乗っていた護衛の騎士と共にアダムへ歩み寄る。皇太子の不快な笑みを物ともせず、自らその手を差し出した。

「お初にお目に掛かります、アダム皇太子殿下。フリージア王国で宰相を任されております、ジルベール・バトラーと申します。どうぞお見知り置きを」

「……これは驚きました。女王陛下には王女殿下がハナズオに赴いていると伺っておりましたので」

握手を交わしながら笑むジルベールに、合わすようにアダムも笑みを作る。なるべく声が低くなり過ぎないように留意しながら言葉を繋げた。自分と似た種類の笑みに心の底で嫌悪する。

「ええ、そうなのですよ」とジルベールは自身が降りた馬車と後続の馬車を手で示した。

「実を言いますと、王族の方々は別の道でフリージア王国に向かっておりまして。今頃王女殿下はここよりも遥かに安全な道で帰路を向かっていることでしょう」

ピク、ピクとアダムの眉が痙攣した。つまりは自分達が囮に引っかかったのだと揶揄されたような言葉に、苛立ちを内側へ抑えつける。「なるほど」と返せばジルベールは更に言葉を続ける。

「ラジヤ帝国との和平が成立したことも、我々は今知りました。幸いです。……どうか、王族の方々が別経路で移動中ということは御内密にお願い致します。和平を成立したばかりであろう、アダム皇太子殿下だからこそお話しさせて頂きました」

疑うのならば馬車の中をどうぞご確認下さい、と。馬車までの道を騎士達にあけさせるジルベールを、アダムは笑顔で睨んだ。こういう食えない男が最も厄介だということをよく知っていた。

「それはそれは失礼致しました。どうぞ道中お気をつけ下さい。馬が元気なうちに進めると良いですね」

にこやかに笑いながらアダムは合図で自身の馬車を退かす。騎士団が横を抜けられるように道があけられ、やっと馬ごと道を進むことが可能になった。

ええありがとうございます、とジルベールが改めてもう一度アダムと握手を交わす。その間にロデリックは騎士達に合図を出し、彼らを横切るように先を急がせた。ジルベールも馬車に戻ろうと騎士達へ振り返り、握手する手を緩め出す。

「アダム皇太子殿下。是非ともこれから先も末永く宜しくお願い致します。プライド第一王女殿下も、ラジヤ帝国との永き和平関係を心より望んで──」

「…………………は……？」

突然、澄ました筈のアダムの口から間抜けな声が漏れた。上塗りするようなその声に、ジルベールは発言を止めた。何故かいつまで経っても自分の手を離そうとしないアダムに首を傾げる。何か……？　と尋ねるが、アダムからその返答はなかった。代わりに恐る恐る信じられないものを見るような眼差しを向け、顔を上げる。

「………お前、正気か……？」

ぼそり、と思わずといった様子でアダムの素の言葉が投げられる。笑みも忘れたその表情に、ジルベールだけが笑みを絶やさないままもう一度アダムに対して首を傾げて見せた。

「……ええ、勿論。心よりラジヤ帝国との和平を我が国の誰もが願っております」

そんなおかしなことを言っただろうかと思いながら社交辞令を続ける。その言葉にアダムは気を取り直すように「へぇ～……？」と呟き手を離す。両手の平をジルベールに開いてみせた。

「いや～、フリージア王国は御立派な騎士団長だけでなく宰相まで御立派なんですね」

淡々と笑いながら、アダムはあくまでも上手の立場として振る舞った。胸を張り、偉そうに笑い声を零してみせると、そのまま自分より背が僅かに高いジルベールの頭を小馬鹿にするように撫でた。

ジルベールにとって明らかに歳下ではあるが相手は皇太子。「お褒めに預かり光栄です」と笑みで平然と返せば、初めてアダムの笑みが引き攣った。数歩後退り一瞬もジルベールから目を離さない。

「……では、我々もここで失礼致します。これからコペランディ王国に大事な用事がありまして」

アダムがもう一度、ジルベールの反応を見るように言葉を投げた。だが、それでもフリージア王国宰相の表情は崩れない。

「おや、コペランディ王国ですか。どうぞ我々からも宜しくお伝え下さい。女王陛下から聞き及んでいるでしょうが、実は多少の諍いがありまして。……勿論ラジヤ帝国と和平を結んだ今、コペランディ王国とも和平を築ければ幸いです」

そう丁寧な挨拶と共に、今度こそジルベールはアダム達に別れを告げた。背後を護衛の騎士とロデリックに守られながら礼儀に則り引いていく。アダムが優雅に挨拶を返し自分の馬車へ戻るのを見届けてから、フリージア王国騎士団はやっと彼らに背中を向けた。

「……仰る通り、先行部隊から馬に乗り換えて正解でした」

「まぁ、……私も念の為が大きかったのですが。まさか本当に待ち伏せされているとは」

ロデリックからの礼にジルベールも軽い動作で返す。出国からは先行部隊の牽引のお陰で、馬なら

ば数日掛かる距離を短時間で進むことができていた。しかし二日目の単調な道に差しかかった時、敢えてここから暫くは馬での移動をと提案したのはジルベールだった。

「王配殿下から通信でアダム皇太子がプライド様とティアラ様に御執心とは伺っておりましたので」

一人乾いた笑みを浮かべながら、ジルベールはハナズオ連合王国での通信を思い出す。王配のアルバートからラジヤ帝国との和平も全て聞き把握していた。

和平相手とはいえ、同盟相手ではない。更に言えば相手は未だ警戒すべきラジヤ帝国。ジルベールとしても容易に先行部隊を見せたいとは思わなかった。移動中に見かけた程度ならばまだ良いが、引き止められて手の内を根掘り葉掘り聞かれることは避けたかった。隠すことではない、だが見せびらかす必要はもっとないと考えるジルベールにロデリックも同意見だった。

「ではこの後も宜しくお願い致します」とジルベールはロデリックに頭を下げると再び馬車の中に足を運ぶ。扉を潜る直前、首を捻らせ一度だけラジヤ帝国の馬車の方向へ振り返った。既に角を曲がった後の為、馬車は姿形もない。ただ、耳を澄ませば遠くで蹄の音だけは拾うことができた。

「………不気味ですねぇ」

口の中で小さく呟き、最後にジルベールは馬車へ乗りきった。

「…………あ……アダム様……、……お、お加減でも……？」

参謀長が青い顔で恐る恐る声を掛ける。馬車に乗り込んでからのアダムの様子が明らかに違った。いつものように騒ぎ立てるのでもなく自分達に八つ当たりする様子もない。ただ、座り込んだまま頭を右手で抱え固まっていた。笑っているように引き上げた口元と、怒りで血走った目が完全に常軌を逸していた。参謀長の言葉に、気がついたように頭をガリガリと掻き乱す。右に流され整えられていた深紫色の髪が畝り、乱れていく。

「バケモン……」

ボソッ、と呟かれたその言葉は誰の耳にも拾われなかった。微かに荒い息遣いだけが耳に残り、部下二人が聞き返すが無視された。ガリガリガリガリガリ……と頭を掻きむしる音が暫く続いた後、アダムは深く息を吸い上げた。項垂れたような体勢から身体を起こし、目の前のソファー席を思いきり蹴り上げる。ガンッ！　という乱暴な音と共に「ハハッ」と軽い笑いを零した。

「やっぱ、フリージアはバケモンばっかだ」

馬車の窓から背後を覗き込む。既に角を曲がった後でフリージア騎士団の姿は見えない。だが、それでも構わないようにアダムは背後に向けて口を開き、不気味に笑った。

「……気に入った」

涎が垂れるほど歯を剥き出しに引き上げたその口で。

ハナズオ連合王国がフリージア王国を見送ってから三日。民は戦前の落ち着きを取り戻しつつあった。チャイネンシス王国の国王である僕も、友人であるランスとセドリックへ会いにサーシス王国へ寛ぎに行く余裕ができて今ここにいる。腕を組み眉を難しく寄せる、ランスの部屋だ。

「……それで。何故あれほどに騒いでいたんだ？」

サーシス王国の国王であるランスを前に、僕とセドリックは向かい合わせにソファーに埋もれながら口を噤んだ。正確には、不貞腐れたセドリックに先んじて僕が話すわけにはいかなかった。

発端はセドリック、そして大事にしたのはこの僕だ。公務中のランスを客間で待っていた僕へ先に会いにきてくれたセドリックからのある相談に、取り乱した僕が廊下に出て大声でランスを呼んでしまった。まさかセドリックからよりにもよってあんな相談を受けることになるとは思わなかった。今も「ヨアン、お前まであんなに取り乱すなど」とランスに言われても、上手く説明する言葉が見つからない。セドリックもソファーに埋もれたまま僕とランスから顔を逸らして頬杖をついている。

「…………………………兄貴には関係ない」

「ランス、すまない。僕があまりのことに思わず君を呼んでしまって。本当に、何もないから」

思わずとはいえ、公務中の彼を声だけで呼び出してしまうなんて。セドリックが勉学から逃亡した時以外今まで誰もやらなかった暴挙だ。それを国王である僕がしてしまうなんて恥ずかしい。

「構わん。ちょうどお前のところに行こうとしていたところだ。……セドリック、ヨアンをあまり困らせるな」

ランスの言葉に再びセドリックがむくれた。一瞬ちらりと僕のほうに目を向けると身体中の空気を吐き出すように大きな溜息を漏らす。そして諦めたように口を開いた。

「………………恋愛相談だ」

ゴホッ！　ゴバハッ‼⁉　と、直後にはランスからすごく面白い咳が放たれた。身を乗り出すように机に両手をつき、椅子から立ち上がる彼に僕も苦笑いをしてしまう。〝恋した相手にはどう関われば良いか〟と、それがセドリックが僕に持ちかけた相談だった。

「セドリック⁈　お前っ……何故、突然⁈」

咳込んだ息苦しさか、それとも別でなのかランスの顔が若干赤い。僕らから顔を逸らしたままのセドリックの頬もまた仄かに紅潮していた。ランスの様子を目だけ向けて「だから言っただろう。どうせ兄貴はこういう話に疎い」と僕に言い放つ。少し開き直ったようにも見える彼はソファーの背もたれへ仰け反るようにして身を委ね出した。

「ど、……どこの令嬢だ……⁈」

僕も、セドリックから聞いた時似たような問いをした。恐る恐る尋ねるランスが僕とセドリックを交互に見比べる。セドリックは体勢を変えないまま僕に答えた時と同じように言い切った。

「異国の王女だ」

迷いのないセドリックの言葉に、見事にランスが再び噎せ返る。ゴボッゴガッゴハッ‼　と何度も咳き込み若干酸欠のように肩で息を整える。視線をセドリックから僕へとずらし、凝視した。見開いた目が咳き込んだせいもあってか血走っている。僕が「たぶん」と意味を込めて頷けば、一気にその場に項垂れた。

「…………セドリック。何故お前はそう果敢にフリージア王国に挑もうとするのだ」

はぁぁぁぁ……と、長く深い溜息の後にランスは再び席に腰かけた。対してセドリックは少し顔を紅潮させたまま、僕らからプイと顔を背ける。

「……それで。あれだけの不敬を目にされた場合、どう接すれば良い？　これから先、俺の気持ちを伝えた上で礼を尽くし、……償うにはどう接すれば良いのかわからん」

投げやりに言ってみせるセドリックは、その口調とは裏腹に顔が更に赤みを帯びた。遠回しにフリージア王国の王女が恋の相手だと肯定した彼だけれど、平気なふりをしているだけで本当は恥ずかしくて堪らないのだろう。彼も十七歳なのだから、恋の一つはしてもおかしくない。ただ……。

「……先に言っておくが、お前がフリージア王国にやらかしたことは普通ならば許されん。あれはプライド第一王女の慈悲だ」

少し落ち着いたのか、溜息交じりに語るランスは少し厳しい目でセドリックを見た。

セドリックがフリージア王国で犯した暴挙については僕もランスも洗いざらいセドリックに白状させていた。少なくとも彼が不敬だったとあの時点で自覚した分だけでも、詳しく聞いた僕とランスは気が遠くなった。本当にフリージア王国で処分や追放をされなかったのは奇跡以上だ。ランスは聞く度に何度も拳をセドリックに振り落としたし、僕からも説教をして、二人でセドリックに外出禁止を始めとした仕置きも幾らか彼に課した。……まさかマナーの勉強が一番の彼への拷問に近い薬になるとは思わなかったけれど。ランスの話によると、マナーを学び始めたセドリックはそれはもう毎回大変らしい。

ランスの言葉にセドリックは一言肯定を短く返すと、再び「その上でどうすれば良いのか聞いている」と声を低めた。少し気持ちまで沈んだ彼に、僕からも言葉を掛ける。

「まずは次に会う時までにマナーや礼儀を完璧にして、その上でもう一度改めてちゃんと謝罪するのはどうかな」

「だが、それだけでは俺の気持ち全ては伝わらん。……別れ際の言葉を忘れられてしまっていたらお終いだ」

いや、忘れることは絶対にないだろう。全てを記憶できてしまうセドリックにとっては〝忘れる〟ことは程度の感覚も掴めないのだろうけれど、少なくともあの別れ際に赤面していた彼女の様子から見ても確実に印象が強く残ってしまっている。たとえセドリックが忘れて欲しいと願っても百年は忘れられないだろう。

「結局、あの時お前は何を言ってやらかしたんだ」

真剣に悩む様子の弟にランスが腕を組み直し尋ねる。三日前のあの時、彼女達に何を言って何をしたのか。何度聞いてもセドリックは「不敬は犯していない」と言い張ったまま教えてくれなかった。

ランスの問いかけにセドリックは一度だけ僕とランスへ順々に視線を向けた。そして寝返りでも打つようにソファーから僕らに背中を向け、……とうとう打ち明ける。

「……貴方に相応しき人間となり、その隣を生涯の居場所にしたいと。左耳のピアスを贈り誓った」

ガタンガタンガタッッ‼‼

僕とランスは殆ど同時に立ち上がり、セドリックに駆け寄った。突然僕らが突進してきたことに驚いたセドリックは身を起こし「なっ⁈　なんだ！」と声を荒げて目を丸くした。でも僕らも答える余裕がない。僕がセドリックの金色の髪を掻きあげ、ランスが躊躇なくその下の耳を引っ張った。長い髪に隠れた彼の耳は僕らもあまり目にしなかったけれど、確かにその耳にはいつもつけられていたピアスがなく穴だけが残っていた。

「最近お前の装飾品が減ったと思えばそれか!!!!」

「あだだだだだだ!!」と悲鳴を上げるセドリックに、ランスがそれ以上の声を放つ。何故お前は段階を数段飛ばす?! と叫ぶランスの顔は真っ赤だった。恐らく今回は怒りとは別の理由だろう。

意思表示も何も、セドリックは既に彼女へ求婚を終えているようなものだった。まさか今後会った時に再び試みようと考えていたのだと思うと、今回彼が相談してくれて本当に良かったと息をつく。下手をしたら会う度にセドリックは彼女に求婚をしかねない。

確かに、ただ贈り物と愛の言葉を囁かれるだけならば王女として他の国の王子や子息からも受け慣れているだろう。セドリックの話を聞いても上手な言い回しをしてはいないようだし、問題ではない。

ただ、ただだっ……!!

「君がフリージア王国に関わってからまだひと月も経っていないだろう?!」

思わずまた声が上擦ってしまった。だめだ、気がつくと顔が熱い。たぶんまた火照ってしまっているだろうと自覚する。ランスも僕に同意するように頷く中、セドリックは突然きょとんとした顔で僕らを見返した。

「人が恋に落ちるのに時間が必要なのか??」

…………。……だめだ、何故か僕もランスも何も言えなくなる。

思わず固まって言葉に詰まった僕らにセドリックは小首を傾げる。だけど、僕もランスも年長者の意地としてこのまま折れるわけにもいかない。

「……とっ、……とにかく、…………それならもう彼女を口説くような言葉は少なくとも自重したほうが良いね」

　顔が熱いまま俯いて、なんとか言葉を導き出す。するとセドリックから間髪を入れず「何故だ？」と疑問が返ってきた。

「それでは俺の好意は伝わらんだろう」

「……心配せんでも、もう充分過ぎるほど伝わってしまっていると思うぞ」

　ランスが片手で自分の頭を痛そうに抱える。ぐったりとそう返しながらセドリックを見るけれど、本人はきっとまだなにもわかっていない。

「今は伝わっていても、次会った時も俺の気持ちが変わっていないと伝えねば……」

「あまり何度も言うと軽く受け止められてしまうよ？　本人に言っても他の女性にまで言ってもね」

　その証拠に今までの令嬢達も本気にする人はいなかっただろう？　とゆっくり宥めるように言うと、やっとセドリックから勢いが治まった。ひと息分、ソファーに腰がかけ直される。

「だから次からは彼女にも、そして他の女性にもそういう言葉を掛けるのはなしにしよう」

　僕の言葉にランスは「そうだ、それが良い」と何度も頷いた。セドリックも一応納得してくれたらしく、難しそうに眉間に皺を寄せながらも「わかった……」と返してくれた。何はともあれ、これで彼の不敬や非礼の心配は減ったと思うと少し安心する。

　他の令嬢達と同じく礼を尽くす、そして本人だけでなく他の女性にも容易に口説いたり触れたりしないこと。と、もう一度僕とランスの口から念を押す。そこで本人の中では解決したらしく「ならばやはり一刻も早くマナーと教養を完璧にしなければ」と頼もしい言葉も返ってきた。ランスも安心したらしく、今度は自分の席ではなくセドリックの隣のソファーにそのまま並ぶようにして腰を降ろした。二人用のソファーではあったけれど、身体の大きなランスが座ったことでセドリックが少し狭そうに眉間に皺を寄せる。それでもランスは構わず自分の膝に頬杖をつきながら弟を覗き込んだ。

「……それでセドリック。つまりお前はあの方とゆくゆくは婚姻したいと思っているのだな？」

叶うか叶わぬかは置いておくとしてと、ランスが続けながら尋ねると今度はセドリックが目を水晶のようにして固まった。

「…………婚姻……」

ポンっ、とまるでやっと言葉の意味を理解したかのようにセドリックの顔が赤らんだ。……どうやら言い慣れた甘い言葉よりも彼にはこちらのほうが恥ずかしいらしい。初々しい彼の反応に、思わず口元が緩んだ。けれどランスはその反応に「そうか……」と若干重々しく呟いた。僕もそれを見て彼が考えたことを察する。

セドリックが彼女と結ばれるかは、気持ちを別としても正直難しい面が多い。ハナズオ連合王国としての僕らの伸び代にもよるだろう。同盟国として互いの王族が婚姻というのは政治上よくあることだ。そしてセドリックは第二王子。王女との婚姻も一応は問題ない。フリージア王国がハナズオ連合王国と婚姻させても良いと判断してくれれば、同盟関係の強固としても効果的だろう。僕らハナズオ連合王国としても、大国であるフリージア王国の王族との婚姻は大きな意味を持つ。……ただ、フリージア王国がそれだけの利益を感じてくれればの話だ。

ハナズオ連合王国と違い、フリージア王国には多くの同盟国もあるし大国の王女とあれば引く手数多だ。更に言えば、現状僕らはフリージア王国に助けられただけの関係だ。これから自国の金や鉱物による貿易も開く予定ではあるけれど恩を返しきるには到底及ばないし、それを婚姻なんて畏れ多いことこの上ない。何より、当の本人であるセドリックはフリージア王国で多くの不敬を犯していることを彼女は誰よりも知っている筈だ。そしてもし万が一にもセドリックと彼女との婚姻が成立したとして、それはつまり……。

「………………………」

考えると、ランスの気持ちは痛いほどよくわかった。僕も恐らく同じ気持ちだ。寂しくないといえば嘘になる。……だけど。

「良い傾向だとは思うよ」

セドリックではなく、ランスに答える。僕の言葉にランスは俯け気味の顔をこちらに向けてくれた。セドリックは意味がわからないように首を傾げたけれど、ランスは少し肩の力を抜いてくれる。「そうだな……」と呟くと、手だけを動かして隣にいるセドリックの頭を鷲掴んで撫でた。セドリックも髪の乱れが気にならなくなったのか、無抵抗に疑問の表情だけ残して僕とランスを見比べた。

「まぁ……実るかは別として、だ。もしそうなった時は、お前の人生をちゃんと私もヨアンも祝福してやる」

そう言って仄かに笑んだランスに、セドリックは無言のまま同じ燃える瞳を向き合わせた。ランスの笑みを確認すると、少し嬉しそうに視線を下げて「感謝する」と短く答えてくれた。

「……それで、セドリックはいつから彼女に恋をしたんだい？」

気持ちを変えようと、僕もセドリックの反対隣のソファーに腰を掛けながら尋ねる。ランスも気になるらしく、セドリックの頭から手を離して言葉を待った。セドリックは僕らに挟まれながら話すべきか悩むように視線を泳がせ、最後に口を開いた。

「…………………防衛戦の時に」

やっぱりそこかぁ、と僕が笑ってしまうとランスからも溜息が零された。国の一大事に何をしていたんだお前はと言われ、セドリックは耳が痛そうに目を窄めた。

「惚れてしまったものは仕方があるまい。……彼女を、幸福にしたいと思った」

相変わらずの真っ直ぐな言葉にまた僕らのほうが照れてしまう。まぁ既に彼女は充分幸せそうに見えるけれどと思いながら頭を撫でる。そういうことは本人にはあまり言い過ぎないようにと注意しながら「ダンスを踊れなくて残念だったね」と慰めると、予想外に表情が沈んだ。

確かに、彼女はとても素敵な女性だ。心を奪われてしまうのだって僕も、……そして恐らくランスもよくわかっている。セドリックが恋をしたのも当然の流れだろう。それだけ彼女はセドリックに多くを与え、支えてくれたのだから。

「だが、あまり過度の期待はするなよセドリック。相手はフリージア王国の第一王女だ。お前よりも相応しき相手は何人もいる。何よりお前はまだ勉強不足だということを忘れるな」

ランスの言葉に僕は頷く。そう、プライド王女に想いを寄せる男性はセドリックだけではないだろう。僕やランスだって、彼女が第一王女でなければきっと――。

「…………？　何故、そこでプライドの名が出てくる⁇」

あれ？　と、再び僕とランスは停止する。セドリックの言葉を飲み込みきれず、頭の中で何度も思い起こす。……逆に何故ここでプライド王女の名が出ることを疑問視するのかわからない。

「……想いを寄せる相手は、……プライド王女じゃ……ないのかい……？」

「違う。むしろ何故プライドになる？　兄さんや信仰深いチャイネンシスの民も、神と結ばれたいとは思わんだろう」

…………僕らは、何の話をしているのだろう。

怪訝(けげん)な表情を浮かべたセドリックの言葉が異国の言語のように頭に入ってこない。ランスも僕と同じく相手はプライド王女だと思っていたらしく、開いた口が塞がっていなかった。そして今度こそ、ちゃんと確認する為に僕は問いかける。

「………ティアラ第二王女のことが、……好きなのかい……？」

次の瞬間、顔をこれ以上なく真っ赤にしたセドリックが震えそうな唇を引き結びながらコクリと一度だけ頷いた。それはもう、茹(ゆ)だったのかとしか思えないほどの赤面で。

ランスも驚きで反応できないようだった。無理もない、僕らの目では少なくともセドリックに対し、ティアラ王女は彼を良くは思っていないように見えた。勿論、数々の不敬と迷惑を掛けたセドリックに対してティアラ王女の反応が正しいし、当然だと思っていた。だからこそそんな中でも直接不敬を受けた本人であるにもかかわらず親しげにセドリックと関わって下さったプライド王女に彼が心を惹(ひ)かれたのだと。……そう、思っていたのだけれど。

「……ティアラ王女、に………お前が」

ランスが繰り返すように尋ねる。セドリックが耐えられないように赤面する顔を僕らから逸らす。

ティアラ第二王女。とても愛らしく、そして祝勝会で少し話をしただけでも博識で第二王女としての振る舞いも素晴らしい、女性らしい王女だった。何故かナイフ投げを得意としていたけれど、それ以外は理想的な女性像を形にしたような存在の彼女に恋してしまうことも頷ける。彼女は心優しく、僕やランス、ハナズオ連合王国の誰とも分けへだてなく親しげに話してくれた。…………ただ一人、セドリックを除いて。

「防衛戦でティアラ王女と共に私の元へ加勢にきたが……まさかあの時か……？」

ランスの問いかけに、今度は答えが返ってこなかった。ランスに前聞いた話では、見事なナイフ投げで我が国の兵士どころか自軍の騎士達すらをもあっと言わせたらしい。彼女の果敢に戦う姿か、共に戦場を駆けてくれたことか、それとも僕らの知らない間の何かが二人にあったのか。少なくとも、防衛戦を終えてからあの別れの間際までティアラ王女のセドリックへの御立腹は変わらなかった。ダンス中に僕やランスからもプライド王女にだけでなくティアラ王女にも謝罪をしたけれど、彼女は「悪いのは陛下ではありませんからっ」と笑顔で返してくれただけだった。そして……

セドリックは、そのティアラ王女に恋をした。

「っ…………は……はははははははははははっ……」

耐えきれず、お腹を抱えて笑ってしまう。駄目だ、考えたら考えるほど笑いが止まらない。

セドリックが「兄さん‼　何故笑うんだ⁈」と怒り、ランスが久々に見る僕の大笑いに目を皿にした。僕はセドリックに謝罪しようにも、完全に笑いに入ってしまい上手く話せなくなる。「ごめっ……セドリッ……」と漏らしながらも笑いが止められない。

「なん……か……っ……驚きが一周回っ……！　……お、おかしくなっ……〜っ‼」

だめだ、また笑いが込み上げてきた。目尻に涙が溜まるのを自覚しながら僕は自身を落ち着けようと耐える。今まで、セドリックが数多の女性に対して甘い言葉や口説くような発言をして、本人も望まないうちに好意を寄せられたのを僕もランスも見てきた。そして、そのセドリックが初めて恋をした相手は、まさかの彼を世界で一番良く思っていないであろう女性だ。しかも、大国フリージア王国の第二王女。大恩あるプライド第一王女の妹君だ。

「言っておくがセドリック。……実らなくとも、そこで腐るな」

完全に失恋決定かのようにセドリックの肩に手を置くランスに、また笑いが噴き出てくる。プライド第一王女相手であっても、同じくらいセドリックの恋が実る可能性は低い。むしろフリージア王国の王配となるのだからティアラ王女よりも競争率は高いだろう。ただ、人同士の関わりだけで見ればまだプライド王女のほうがセドリックに親しく関わってくれていたように見えた。なのに、……なのにセドリックが恋したのは自分に全く好意の欠片すら向けていなかったティアラ王女だ。

「ティアラに振られることを前提の話をするな！」

まだ諦めんぞ‼　と真っ赤な顔のままセドリックがランスに向き直る。その表情を正面から至近距離で受けたランスがわかったわかったとセドリックの頭を押さえつけるようにして撫でた。

「フリージア王国に迷惑を掛けんことであれば、俺とヨアンも協力しよう。……まぁ、頑張ると良い」

ランスの言葉に笑いがやっと引いた僕も同意する。むしろ、またセドリックが暴走してこれ以上嫌われないようにする為にも僕らが歯止めを掛けないといけない。

何か彼女にしてあげたいことはあるかい？　と探りを入れてみると「……一つある」とやはり何かを既に考えていたようだった。ただそれ以上は何も言おうとしないセドリックに、僕から質問を変える。

「ティアラ王女のどんなところに惹かれたんだい？」

何だか初々し過ぎる気がする話題に質問する僕のほうが擽ったくなってしまう。それでもセドリックの顔を覗き込めば、まだ火照りが冷めておらずあまりに微笑ましくて口元がまた緩む。更にランスから「お前はティアラ王女と何があったのだ？」とも聞かれ、セドリックはおずおずと口を開いた。

「………………彼女の、心からの笑みを見たいと……そう、思えたからだ」

返ってきたのはさっきまでの直接的な物言いとは打って変わり、何故か酷く抽象的な答えだけだった。敢えて詳しくは言おうとしない様子のセドリックに、ランスは「そうか」と一言だけ答えてまた頭を軽く撫でた。僕からも「仲良くなれると良いね」と言葉を掛けると「その為にもやはり一刻も早くマナーを身につけなければ……」とセドリックが痛そうに頭を抱えた。

マナーの教養に最近とても力を入れている彼は、近々とうとう実技にも入るらしい。一歩一歩そして誰よりも速い足取りで彼が前に歩み始めていってくれることは嬉しい。ひと月前までは想像もできなかったセドリックの変化にランスも嬉しそうで、今は加えて少し楽しそうでもあった。

「一ヶ月後には同盟国としてフリージア王国に私とヨアンは挨拶に行くことになっている。それまでにマナーと礼儀を完璧に身につければ、お前も連れていってやる」

途端にセドリックの目が輝いた。「本当だな?!」とその場から立ち上がる。

「良いのかい？　ランス。そんなに早く解禁してしまって」

「勿論、その前に国内の社交界に出して問題がなかったらだ。一つでも問題があれば三ヶ月後までお預けとなるが、……その時に問題を起こされたら目も当てられんからな」

確かに。万が一にもセドリックがまた無礼を犯した場合、来月の挨拶だけならば僕とランスで止められるだろうけれど三ヶ月後にまたそんなことが起これば今度こそ同盟が台なしになる。

「来月に一つでも問題を起こせば、フリージア王国には三ヶ月後どころか二度と行かせん」とランスが断言すると、セドリックが目を見開いたまま数秒固まってしまった。そんな様子に思わずクスクスと僕は笑ってしまう。

僕とランスはフリージア王国が初めてだから楽しみだ。これから先、きっとフリージア王国とは長い付き合いとなっていくだろう。その為にも、僕らは早く国を開く準備を始めなければならない。我が国の鉱物とサーシス王国の金脈。それを貿易として取引を始めることが、フリージア王国との同盟条約のひとつでもあるのだから。……僕らも早くフリージアには〝提供〟したい。

最後、今すぐにでも教師にマナーの実技をみてもらう為にと部屋を出て行こうとする彼を一度引き留める。セドリック、と一言呼ぶとピタリと扉の前で止まってくれた。そのまま振り返ってくれる背中へ僕は笑いかける。

「……沢山、安心して知識も経験も積むと良い。何があっても僕らは君の味方だから」

僕も、ランスもと。そう続ければセドリックは少し照れたらしく、子どものような表情をしたまま一度だけ頷いてくれた。

扉を閉める直前、約束のクロスを服越しに掴んで見せながら。

「すまないな、時間外に呼び出してしまい」

ハナズオ連合王国を発って四日目の早朝に、王国騎士団はフリージア王国に無事帰国した。女王への事後報告や怪我人の処置と救護棟への手配。使用済みの武器の確認と補充、各隊ごとの報告等で慌ただしく一日が過ぎた。アランとカラムが騎士団長室まで呼び出されたのはその日の深夜だった。

いえ、とんでもありません。そう答える二人に頷きながら、騎士団長であるロデリックは横に並ぶ副団長のクラークと一度目を合わせた。

「まずは、……アーサーと共にエリックの不在中も変わらず近衛騎士業務、御苦労だった。まだ数日エリックは安静だが、その間は引き続き三人で近衛を回してくれ」

騎士団長からの労いに、二人も短く了承を返した。ピリピリと肌が痺れるような緊張感が部屋中に漂う。誰か一人でも喉を鳴らせば四人の耳には確実に届いてしまう。数秒の沈黙で、ロデリックからまだ続きがあることをアランもカラムも理解した。

「そして、お前達もわかっているであろう件のプライド様負傷についてだが……」

来た、と。二人はすぐに理解した。第一王女であるプライド・ロイヤル・アイビーの両脚の負傷。近衛を任された騎士としては失態以外の何物でもない。今朝から女王に謁見と報告を済ませていたロデリックがその処分についての判断も受けたであろうことは騎士隊長二人も理解していた。

「これは女王陛下だけでなく私とクラークの判断でもある」と重々しくロデリックは前置きを告げ、とうとう二人へ本題を言い渡す。

「アラン、カラム。お前達は一ヶ月間の謹慎処分となった」

以上だ、と。一度言葉を切るロデリックに、二人は瞬きを忘れ見返した。「え」の音を言葉に出して良いのか悩み、ただロデリックとクラークを交互に何度も見つめた。「それだけですか」と問いたい気持ちを抑え、言葉を待つ。

　本来ならば隊長格からの降格や騎士の剥奪、それ以上すら二人は覚悟していた。しかし蓋を開ければたった一ヶ月の謹慎処分だ。騎士団内で乱闘騒ぎを起こした程度の処罰に何かの間違いではないかと二人が思ってしまう中、腕を組むロデリックに代わり今度はクラークが間を置いてから口を開いた。

「今回の防衛戦で、陛下からのお咎めは殆どなかった。プライド様だけでなくステイル様、ティアラ様がお前達の弁護をして下さったらしい」

　ステイル様が。と、最初に二人は思った。ティアラならばまだわかる。だが、プライドが負傷した時に酷く取り乱し一度は怒りを自分達に剥き出しにしたステイルが弁護してくれたのは予想外だった。与えてもらった近衛騎士の任と信用を裏切ってしまったのは自分達のほうなのだから。

　二人の顔色を見て笑んだクラークが、今度は一歩前に出る。

「確かに御怪我を負わせたことは失態だが、同時にプライド様の御命をお守りした。それに関しての勲章や褒賞は取り下げになるが、同時に減罰をとの陛下と……ロデリックからの計らいだ」

　そう言って肩を叩いてくるクラークに、ロデリックは「お前の意見でもあるだろう」と返しながら目だけで見やった。

　ありがとうございます！　と副団長と騎士団長二人へ声を合わせ深々と頭を下げたアランとカラムは、それでもまだ納得がいかなかった。一拍置いてから「宜しいでしょうか……？」と窺うように小さく顔を上げるカラムに、ロデリックが発言を許す。

「処罰は、謹んでお受け致します。ですが、……本当に騎士団長、副団長はそれだけで良いと御考えでしょうか」

女王からの判断があっても、そこから騎士団長の一存で処分を与えることはできる。降格や近衛騎士、騎士資格の取り下げはと敢えて口にして尋ねるカラムにアランも頷いた。それを受け、ロデリックは大きく肩で息をつき再び口を開く。苦々しげな表情と共に。

「その問いへ答える前に、私からも質問がある」

低い声と共に放たれたその言葉にアランとカラムは一斉に顔を上げ、再び背筋を伸ばす。足の先まで緊張させ続きを待った。

ロデリックが何を問うか知っているクラークは、少し眉の間を狭め彼を見つめた。

「アラン、カラム。……お前達から私とクラークに己が身辺について告げておくべきことはあるか？」

重い、言葉だった。二人はロデリックから目を逸らせないまま言葉に詰まり、唇を強く噛みしめた。

理解は、する。つまりは〝処罰〟という形ではなく本人の希望により〝自主的に退任〟する意思はあるのかという意味だ。受け取り方によってはロデリックが自分達に自らの退任を迫っているようにも聞こえる。

「ッ……、……申し訳ありません！　自分は何もありません‼」

「私もッ……同じく、です」

勢いよく再び深く頭を下げたアランに、カラムも続いた。ロデリックからの返事があるまでこのまま上げまいと二人はじっと自身の足を睨みつける。

〝退任をするつもりはない〟と、その強い意思を込めて。

ロデリックとクラークを視界に入れないまま沈黙を貫くと、どちらからともなく息をはく音が聞こえてきた。呆れられたのか、それとも困らせたのかと。騎士団長と副団長という責任の大きな立場にある二人への悔恨に胸を痛ませたその時だった。

「……ならば、良い」

ほっ、と。落ち着いた温かな言葉がロデリックの口から掛けられた。投げ遣りな言い方ではない、心から安堵したような声だ。アランとカラムも驚き、ゆっくりと顔を上げて見ればロデリックもクラークも先程とは打って変わり穏やかな表情で二人に目を向けていた。

「お前達が自ら退任を望むようであれば、また諭すべきことも変わっていたが……そうでなければ問題はない」

やれやれと若干力が抜けたかのように思えるロデリックの表情にアランは何度も瞬きをし、カラムは開いた口が塞がらなかった。そんな三人を眺めながらクラークは「お前達が残ってくれることを選んでくれて良かった」と静かに声を掛けた。

ロデリックもクラークもプライドや周囲の騎士そして二人の話から、今回の負傷がプライドの行動とその場の状況から避けられなかった事態であることは理解していた。アランとカラムが最善を尽くし、その上で最悪の結果を回避したことも同様だ。だが、同時に二人がそれに責任を感じ処分にかかわらず自ら退任を申し出るのではないかとも案じ、一度決めれば無理にでも騎士団を去るであろうことも理解していた。……だからこそ、先にその意思を問う必要があった。

しかし彼らは騎士を放棄せず自らの役目を全うし続けることを選んだ。自分の杞憂に終わったことに安堵しながら、ロデリックは驚く二人をよそに改めて先程のカラムの問いに答え始めた。

「今回の件、……確かにどのような理由があろうともプライド様に御怪我を負わせたことは騎士として失態以外の何物でもない」

騎士団長からの言葉に二人は驚愕から再び表情を引きしめた。彼ら自身が身に沁みて理解していることだ。思わず視線を落としそうになる二人へ、ロデリックは「しかし」と大きめに言葉を続けた。

「……お前達も今回のことで痛いほどに思い知っただろう。あの方の、……プライド様の異常なまでの危うさに」

どくん、と。二人の心臓が強く脈打った。目を強く見開き硬直させる顔を返事としてロデリックは受け取り、小さく頷いた。

「六年前から、……あの方の行動は時に酷く自棄を孕んでいる」

六年前の騎士団奇襲と崖崩落。当時を知る騎士の中では伝説的に記憶されたプライドの活躍だ。そして殲滅戦と今回の防衛戦。思い出せば確かにそれは勇敢ともとれるが、同時にロデリックの〝自棄〟という言葉も二人の中で強く当てはまった。

「まるで己が価値を〝その程度〟とでも思い込んでいらっしゃるように見える」

気づけばアランは喉を鳴らしていた。カラムも手袋の中が湿っていくのを感じた。ロデリックの言葉を聞きながら今回の防衛戦について思い出す。血の誓いでは自らを引き換えに民を奮い立たせ、今回の負傷も元はといえばプライドが自身よりもセドリックや衛兵を優先させて動いた結果でもある。

〝他者想い〟〝優しい〟〝勇敢〟……例えようはいくらでもある。だが、二人が同時に思い起こしたのは南の棟が崩れ、プライドを救出の為に二人が駆けつけた時に放たれた言葉だった。

『来ちゃ駄目です!!』

確かに、彼女はそう叫んだ。考えるまでもない、救出に来た自分達を巻き込まない為だ。だがあの時だけは彼女だけでどうにかなる域を超えていた。あそこで自分達が運良く見つけられなければ、確実に命を落としていた。

つまりあの時に彼女は〝自分だけは死んでも良いと思っていた〟ということになる。

ぞわっ、と二人の背筋に恐ろしく冷たいものが走った。勿論プライドがそこまで深く考えていなかっただけの可能性も大いにある。心優しく慈悲深い彼女が、他者を巻き込むことを恐れて思わず声を上げてしまっただけだと。だが……

〝自棄〟

何故、彼女が。多くの民に愛され信頼を受け、第一王位継承者として疑う者など誰もいない彼女が何故、と。アランとカラムの頭の中で同じ疑問が生じ出す。

「本人に御自覚があるかどうかは私にもクラークにもわからん。第一王女としての意識や自覚はあるにもかかわらず、……あまりにも御自身を粗末に扱い過ぎる」

まるで死に場所でも探しておられるかのようだ、と続けるロデリックの言葉に二人の額から汗が滴り落ちた。言い知れない不安と恐怖が、浸み込むように全身を侵す。

「…………だが。……やっと、己が身を顧（かえり）みるようにもなって下さった」

少し緊張の解けたロデリックの言葉に二人はやっと息をついた。圧迫された肺が解放されたように自然と呼吸を繰り返す。

『自分の為に、……誰かが死ぬような事態に巻き込まれるのは……。…………すごく、辛（つら）いわ』

指先を震わせながら語ったその言葉は、間違いなくプライドの本心だった。やっと、他者に映る己を顧みてくれたのだと、あの時ロデリックは心の底から安堵した。

「プライド様の御身に危険を及ばせることは許されない。だが、……あの一件でとうとうプライド様はそれを自覚された。あの方御自身の〝他者を犠牲にした〟という痛みと引き換えに」

薬になったと軽く呼べるようなことではない。だが、プライドが自身を顧みるきっかけとなったのは間違いなく、自分のせいで二人を巻き込んだという事実だった。プライドの心にそれほどの痛みを与えてしまったという事実に、アランもカラムも口の中を噛み締めた。結果的にはそれが良い方向の理解に繋がったが、つまりはそれだけ彼女にとっての心の傷になったとも言える。

「まだ、僅かな理解だ。このまま行けばこの先も、……女王戴冠された後も、何度も己が危険を冒しその手を伸ばすだろう。そしていつか、…………本当に己が身を犠牲にする日もあり得る」

二人とそしてクラークにもそれは容易に想像ができた。それこそ無関係の人間の為に盾となって死ぬくらい今の彼女ならば躊躇いなくするだろうと、確信に近いものまであった。三人の考えを読んだかのようにロデリックが「そのうち、護衛の騎士を庇って命を落とすことも容易に考えられる」と語った途端、余計に現実味も帯びてくる。恐怖心の後に全身がザラつくような不快感だけが残った。

「……そして恐らく、…………。……もし、今回のことでお前達が騎士を辞すようなことがあれば再びプライド様は責任を感じ、自己への価値をなくされただろう」

自分などのせいで騎士を辞めざるを得なくなった、と。続けるロデリックの言葉に今度はプライドから自分達に投げかけられた言葉をアランとカラムは思い出す。〝賞賛〟の証を残した直後、彼女は自分にどんな言葉を残し、……そしてどれほどに心を痛めてくれていたか。それを二人は誰よりもよく知っている。

逆にそれがきっかけで己が行動を顧みて二度と危険に身を投じなくなる可能性もあるが、……それ以上に今度は誰にも助けを求めなくなってしまう可能性のほうが大きく感じられた。例えばまた同じように瓦礫の下敷きになりかけた時、今度はひと言も声を上げずに敢えて助けを拒絶するか、いっそ誰も最初から巻き込まないようにとこれから先護衛をつけること自体を拒絶するかもしれない。

それこそが慈悲や優しさだけでは説明しきれない、彼女の根幹だった。

プライドが自分の手の届く相手ならば躊躇いなくその手を伸ばす人間だということは騎士団の誰もが周知している。そして、己が身よりも他者を必ず優先するということも。

「だが、そのようなことは許されない。あの方は次世代の女王だ。何よりもこの国に欠かせない存在となられる」

はっきりと、二人の戸惑いを吹き飛ばすようにロデリックは声を張る。応じるようにアランとカラムも強く頷いた。

「だからこそお前達二人に私から言い渡す。これは騎士団長命令としても構わん。……何か責任が生じた時は、私の名を出せ」

ギンとロデリックの眼差しが強くなる。同時にさっきまでは感じなかった凄まじい覇気が立ち込め、二人も押されるように声を張り応えた。

ロデリックは人差し指を順番に二人へ向けて指し示し、それから静かに低い声で命じた。

「あの方の犠牲を許すな」

短いその言葉には、多くの意味が込められていた。

思わずアランとカラムも順々に口の中を飲み込めば、喉が生々しい音を奏立てた。

「あの方を守るだけではない、時には阻め。犠牲となる前に窘め無理にでもお止めしろ。そしてあの方に、……プライド・ロイヤル・アイビー殿下への犠牲も出させるな」

まるでこの場が戦場の中心かのような錯覚まで覚えてしまう。それほどまでにロデリックからは並々ならない緊張感が溢れ出ていた。その覇気に怖じ気づくまいと二人もまた声を張る。

容易なことではない。第一王女であるプライドの行動を騎士でしかない彼らが止めなければならない。そして守るのはプライドだけではない。彼女の為による犠牲が出ることで再び自己への価値を軽んじさせないように、彼女の周囲全てを守らなければならない。その全てを理解した上で、彼らは躊躇いなくそれに応えた。

プライドを今度こそ間違いなく守る、その為に。

「私やクラークも注意はするが、……最もそれが可能なのは近衛騎士のお前達だ」

二人の返事にロデリックからの覇気も落ち着き出した。ハァ……と溜息交じりに発し、己の膝に両手を置く。

「良くも悪くもプライド様が少し変わられるきっかけとなったお前達だからこそ、頼めることだ。……しっかりと目を光らせておけ」

その締め括りを最後に、ロデリックは淡々と報告事項を告げる。謹慎処分はエリックが復帰してからであること、そして明日は急遽隊長会議を行うことになった為近衛騎士はアーサーと代わりの騎士を配属させることを述べ、退室を許可した。

パタンと扉が閉じる直前に「失礼致します」とアランとカラムは再び深々と頭を下げた。騎士団長室を離れてから数十秒間は、二人並んで歩きながらも何も言わなかった。

夜空にぽっかりとあいた月を眺めながら、ロデリックの言葉を頭の中で反復する。最初に沈黙を破ったのはアランだった。

「…………………………六年前、さ」

ふいに六年前の話題となり、カラムは疑問に思いながらも顔を向けた。アランは月へ視線を上げながら口だけを動かしていた。

「………あの時、アーサーはもう気づいてたのかもな。プライド様のそういう危うさに」

カラムは一度目を丸くした。引き摺られるようにアランの言わんとしていた六年前を思い出す。まだアーサーが新兵どころか騎士団に入団すらしていない時だ。謁見の間でプライドと語らった彼は、……誓っていた。

『俺は必ず騎士になります！　貴方を、貴方の大事なものを……親父もお袋も国の奴ら全員を、この手が届く限り護ってみせる……そんな騎士に‼』

大事なものを、と。アーサーは確かにそう誓った。彼がどんな心境でそう誓ったのかは二人にもわからない。だが、まるでその言葉がそのまま今の自分達に課せられた役割にも重なるように思えた。そして当時新兵にもなっていなかった彼は、どれほどの覚悟でそれを誓っていたのかと。

「…………だとすれば余計に。私達がこれ以上後れを取るわけにはいかないな」

前髪を指先で払いながら呟くカラムは、一度目線をアランから逸らした。彼と同じように月を見上げれば「念の為に聞いておくが」と今度は自分から投げかけた。

「……良いんだな、アラン。プライド様の危うい行動を事前に阻むということは、お前の好むプライド様の立ち回りも……」

「あ――！　良いって良いって‼　…………あの人があんな思いするほうが嫌だし」

カラムの言葉を途中で打ち消したアランは歩きながら大きく伸びをした。ぐぐっ……と腕ごと身体の緊張が解れ「今から鍛錬始めねぇと」と敢えて陽気な声で呟いた。

もともと、戦場で戦うプライドの立ち回りこそが憧れだった。だからこそ戦士としてのプライドに憧れ惚れ込んだ。……だが、今は。

『…………私はっ……まだ、お二人に護って欲しいですっ……‼』

護りたい。そう、淀みなくアランは思う。彼女が今度こそ傷つかないよう、彼女の願いを叶えたいと。騎士として、自分として、この身を賭して彼女の幸せを――

「護れれば。……それで良いって」

頭を掻きながら俯き笑う。柔らかな笑みのアランを目で確認したカラムは「そうか」と短く答えた。あまりにも一言だけのその返しに今度はアランがカラムの顔を覗き込む。

「お前もさ、……次は絶対死ぬなよ？　プライド様が泣くぞ～？」

少し真剣な眼差しで語った後、最後は揶揄うように笑いかけるアランにカラムは眉間の皺を寄せた。「もともとまだ死んでいない」と言い返すカラムは、自身を覗き込むアランの顔を鷲掴み、押し除ける。しかし、〝プライド様が泣く〟という言葉に記憶が開き、胸が小さく痛んだ。

『……良かった……っ』

心から自分の無事を喜び、そして泣いてくれた。

だからこそ、もう二度とあのようにプライドを泣かせはしない。誰かが犠牲になることで彼女が胸を酷く痛めるのならばその犠牲が出ぬように、と。

「少なくとも私のことでプライド様を泣かせるような暴挙は二度と御免だ」

ピシリと言いきるカラムに、アランが「相変わらず固いなぁ」と笑いながら相槌を打った。苦笑いにも見える笑みの後、低い声色で言葉を続ける。

「俺も。…………もう二度と御免だ」

あんな思い。とそうぼやくように放つアランから、カラムはどことなく闇夜とは異なる影を感じ取った。あの時自分の死を確信させてしまった相手がプライドだけではなく、隣に並ぶ友も同様であったことを思い出す。

「……すまない」

「良いって。いつか絶対仕返すから」

それは根に持った時の返しだろう、とカラムが言い返すと笑い声が返ってきた。……その時。

「…………あ。アラン隊長、カラム隊長」

ふいに、二人が歩いた先に見慣れた騎士の姿が止まった。自分達より先に気付き声を掛けてきたのはアーサーだ。もう休む前だった彼は団服も鎧も脱ぎ、身軽な格好だった。

アランもカラムも互いに話題に出たせいか「アーサー」と名を呼んだ後は考えるように口を一度閉ざしてしまう。アーサーも二人が何故揃って騎士団長室から出てきたのかは察しがつき、言いにくそうに口を結び二人の反応を待った。立ち止まり向き合ったまま隊長二人にどう切り出すか悩む。

「……いやぁ～……大きくなったなぁ、アーサーは」

えっ?!　と、アーサーが大声を上げる。アランからの予想外の発言に目を白黒させ「なっ、なんですかいきなり！」と叫びながら一歩下がった。

「身体つきもそうだけどさ、背も絶対伸びたし本当に十代って成長早いよなぁ……」

「確かに。六年前と比べたら別人だ」

「ッま、待って下さいって!!　なんなんすか?!　なんでいきなり俺の話題になるんすか?!」

戸惑う自分に構わずアランとカラムに「だよなぁ……」「うむ……」と頷かれ、余計にアーサーは恥ずかしくなる。若干顔を火照らしながら「そんな目で見ないで下さい!!」と叫んだ。

「ンなことより!!　隊長達はこんな遅くまでなにやってたンすか!!」

いっそ自分の話題から逸れれば良いと話を変える。言葉にした直後にうっかり地雷を踏んだ気がしたが、もう取り消せない。

「あー、俺ら一ヶ月謹慎処分だってよ」

さらりと気軽な様子で返したアランに、アーサーは目を丸くした。そのまま「ま、エリックが復帰してかららしいけど」と続けるアランは明るい笑みまで向けて見せた。

「でもその一ヶ月暇だよなぁ。鍛錬だけでも演習場使わせてくれるかな」

「騎士団で謹慎者など久方ぶりだからな。まぁ鍛錬くらいは大丈夫だろう。謹慎中に腕が鈍れば元も子もない」

平然とした様子で語るアランとカラムにアーサーは一度だけ口の中を飲み込んだ。そしておずおずとまた開く。

「謹慎……の他は……？」

「ないってよ。王族の方々と騎士団長達からの恩情だ」

「じゃっ……じゃあ、アラン隊長もカラム隊長も謹慎後はまた近衛騎士として騎士団にいるンすね……?!」

少し期待を含んだように目を輝かせるアーサーに、今度はアランとカラムのほうが虚を突かれた。自分達の進退を他の騎士達が心配してくれているのは知っている。殲滅戦後のチャイネンシス王国に滞在中も、多くの騎士達からプライドの命を守った功績とそして処罰の有無やまさか退任なんてしませんよねと詰め寄られたこともある。

だが、アランもカラムもその問いについては今まで敢えて口を噤んでいた。女王であるローザ、そして騎士団長であるロデリックからの判断に準じることは決めていた以上、確実に騎士として残る保証はどこにもなかったからだ。

そしてまさかアーサーにまで気に掛けられていたとはと。二人は少しだけ意外だった。

「ああ、……まぁな」

「…………そのつもりだ」

彼の真っ直ぐさや、性格の良さはアランもカラムもよくわかっている。ほくほくとした笑みを自分達に向けるアーサーがとても眩しくそして、……少し胸に刺さった。そんな彼らの心境に気づかず、アーサーはさらに言葉を続ける。

「良かった……です。すげぇ、ほっとしました。……あ、他の騎士の方々にはまだ言わないほうが良いっすか?! 皆、本当にアラン隊長とカラム隊長のこと……」

「アーサー」

敢えて上塗るように、カラムが言葉に重ねた。突然呼ばれ、アーサーはすぐに口を結び二人を見返し、順々に目が合った。

その直後アランとカラムは深々と頭を下げた。

隊長二人からの低頭にアーサーは酷く狼狽える。副隊長の自分に、何故隊長である二人が頭を下げるのかと言葉にもならず目を疑った。一瞬、自分ではなく自分の背後に誰かがいるのかとも考え周りを見回したが自分以外は誰もいない。

「……ごめんな」

「すまなかった」

アラン、カラムからの短く、そして重みのある謝罪に、やっと自分に向けられていることを理解する。

「折角、お前とステイル様が信用してくれたのに。……期待、裏切っちまった」

「お前が一人で守り続けてくれた近衛騎士への信用を落とした。……折角の機会を無下にしてしまった」

深々と下げた頭を上げようとしない先輩二人に喉を鳴らしてしまう。アーサー自身、プライドの怪我については、ステイルやプライドからだけではなく多くの騎士からも話を聞いた。アランとカラムが一時的にプライドの傍を離れざるを得なかったことも最善を尽くしてくれたことも、互いに命も痛みも掛けてプライドを守ろうとしたことも。……だからこそ。

「……っ、……やめて……下さい」

絞り出すように言葉を放った。両手の拳をぎゅっと握り、緊張から心臓が拍動するのを感じながらも必死に彼らへ口を動かす。

「そういうの、……やめて下さい。……俺にとっても、他の騎士の方々にとっても、……アラン隊長もカラム隊長も……すげぇ、憧れで。尊敬してて……格好良くて。それは今も、……誰も全然変わりません」

自分の立場でこんな説教じみたことを二人に言って良いのだろうかと、ぐるぐる頭を回しながら絞り出す。頭を下げ続ける先輩二人に言葉を重ねる。

「プライド様の怪我も、……お二人じゃなかったら本当にあれだけじゃ済まなかったと思います。他の騎士の方々も皆そう話してて……誰も、お二人のことを悪く言う人はいません。……皆、心からお二人を尊敬して、……心配してました」

人の取り繕いの表情を見抜けるアーサーだからこそ、確信を持ってそう言えた。

「……お二人が近衛騎士で、本当に良かったです。あの時にプライド様についてて下さったのがアラン隊長とカラム隊長で、本当に。……ありがとうございます」

言葉が声に乗りその柔らかい表情までもが、地面に視線を落としたままの隊長二人に伝わった。まさか謝罪に対し逆に礼を言われるとは思わずアランもカラムも身を硬くさせた。

「俺も、ステイルも、プライド様も、ティアラも、……騎士の方々全員、お二人への信頼は変わりません。今もお二人は、すげぇ優秀で、……頼れる騎士です」

予想を遥かに上回る優しい言葉に、思わず喉の奥が引っかかりかけたのをアランは無意識に飲み込んだ。カラムも込み上げるものを耐えるように静かに拳を握る。

「……だから頭下げたりなんかしないで下さい。お二人はずっと俺の、……憧れの騎士なんですから」

照れ臭そうに笑うアーサーは、二人が顔を上げ始めた途端「これからも宜しくお願いします！」と最後に自分の頭を思いきり下げた。パサッと束ねた髪が一緒に首から垂れ、尻尾のように揺れた。

礼儀正しく下げられたアーサーの頭をアランはわしゃわしゃと乱すようにして撫でる。

「ありがとな」「宜しく頼む」と、アランとカラムに順々に礼を言われ、乱された髪を押さえながらアーサーは少しはにかんだ。

「んじゃっ、今からアーサーも一緒に鍛錬行くか！」

気を取り直すようにニカッと笑ってみせるアランは、アーサーの肩に腕を回し引っ張るように足を進めた。

「えっ、いや俺は水飲みにきただけで……あ、手合わせもしてくれますか?!」

「アラン、調子に乗って絡むな。今日はもう遅い。鍛錬馬鹿のお前は良いが、明日もまだ私達は近衛の任があることを忘れるな。アーサー、お前も無理をするな」

カラムの言葉にアランが不満そうに一音を漏らす。アーサーが「いや、今日は大丈夫です！」と返すが、カラムに肩を二度叩かれた途端その勢いもなくなった。

「……休みます」

「じゃ、明日エリックも誘って打ち合いしようぜ！」

アーサーの覇気の薄れた声にアランが慰めるように肩を揺らす。カラムから「エリックは絶対安静だ」と返したが、それよりもアーサーの「是非!!」の大声が勝った。

「ッま……待って下さいっ……!!」

プライド様と一緒に帰国してから、六日が経った。二日前に父上が騎士達を率いて帰ってきて、重傷だったエリック副隊長や他の騎士も絶対安静ではあるけど大分調子が戻っている。それに、アラン隊長とカラム隊長が今まで通り騎士隊長として、そして近衛騎士として騎士団に身を置いてくれることがわかった。一応エリック副隊長が復帰して正式に謹慎処分を受けるまでは言わねぇようにと口止めはされたけど、すげぇ嬉しい。

昨日の隊長会議にも出席したらしいけど、処分については発表されなかったらしい。俺も今朝父上に呼び出された時二人の処分については話されなかった。でも、エリック副隊長も順調に復帰に向かっていて、プライド様の怪我も治って、謹慎に入っても一ヶ月くらい待てばまたアラン隊長とカラム隊長も戻ってきて、ラジヤ帝国との和平も成立してハナズオ連合王国も無事に復旧が進んで、近々フリージア王国との貿易も決まっていて、本当にまたいつもの日常が続くと、……思っていたのに。

「待っ、……ちょっ、待って下さいって!!　なン……意味わかんないですって!!」

今、俺はすげぇ必死に走ってる。ただでさえ近衛騎士がエリック副隊長の不在分三人で回していて休息時間が短いってのに、その休息時間を必死に全速疾走している。

昨日の夜はすげぇ上機嫌のアラン隊長と打ち合いしてカラム隊長までエリック副隊長の分って言って付き合ってくれて、夢中になり過ぎて明け方までやっちまったせいで寝不足だってのに!!

「っっつーか……なん……で、逃げるんすか?!」

ヤケクソに叫んでも、届かない。俺が叫ぶのに体力を回している間にあの人は一瞬で先に行っちまう。……でも、だからといって諦めるわけにも行かずまた足に力を込める。騎士団でも速いほうの筈なのに、どうしても追いつけない。むしろどんどん離されていく。また腹ン中がムカムカしてきて、俺は思いっきり腹に力を込める。

「ツハリソン隊長‼‼」

ぜぇ、ぜぇ、と息を上げながらまた叫ぶ。なのにハリソン隊長は俺が追いついてくるとやっぱりまた高速の特殊能力を使って一瞬で遥か先まで行っちまう。それでもうっすら目で捉えられる場所にいるせいで諦めきれずまた追いかけることになる。もう、騎士団演習場を何十周分走ったか考えたくもない。あの人だって高速で移動できるだけでその分走って疲れる筈だってのに‼

「ひってぇ……すよ……‼　いっつもは……毎回襲ってくンのに……ずりぃ……‼」

この距離から聞こえるわけもねぇのに文句が口から勝手に溢れる。ほんとにずりぃ。昨日なんて一日で十回以上襲いかかってきたってのに‼

せっかく休息時間を貰ってすぐ騎士団演習場に戻ってハリソン隊長を見つけたのに、毎回毎回逃げられる。今朝も近衛任務へ行く前に探したけど一瞬で逃げられた。

「ツちゃんと‼　納得いく説明ねぇと……俺も困りますって‼」

駄目だ、叫び過ぎて息が足りねぇ。遠目にハリソン隊長の背中を捉えたまま俯き一度足を止め……

「説明なら受けた筈だろう？」

どわっ⁈　と思わず涸れた喉から声が上がった。さっきまで逃げ続けた筈のハリソン隊長が、風が吹いたと思ったら俺の目と鼻の先まで来ていた。俯いた俺の顔を覗き込んできたから、一瞬黒い長髪が視界に映ってマジでビビった。

走ったせいか驚かされたせいか心臓がバクバク音を立てる中、鎧越しに胸を手で押さえて数歩下がる。息が切れてまだ喋れないままハリソン隊長を見つめていると首を傾げられた。

「どうした、アーサー・ベレスフォード。もう一、二キロは走れた筈だ」

逃げたのはそっちだってのに、何故か俺が怒られている。肩で必死に息を整えながら俺もやっとハリソン隊長に言い返す。

「なんっ……逃げ、……んすか……！」

「お前ならついてこれるだろう」

相変わらず口数が少ない。しかも必要なことしか言ってくれねぇ筈なのに、答えにすらなってない。俺がもう一度深呼吸をしながら息を整えると「お前から追いかけてくるのは珍しかった」と付け足された。そんなんであンだけ俺を走らせたのかこの人‼

もう逃げられたことは諦めて、もう一度今度こそ聞きたかったことを聞こうと決める。ゆっくり息を吸って吐いてを繰り返し、またハリソン隊長に向き合……

「っっって‼　今度はどこに行くンすか⁉」

また、無駄に喉を使った。俺が息を整えている間にハリソン隊長が今度は普通に速足で去っていく。もう意味わかんねぇ。なんとか今度は速足だけだったから、俺も声を掛けながら同じ速足でその後についていく。まるで狙ったみてぇに騎士の人達の目があるところばっか歩くから、俺も質問を声にあげられなくなる。父上にもまだ話しちゃ駄目だと口止めされた。……ていうか、やっぱハリソン隊長も疲れたのか、速足が若干フラついていた。疲れてるのが俺だけじゃないことに少しほっとする。

「ハリソン隊長！　俺のっ……自分の質問に答えて下さい‼」

「必要ない」

「まだ自分は納得していません！」

「必要ない」

必死に俺が言ってもあっさり切られちまう。タンタンタンタンタンタンタンと速足で追いかけ続けると、擦れ違う騎士達が「なんだ？」「喧嘩(けんか)か⁉」と珍しそうに俺とハリソン隊長を振り返った。……なんかガキみてぇですげぇ恥ずかしい。

突然ピタリとハリソン隊長の足が止まる。すぐ背後についていたから一瞬顔面から背中にぶつかりそうになった。背中を反らして避けると、ハリソン隊長がくるりと俺のほうに向き直って横の扉を開けて見せた。……ハリソン隊長の、部屋の。

「入るか？」

無表情のまま問いかけられる。この人はある意味、昔のステイルよりも読みにくい。戦闘中以外絶対笑わねぇし。それでも話をしたい俺は、今度こそちゃんと問い質す為に「失礼します」と頭を下げて開けられた部屋に入る。俺だけじゃない、恐らく騎士団の誰も入ったことのねぇだろうハリソン隊長の謎(なぞ)の部屋だ。扉を潜るとすぐにハリソン隊長が中に入って内側から扉を閉めた。……なんか、このまま殺されるんじゃねぇかと思う。

部屋は、殆ど空き部屋みたいだった。俺も私物は少ないほうだけど、俺より物が少ない人の部屋を初めて見る。支給品のベッドと机と椅子。あとは騎士関連の用具を抜いたら着替えと水と食料だけで、本当に長年この部屋に住んでるとは思えない。

「それで、何だ」

背後から刃より鋭い声が向けられる。本当に剣先を向けられたような錯覚をして、肩が上下した後に振り向いた。ハリソン隊長は、扉に寄りかかるようにして無表情のまま腕を組んでいた。長い黒髪が首を傾けるだけでぱっつり切った前髪ごとその顔を隠す。

「……っ、……納得、いきません……。……ちゃんと説明して下さい」

もう一度同じ言葉を投げかける。でもやっぱりハリソン隊長は平然としたまま「既にされた筈だ」としか答えない。確かに、父上とクラークから説明は受けた。でもそれでも納得はいかない。しかも、殆どハリソン隊長が強引に推し進めたと聞いた。なら余計にこの人に聞かないと始まらない。

下手なこと言ったらまた殺しに掛かられそうだから、剣をいつでも構えられるように手先に意識を向けて俺は口を動かした。

「騎士団長と副団長からは、……確かに説明は受けました。でも、自分はまだ納得できていません」

「お前の納得は必要ない」

確かに、そうだ。大事なのは騎士団全体の意思。俺一人がぎゃあぎゃあ言ったからって説明を一から丁寧に受けれるわけがない。……それでも。

「あまりに突然過ぎます」

「防衛戦があった」

淡々と話すハリソン隊長に必死に喰らいつく。正直ステイルやジルベール宰相みてぇに言い合いは得意じゃねぇけど、精一杯に言い返す。

「防衛戦があったからだけでは理由になりません」

「八番隊の報告は聞いた」

俺が理解できるかなんて構わず言葉を返してくる。もうこれが答えになっているのかそれとも適当に返されているのかもわからない。

「お、俺はっ……副隊長に就任してまだひと月しか経っていません……」

「良い経験になっただろう」

バッサバッサと切り捨てられる。たったひと月で経験も何もない。途中からは防衛戦で大忙しだったしまだ副隊長らしい仕事なんて殆どしていない。

「っ……おかしいじゃないですか……!!」

不満が渦巻いて、神経を集中させていた筈の指先を閉じ込め拳を握る。上手くハリソン隊長に伝わってない気がして歯を食い縛る。それでもハリソン隊長は「何もおかしくない」と言い捨てた。なんで。疑問が何度も何度も頭を回るのに、それだけじゃ質問にすらならないしハリソン隊長から満足いく答えも絶対来ない。でもやっぱり納得いかない。まだひと月だ。たったひと月前にプライド様達や騎士の方々にも副隊長就任を祝ってもらったばっかだった。父上にも「多くの経験を積め。……これからの為に」と言ってもらったばかりだ。なのに、なのに!! なんで俺が!!

「ッ俺が!!」と思った言葉がそのまま声に出た。さっき追い掛けた時みてぇに腹一杯声を張り、目の前にいるハリソン隊長に衝動のままぶつける。


「俺がッ！　八番隊の隊長昇格とかおかしいでしょう?!!」

ハァ……ハァ……と、まだ走った疲れが残っているのか、これだけで息が乱れた。拳を強く握ったままハリソン隊長の髪に隠れた目を睨む。

「……外に聞こえたらどうする」

……やっぱまともな返事はこなかった。防音された隊長部屋とはいえ、俺の疑問より父上達から口止めされた情報が漏れることのほうを心配してるようだった。扉の向こうに耳を澄ませるようにして顔を近づけるハリソン隊長は外に気配がないことを確認してから息を吐く。聞いた騎士がいたら本気で永久に口止めしそうだと思う。

「わけがわかりません。……ハリソン隊長が副隊長に降格する理由なんて一つもない筈です」

「お前が隊長になった。ならば当然そうなる」

まるで空気に拳を振るってるみてぇにすかされちまう。言葉がどうしても通用しない。

「自分が隊長になる意味がわかりません‼　防衛戦に参じたくらいでっ……」

「そしてお前は騎士団長と北方最前線の窮地を救った」

「ハリソン隊長だってチャイネンシス王国の城で国王を助けましたよね？　あと、一人で南方を殲滅されたと聞きました」

俺の言葉に、最後ハリソン隊長が初めて不服そうに口を歪めた。けどそうだ俺だけじゃない。ハリソン隊長だってすげぇ功績を残したのに、それで副隊長に降格なんておかし過ぎる。

「…………私は大したことはしていない」

「自分も大したことはしてません」

言い返したら、またハリソン隊長の顔が暗くなった。若干苛ついているようにも見える。組んだ腕のまま指先だけがトントンと肘を叩いていた。

「……アーサー・ベレスフォード。お前は、……騎士団長に似ている」

……なんでいきなり話が変わってんだ？　まさかこのまま適当に終わらすつもりなのか、そうはさせるかと「誤魔化さないで下さい」と言い返す。それでもハリソン隊長は続ける。

「だが、似ていない。言葉も身の振りも未熟な上、何より威厳の欠片もない」

ッッすっげぇいきなり言葉でぶん殴られた。父上にまだ敵わねぇのはわかってるけど、そんな風に叩かれると少しへこむ。……ていうかどれも騎士団長になる為の必須項目じゃねぇし。

「副団長の如く聡明ですらない。あの方とは似ても似つかない。そしてお前が選んだのは我が八番隊だった」

だんだんとハリソン隊長の言葉が流暢になっていく。なんでだ。今は戦闘中でもねぇし父上もクラークもいねェのに。……あと、俺が八番隊選ぶのとクラークは関係ねぇだろ。やっぱ怒らしちまったのかなと変に冷えた頭で考える。

「そしてお前はプライド・ロイヤル・アイビー第一王女殿下の近衛騎士の座をその実力で勝ち得た。だからこそ私は……」

もう何の話をしていたかわからなくなる。確か俺とハリソン隊長の役職が変わるのを抗議に来た筈だってのに。一体どうすりゃあこの人に答えてもらえ……

「そんなお前を気に入っている」

……？　なんか、今すげぇよくわからねぇことを言われた気がする。

聞き返したくて、瞬きを何度もしながらハリソン隊長を見つめ返したけど、もう一度言ってはくれなかった。代わりに言われた言葉は「ところで休息時間が終わるぞ」だ。

気がついて時計を探すけど、この部屋のどこにもなかった。一体どうやって時間確認してンだと思いながら、挨拶だけして急いで部屋を飛び出した。……結局、納得いく理由も聞けずにはぐらかされたまま。ただ、ハリソン隊長に挨拶で顔を上げた一瞬。

その口元が、少し緩んでいたような気がした。

「あー……アーサー、ハリソン捕まえられたかな」

なぁ？　と、アラン隊長が時計を眺めながら隣にいるカラム隊長へ投げかけた。返事を貰う前から少し楽しそうに笑っている。私も、部屋でいつものように手紙を整理しながら時計を眺めた。

今朝、最初に近衛騎士業務で来てくれたアーサーはスタートから疲労いっぱいだった。騎士団が帰ってきて二日経つし少し状況も落ち着いた筈なのにどうして？　と思って聞いてみると本人曰く「ハリソン隊長にどうしても聞きたいことがあるのに、今朝からずっと逃げられる」らしい。あのアーサーの足から逃げ続けられるなんて流石ハリソン隊長。

アーサーの聞きたいことについては教えてもらえなかったけれど、一緒に来たカラム隊長も、アーサーと交代したアラン隊長も察しはついているらしい。アーサーが今朝「絶対……次の休息時間には捕まえます……!!」と息巻いていた時も、アラン隊長との交代と同時に騎士団演習場へ全速疾走した時も二人とも苦笑いだったけれど、私達に教えてくれる兆しは全くなかった。

「アーサーが、そんなに聞きたいことって何だったのでしょうね？」

ソファーで本を眺めながら小首を傾げるティアラに私も同感する。五日前の元気のなさが嘘のように今はもうすっかりいつもの調子のティアラだ。

『ティアラ。そろそろ話してもらえるか？』

そうステイルがティアラへ問いかけたのは、私達が帰国して翌日のことだった。……防衛戦中に見せた、ナイフ投げについて。

少しずつ手探りでもするように説明してくれたティアラによると、彼女は二年も前からナイフ投げの腕を密かに磨いていたらしい。ティアラの自室に招かれて確認すれば、元の壁模様が見えないほどに壁一面に貼りつけられていた本のページの下にはナイフ投げの練習跡が無数に残されていた。さらに鍵つきの宝箱にはぎっしりと大量のナイフが保管されていた。それだけでも結構な衝撃だったのに、ティアラ自身も普段のドレスの下に十本以上のナイフを装備していたことが判明した。そして……ティアラにナイフ投げを師事していたのは、ヴァルだった。

褐色の肌に鋭い眼光と凶悪な顔つき、焦げ茶色の髪と瞳をした我が国の配達人だ。元は前科者でもある彼の名が出た途端、ステイルも怒って即座に問い詰めるべき彼をセフェクとケメトと一緒に瞬間移動させてきた。……帰国して最初のご挨拶がまさかの呼び出し尋問になってしまった。

ヴァル達からも話を聞けば、ティアラからの依頼でヴァルはナイフ投げを秘密裏に指導していたらしい。……ティアラがセフェクとケメトと遊ぶ、という名目でこっそりと。てっきり微笑ましく本とか読んでいるだけだと思ったのに、実際はケメトも一緒に練習したこともあるくらいがっつりとしたナイフ投げレッスン会だった。ナイフもナイフを装備する為の小道具も全てヴァルが代わりに買い渡していたらしい。

『ッお前はティアラで何がしたい?!』

『王女サマのお望みに応えてやっただけだ。残念ながらこの俺様はコイツに逆らえねぇからなあ？』

あの時のステイルとヴァルは見事に一触即発だった。ステイルが珍しく取り乱して怒っているのが嬉しいらしいヴァルはゲラゲラと大爆笑だったけれど。最終的にはティアラのナイフ技術については、私達の間で止めておくことになった。……そして。

『今は眼を瞑るとして、……嫁ぎ先ではその腕を磨こうとは決して思うな』

『わかっているわ、兄様。……大丈夫。こうして城にいる間だけだから』

苦々しそうに放たれたステイルの厳しい言葉に、翳りのない笑みで答えたティアラに逆に胸が軋んだ。ティアラがフリージア王国にいられる時間はきっともう残り少ない。たとえ婚約者がセドリックでも他の相手でも、十六歳になったら歴代がそうだったように国外の王族と結ばれ国から離れることになる。あの時の胸を詰まらす違和感と哀しげな弟妹達の眼差しは、今も忘れられない。

「ハリソン隊長は、それほど気難しい方なのですか？」

ふと、ちょうど摂政業務から休息時間を得たステイルからの投げかけで我に返る。私宛の手紙を次々と不採用処理しながらカラム隊長達へ問いかけていた。読み終えた後だからまだ良いけれど、数秒で処理される手紙の末路がすごく居た堪れない。「差出人は控えていますし、全て残しては嵩張るだけです」といつも言われるけれど、なんか、本当に申し訳ない気持ちになる。

「気難しい……も、勿論ありますが……」

カラム隊長の言葉にアラン隊長も苦笑いをしながら顔を見合わせた。カラム隊長にしては珍しく歯切れが悪い含みのある言葉がすごく引っかかる。私も気になって身体ごと向け返答を待つと、今度は代わりにアラン隊長が口を開いた。

「ハリソン……。アイツ、アーサーのこと大っ好きだからなぁ……」

え。……アラン隊長の予想外の言葉に私だけではなく、ティアラもステイルも目を丸くした。ステイルもティアラもハリソン隊長のことは防衛戦で知っているし、アーサーから少しだけ話も聞いている。でも……。

「……アーサーから聞いた話では、なかなか厳しい方だと聞いていましたが」

ステイルがオブラートにくるんで尋ねる。正確には「すげぇ怖い」と言っていたけれど。同職の隊長二人相手だから言葉を選んでくれたらしい。それを受け、アラン隊長とカラム隊長がまた苦笑う。

「勿論、ハリソンは厳しい人間です。完全実力主義の八番隊の隊長であることを差し引いても、昔からその腕でしか相手を量りません。ただ、その分……一度心を開いた相手には絶対的な信頼を寄せております」

「つまり、アーサーは剣の実力でハリソン隊長に気に入られたと？」

カラム隊長の説明にステイルが問いを重ねる。確かにそれなら納得だ。アーサーの剣の腕は確かだし、私の十六歳の誕生祭でもカラム隊長からハリソン隊長がアーサーを評価していると聞いたことがある。でもカラム隊長はその問いに「それもありますが……」と濁して、アラン隊長に目を配った。どこから話すべきか悩んでるような様子だ。……そんなに深い話なのだろうか。

今度はアラン隊長が明るい様子で笑いながら続きを任される。

「ハリソンって、騎士団長と副団長のことをすごく慕ってるんですよ。そりゃあもう、お二人への忠誠心の塊ってぐらいで」

騎士団長と副団長。あの二人が騎士達にすごく慕われているのは私達もよく知っている。あんなに立派な騎士だもの。ハリソン隊長もその一人だと言われても、それに関しては別に驚かない。私達がそれぞれ頷いて続きを求めると、アラン隊長は「それっていうのも……」と言いながらカラム隊長に話して良いかを尋ねるように視線を投げ、そして続けた。

「ハリソンって、俺らと同世代なんですよ」

おおっ⁈ すごい世代！ 確かに並べると三人共年が近いように見えるけれど、この三人が同時に騎士団に入団なんてすごい黄金世代だったんだなと思う。

「で、カラムとハリソンは最年少で一発入団も決めたんですよ」

俺は一年目は落ちて。とさらっと自分の経歴を告白するアラン隊長にちょっと驚く。アラン隊長が騎士団入団試験に一度落ちたなんて意外過ぎる。

「でも、カラムと同時期に本隊入隊したのは俺なんです」

んん⁇

「そんで当時カラムが隊長就任した年に俺は一番隊の副隊長に就任して、ハリソンがその年に本隊に入隊して」

んんんんんんんん⁇⁇ おかしい。計算が合わない。ステイルも必死で頭の中で帳尻を合わせているらしく表情が固まって、ティアラも難しそうに眉の間を寄せている。

「まぁ、その翌年にはハリソンが当時の騎士隊長を軽々と越して俺より先に隊長に就任してましたけど」

飛び級昇進というところではエリートのカラムと一緒ですね。とアラン隊長が私達の反応も気にせずに続けちゃうから余計にわからなくなる。取り敢えず今わかることは……。

「つまり……ハリソン隊長は、新兵の期間が長かったということですか……？」

ティアラの言葉に私もステイルも頷きアラン隊長とカラム隊長を見れば、二人とも「そういうことです」と声を合わせて答えてくれた。

今や誰もが実力を認めているハリソン隊長がまさかの！　私もハリソン隊長の腕前を直接はあまり見ていないけれど、それでも凄まじく強いことはわかっている。なのになんで、とアラン隊長達に言葉よりも先に視線で答えを求める。

「ハリソンは……ああいう性格なので、本隊入隊試験を毎回違反行為で一回戦で失格にされていまして……」

違反⁇　確か本隊入隊試験はトーナメント戦だった筈だ。そこで違反行為なんて一体なにをやらかしたのだろう。カラム隊長の説明に首を捻れば、次はアラン隊長が頭を掻きながら続けてくれた。

「対戦相手を毎回必要以上にボッコボコにしてて。降参しようと剣を弾こうと、判定が出ようと暫く剣が振れなくなるくらいの大怪我負わせていました。騎士道に反する行為ということで、実力はあるのに入隊を逃してましたね……。最後はもう本当に除名寸前でした」

……どうしよう、少し想像つく。

アーサーの言ってた、すっごく怖いハリソン隊長と防衛戦で見せたあの怖い笑顔を思い出す。ステイルも何か覚えがあるのか、今はすごく納得したように頭を縦に振っていた。

「当時のハリソンと剣で打ち合って重傷を負わなかった新兵はアランくらいのものでしょう」

「いや、俺も本気で殺されると思ったけどな」

視線を投げながら話を続けるカラム隊長に、アラン隊長が笑いながら返す。

「そんな時に以前より彼の実力を買っていた副団長が騎士団長に掛け合い、騎士団長が反対する当時の騎士隊長達を抑え、特別にハリソンの入隊を許可して下さりました。その後は副団長が彼を預かり、ハリソンを八番隊に入隊させ、更には教育係を買って出て下さっていました」

「ハリソンも二人には剣で負けて、完全に言うこと聞くようになってたよなぁ」

……流石騎士団長と副団長。面倒見の良さもさることながら、実力でもハリソン隊長を捩じ伏せたということだ。カラム隊長の言葉に続くアラン隊長が懐かしそうに視線を浮かせた。カラム隊長も私達が納得した表情をしたのを確認してから話を続けてくれる。

「ですからハリソンは騎士団長と副団長には絶対的忠誠心を抱いています。なので、当時騎士団長を救われたプライド様のことをお慕いしておりますし、アーサーについても……彼は、まぁ……なので」

……何故か突然私の話題が来た。いやちょっと待って、私がハリソン隊長に慕われているなんて初耳だし今まで殆ど目も合わせてもらえなかったのに?! しかも、最後の部分だけはすごく言葉を濁した。……でも、まぁわかる。アーサーは騎士団長の実の御子息だ。更には騎士団長と仲の良い副団長にも可愛がられている。自分にとって大恩人である二人が可愛がっているアーサーを、ハリソン隊長が大事に思わないわけがない。ステイルとティアラも合点がいったように声を漏らしている。いやでもアーサーには全くハリソン隊長の可愛がりが伝わってないようだけれど。

そう思っていると、ステイルが先に「アーサーはそのことを知っているのでしょうか」と質問を飛ばした。二人から「いえ……」「いや〜……？」と同時に返ってくる。

「ハリソンは滅多に自分から言うような男ではないので。……ただ、アーサーに目を掛けていることは当時のハリソンを知る騎士ならば誰でもわかることかと」

「時々すげぇ極端なくらいわかりやすいんで」

アラン隊長の言葉にカラム隊長が「お前には言われたくないだろう」と突っ込んだ。でも、わかりやすいってどんなだろうか。ステイルが「アーサーでもわからないのに、ですか……」と不思議そうに呟いている。

「正直、騎士団で唯一アーサーを贔屓してるって言っても良いくらいベッタベタに可愛がってますね」

そんなに?!　……とうとう開いた口が塞がらない。それは見事な甘やかしっぷりだと思いながらアラン隊長を見返すと、カラム隊長も「確かに」と同意した。……アーサーからそんな話全く聞いたことないのだけれど。基本彼の話題のメインはカラム隊長、そしてアラン隊長やエリック副隊長だ。

「取り敢えず、アーサーとの初の戦闘任務の時は上機嫌で絶好調だったらしいですし」

大した相手でもなかった筈なのにそりゃあもう、と当時アーサーから聞いたという話を聞かせてくれた。相手は小悪党の盗賊だったらしいけれど、ハリソン隊長は高笑いを上げながら全員をグッシャグシャにしたそうな。……上機嫌モードのハリソン隊長、すごく怖い。

「いつもなら騎士団長や副団長の重要な勅命でもない限りは、高笑いまではしないんですけどね」

……あれ。グッシャグシャは通常営業なの？　平然と話すアラン隊長に頭の中でつっこみが止まらない。私の戸惑いも知らずにアラン隊長が「あ、プライド様の御命令でも上機嫌になりますよ」と言ってくれるけれど全く喜べなかった。

「あとアーサーが騎士団に入団した時も上機嫌でしたし、アーサーが本隊でしかもハリソンの八番隊に入隊した時なんかすっげぇはしゃいでました」

「その、戦闘任務以外で機嫌が良いとわかる方法は……？」

アラン隊長の言葉にステイルが難しそうな顔をする。私もすごく気になる。そんな目に見えてわかりやすいなら、アーサーだって自分への関連性くらい気づきそうなのに。

「「部下に斬りかかる数が増えます」」

………なんか、またものすごく物騒なワードが聞こえた。まず、部下に斬りかかるとはどういう意味だろう。声を合わせてくれた二人にティアラもステイルも口をあんぐり開けてしまう。

私達の反応が意外なのか、アラン隊長が「あれ？　アーサーから聞いたことありませんか⁉」と逆に驚いた様子で見返してきた。カラム隊長が前髪を押さえながら説明をしてくれた話によると、ハリソン隊長は八番隊の部下を見かける度に奇襲を仕掛けているらしい。ちゃんと副団長の教育のもと手心は加えているらしいけれど。……アーサーが怖いと言っていた理由がもう一つわかった。

そこまで考えた時、ふと一つの疑問が頭を掠める。

「………あれ？　……あの、……　〝贔屓〟っていうのは……？」

さっきまでの話では、ハリソン隊長がアーサーが可愛いのはわかるけれど、贔屓という言葉はしっくりこない。まさかアーサーが副隊長に就任したのもハリソン隊長の贔屓だとか⁉　いや、確か隊長や副隊長に就任するのには各隊の規定以外にも隊長格の半数以上の合意が必要だった筈だ。何より、ちゃんとアーサーは実力のある騎士だ。贔屓だけの出世とは思えない。

ステイルも訝しむように少し眉を寄せた。私と同じことを考えたのか、アーサーの実力はそんなもんじゃないと言わんばかりの表情だった。ティアラも首を左右に二回傾げている。するとアラン隊長が私達の反応に頬を掻きながら笑った。少しまだ苦笑も混ざっている。カラム隊長が言うべきか悩むように口だけ笑ませながら私達を窺い、少しの躊躇いの後にとうとう口を開いた。

「…………ハリソンは、……六年前までは短髪でした」

……え？　またハリソン隊長の不思議な情報に、私だけじゃないステイルもティアラも短く聞き返した。すぐにステイルは察しがついたのか「まさか……」と呟きながら口元が歪に引き上がる。それにカラム隊長が頷き、言葉を続けた。

「当時、アーサーが騎士を目指すとプライド様に宣言した時。……まぁ、騎士団ではプライド様と同じくアーサーの話題も多くありました」

流石に父親である騎士団長の前では控えていましたが……と続けるカラム隊長が言いにくそうにこめかみを指先で押さえた。

「その時……一部の騎士で、本当に下らない酒飲み話なのですが、アーサーの長髪がどうなるのかと話題になりまして」

「別に戦闘に邪魔なだけで、騎士団に頭髪の規定まではないですし単に当時の騎士団に長髪の騎士はいなかっただけなんですけど……」

……私も、少し想像がついてきた。口元が変に引き上がりながら二人の話を聞くと、もう苦笑いしか出なかった。

六年前、騎士達の前に姿を見せたアーサー。そして本人が騎士を目指す宣言をしているのは、当時の騎士全員が見ている。更には後日、騎士団長が家に忘れた剣を届けにきたアーサーの素顔を大勢の騎士が目にしていた。……騎士団長似の、アーサーの顔を。

『彼が騎士として戻ってくるのが楽しみだ』

『あの長髪には驚いたが、騎士団長に顔はよく似ていたぞ』

『騎士になったら髪も騎士団長と同じように切るのか？』

『そうだろ？　あの長髪では邪魔だろうし。何より戦闘には不利だ』

『いやだが、それだと騎士団長と完全に被らないか⁇』

騎士達に悪気はないし、むしろ騎士団長似のアーサーがそれ以上騎士団長に似せたら本人が〝アーサー〟ではなく〝御子息〟扱いされないかを心配しての話だったのだけれど。……その時に会話に乱入したのが当時本隊に入隊して一年も経っていなかったハリソン隊長だったらしい。思いっきり同業者である騎士達にナイフを投げつけ、それをギリギリで避けた彼らへ言い放った。

『髪の長さなどどうでも良い。私ならばどんな頭であろうとも貴様ら程度簡単に叩きのめせるぞ。その時も同じことが言えるのか？』

邪魔だ、戦闘に不利だと。と、いつも寡黙なハリソン隊長が珍しく人前で一言以上を話し、騎士達を威嚇したらしい。当時、半年ほど前に騎士団長や副団長相手に敗北したとはいえ凄まじい実力を見せつけたハリソン隊長の強さは多くの騎士が知っていたし、その前からハリソン隊長の恐ろしさも実力も騎士団内では有名だった。実力……というか殺傷能力だけで言えば新兵の時から既に騎士団の中で上位と周知されていたハリソン隊長。その彼がまさかの殺意剥き出しだった。

『アーサー・ベレスフォードに文句があるならば私を倒してからにしろ』

すぐ副団長に怒られて乱闘にはならなかったけれど、……その後からハリソン隊長は髪を伸ばし始めたらしい。そしてそれから一年も経たないうちに当時の八番隊隊長を倒して自分が騎士隊長にまでのし上がってしまった。しかもアーサーのように伸ばした髪を束ねず、敢えて見せつけるように髪を振り乱したままを貫き続けている、と。

なんという溺愛っぷり。むしろ前世の言葉で言えば若干モンスターペアレント級じゃないだろうか。

確かに、ハリソン隊長が長髪を振り乱していたらアーサーの束ねた髪なんて大したことないように思える。アーサーが騎士団で浮かないようにする為か、それとも当時アーサーの髪を話題にした騎士に「文句言ったら今度こそ叩きのめしてやる」の意思表示の為か。どちらにせよ、なによりの牽制にはなっただろう。アーサーの長髪は昔からだけれど、もし入団してからでも他の騎士の先輩に指摘されていたら真面目（まじめ）な彼はすぐに切っていた筈だ。……でも、未だに長髪のまま。つまりは今まで指摘されなかったということになる。まさか、そんな背景があっただなんて。

「基本、他人と関わらないハリソンが思いっきりアーサーの肩持ってたんで、当時の騎士達はみんな驚いてましたよ」

よっぽど可愛かったんだろうなぁ……と呟くアラン隊長が思い出したように笑ってる。ふと別方向からも笑い声が聴こえて振り向くと、ステイルが肩を震わして笑いを噛み殺していた。それに気づかないようにカラム隊長が一言付け足す。

「因（ちな）みに、ハリソンが〝お前〟と呼ぶのもアーサーぐらいのものでしょう」

……なんか、ここまであからさまだといっそ清々（すがすが）しい。説明を聞けば、どれだけハリソン隊長がアーサーにメロメロなのかよくわかった。

「騎士団長の御子息で顔も似てて副団長にも可愛がられててその上プライド様を守る発言までしてたからなぁ……もう、騎士団に入団する前からハリソンが気に入る要素全部持っちゃってましたから」

そのアーサーにハリソン隊長からの愛情が全く伝わってない気がするのがなんだか不憫だ。私がそれを言うと、ハリソン隊長も言う気はないのだろうとカラム隊長が話してくれた。

「彼は、ああいう性格ですから。一方通行であろうとも、自分が尽くせれば満足だと以前にも話していました。彼が賛辞を求める相手は、それこそ副団長くらいのものでしょう」

……教育係だった副団長には未だ褒められたいらしい。少し人間味のあるハリソン隊長を知れてほっとする。

「ある意味、アーサーは唯一ハリソンが尽くすのではなく、庇護していた存在とも言えますね」

庇護……カラム隊長の言葉に、ほんとに可愛がられてるんだなぁと思う。というか、実の父親より贔屓して良いのだろうか。まぁ本人には伝わってないけれど。

そんなアーサーが自分の八番隊に来て、しかも副隊長に就任までしたら嬉しくて仕方がないだろう。そのままアラン隊長が「勿論、副隊長の就任はハリソンの独断ではなく騎士団の総意ですよ」と話した時だった。

コンコン、と扉からノックが鳴り「お待たせしました……」と明らかに疲れきったアーサーの声がした。その途端、アラン隊長とカラム隊長が「このことは一応アーサーには……」と私達に声を潜める。ハリソン隊長のプライベートなことだし、確かに私達から話しちゃダメだろう。ステイルやティアラも了承して頷いてから、近衛兵のジャックが扉を開けた。

休息時間を終えたアーサーは、休息前よりもぐったりとした様子だった。大分話す声もガラガラだったから、専属侍女のマリーが気がついて水を用意してくれた。話を聞くとハリソン隊長の部屋で話してもらえるまではこぎ着けたけれど、有耶無耶にされてしまったらしい。

「……で、時間になって急いで戻ってきたのか？」

ぐったりと項垂れたアーサーを、不憫そうに眺めながらアラン隊長が声を掛ける。……アーサー、全く休まっていない。大分疲れているアーサーが心配になり、私もティアラも二人でハンカチを使って扇ぎまくった。カラム隊長がマリーから受け取った水をアーサーに差し出す。ステイルもアーサーの弱り果てた姿に溜息を漏らしていた。

「……質問に、答えてはくれたんすけどっ……納得いかねぇっつーか……もう、全部が全部ハリソン隊長らし過ぎて……」

ぷはっ、と水を一気飲みし終わり、顔を上げたアーサーは私とティアラが扇いでいたことに気づくとお礼を言いながらも「もう大丈夫ですっ！」と遠慮してしまった。

「ていうかすげぇなぁ……流石アーサー。ハリソンの部屋に招かれるとか。どんなんだったよ？　アイツの部屋」

「いや……流石の意味がわかんねぇっす……。部屋は……ほんっとに何もなかったです。俺よりも私物の少ねぇ人の部屋、初めて見ました……」

アラン隊長の問いに、少しずつ息を整えながらアーサーが答えてくれる。もう少し飲むか？　とカラム隊長に水差しを差し出され、お礼を返して飲み干した。ゆっくりと姿勢を正し、最後に大きく息をついた。

「ほんとわっかんねぇ、あの人……」

質問が何かは知らないけれど、なんかハリソン隊長の話を聞いた後だと微笑ましい。アーサーが今度は唸るように「今度は絶ッッ対逃げられねぇとこで抗議します……!!」と拳を握った。まだまだ納得もしてなければ諦める気もないらしい。

「お前はハリソン隊長をどう思ってるんだ？」

若干怒りの混じった覇気を滲ませたアーサーにステイルが尋ねる。私も知りたい。

「すっっっっげぇ怖ぇ。……あとはよくわかんねぇ」

アーサーの相変わらずの答えに思わず笑ってしまう。更に「よくわからない」という新しい項目まで追加されてしまっている。

「じゃっ……じゃあハリソン隊長の髪をどう思いますかっ?!」

ティアラが話を変えるように声を上げる。なんでいきなり髪の話をと言わんばかりにアーサーは目を丸くしてティアラへ首を傾げたけれど、今度はすぐに答えてくれた。

「戦闘中に邪魔じゃねぇのかなとは思うけど、別に……。でも、あの髪のままでも敵を圧倒しちまうのはすげぇ格好良いと……思う」

怖ぇけど。と小さく付け足したアーサーに「その台詞を本人に言ってあげて!!」とすごく叫びたくなった。

その後、アーサーと交代のアラン隊長が騎士団演習場に戻った。ハリソン隊長のことで何度も溜息を漏らすアーサーの背中を叩いて「ま、深く考えるなよ」と笑っていた。アーサーの聞きたかったことを知っているであろうアラン隊長が気楽そうなのを見るとそんな大問題でもないのかなと少し安心した。近衛任務中もまだ悩みが晴れない様子のアーサーだったけれど、そのうち他の騎士の方々と同じようにハリソン隊長とも仲良く話すようになってくれればなと思う。

幕間　使役王女の訪問

「！　……ああ、やっと来た」

ふふっ、と笑いを口の中に留めて彼は笑う。ちょうど通りかかった回廊の窓から見えた馬車に目が釘付けになる。事前の連絡通り時間通りの訪問に彼は綻ばせる。この時間が来るのが楽しみで楽しみで、毎月のことなのにどうしても朝から落ち着かなかった。

そうして馬車が近づいてくるのを鼻歌交じりに窓から眺めていると、衛兵の一人が駆け込んできた。名前を呼ばれ振り向けば、衛兵は跪いてから張りのある声で彼に伝えた。

「只今、フリージア王国の馬車がこちらに到着されるとのことです!!」

その言葉に、知っていたとはいえまた笑みが零れる。そうですか、と言葉を返しながら彼は衛兵を労った。では僕もすぐにと衛兵や護衛と共に玄関に向かって足を進める。

窓から風が吹き込み、彼の長いまつ毛を軽く撫でた。目を閉じ、同時に乗せられてくる外の香りにゆっくりと深呼吸をする。

「今日も、船出日和だなぁ……」

城から見える穏やかな景色と、そしてフリージア王国の馬車を重ねて見ながらふと今日の貿易はどうなっているだろうかと港に想いを馳せた。

「！　レオン、お出迎えありがとう。すごく会いたかったわ」

馬車から降りるとすぐ、玄関の前にレオンが待っていてくれた。今日は月に一回のフリージア王国からアネモネ王国への定期訪問日だ。防衛戦が終わってからレオンに会うのは今日が初めてだった。

「レオン王子、本日も宜しくお願い致しますっ」

私に続き、ティアラがドレスを広げて綺麗に頭を下げる。今日もヴェスト叔父様の手伝いでステイルはお留守番だけど、ティアラが私と一緒にアネモネ王国の訪問に付き合ってくれた。私達の挨拶にレオンが滑らかな笑みで返してくれる。

「僕も会いたかったよ、プライド。そしてティアラ、来てくれて本当に嬉しいよ」

こちらこそ宜しく、とレオンは流れるようにそのまま私とティアラの手の甲に口づけをしてくれた。相変わらずの色気が至近距離で感じられて、思わず顔が火照って照れてしまう。隣を見ればティアラも顔が赤いまま唇を絞っていた。相変わらずレオンの最強お色気王子様、恐るべし。

挨拶を終えたレオンは優雅な動作で今度は私の背後に視線を向けてくれる。

「アラン、カラム。君達もようこそ、我がアネモネ王国に」

心から歓迎するよ、とそう言って滑らかな笑みを向けられたアラン隊長とカラム隊長が姿勢を正してレオンに頭を下げた。アーサーやエリック副隊長にもそうだけど、会う頻度が増えていくにつれてレオンはアラン隊長やカラム隊長にまで呼び捨てで語らうようになった。勿論式典とか公式の場では敬語だし、アラン隊長達のほうからは変わらずずっと敬語だけれど。流石コミュ力最強。

私のほうが逆にいつまで経ってもアーサー以外の近衛騎士に敬語なのが申し訳なくなる。いや、でも騎士相手ならまだしも三人共誉れ高い騎士隊長、副隊長様だし。………まぁそれを言ったら私は王女で、敬語で話しかけていないアーサーも今や立派な副隊長様なのだけれど。

「防衛戦の時は本当にありがとう。お礼が遅くなってごめんなさい」

「いや良いよ。あれは本当に同盟国として、君の盟友として当然のことをしただけだから」

一度客間に通してもらった私達は、改めてレオンに感謝を伝えた。お礼ならあの時ちゃんと言ってもらったしね、と優しく笑うレオンはそのまま出された紅茶を一口味わう。

「でも、アネモネ王国のお陰で国門も守れて、大勢の民も救助できたもの。武器の補給だって、あんなに……本当に感謝してても足りないくらい私達もハナズオ連合王国も感謝しているわ」

「ありがとう。君に言ってもらえるとすごく誇らしいよ。また、困ったらいつでも頼ってくれるよね……？」

だろ？　と滑らかな笑みのまま首を傾げて見せたレオンの翡翠色の瞳が、一瞬妖艶に光った。

なんだか押されてしまって「ええ、勿論」と返したら、そのまま私に向けて小指をぴょこぴょこと曲げ伸ばししてきた。

「約束だよ……？」

その途端、またさっきは一瞬だった妖艶な笑みと共に、レオンの色気が薔薇の香りのように広がった。思わず私もティアラも噎せるように顔が赤くなってきてしまう。だから何故こんなところで色気放出するの!!

ティアラと一緒に何度も頷きながら返すと「良かった」と言われてまたいつもの滑らかな笑みだけが返ってきた。その後も話しながら、今度行う予定の祝勝会についてもお誘いをしてみたけれど、それはきっぱりと理由をつけて断られてしまった。残念……、と肩を落としてしまうと素早くレオンが

「ところで」と話を変えるべく紅茶のカップを一度テーブルに置いた。

「今日はどうしようか。お茶だったら色々また珍しい食べ物を取り寄せているし、港なら今日も何隻か船が見られると思うし、城下ならまた王都で新しい店が開業するらしいよ」

素敵すぎるレオンの話に私もティアラも同時に息を飲んで目を輝かせる。アネモネ王国に行くと、毎回レオンが珍しいお菓子や食材を味見させてくれたり、その日の王都でのイベントを紹介してくれるから本当に飽きない。しかもどれも楽しそうに説明してくれるし、語りも上手だから選ぶだけでもレジャー気分だ。

どうしましょうっ！　と顔を綻ばせるティアラに私も釣られる。一言返しながら悩んでいるとニコニコと楽しそうなレオンの笑顔を正面から受けた。「時間が許すなら全部でも良いよ」と言ってくれたから、たぶんどれを選んでもレオンは上機嫌で対応してくれるのだろう。以前も全部と答えたら本当に丸一日使ってバスツアーもびっくりの充実観光をさせてくれた。

「ちなみに、新しいお店というのは……？」

王都にできた新しいお店。レオンからわざわざ抜粋されるということはそんなにすごい名店なのだろうか。以前に聞いた新装開店のお店の時は、貴族御用達の紅茶専門店だった。港で輸入した各国の紅茶が楽しめるという、ガイドブックがあったら絶対載るレベルの素敵なお店だった。ティアラも気になるのか、コクコクと頷きながらレオンに視線を向けた。

「小さい店なんだけどね、異国の文化を参考にした服屋らしいんだ。すごく珍しいデザインも多くて、若い女性には既にかなり興味を持たれているらしいよ」

異国！　服屋さん!!　と私とティアラが同時に顔を見合わせる。毎日用意されたドレスを着ている私とティアラだけれど、異国と聞くとすごく気になる。しかもレオンの話だとあくまで異国を参考にしているだけでアネモネ王国の人のお店らしい。余計にどんなアクセントを入れているのか気になる！　それは是非見てみたい！

ティアラが「とても気になりますっ」と声まで輝かせ私もそれに頷いた。


店に到着すると、ちょうどお客さんがはける頃合いだったらしくアネモネ王国の騎士が事情を話して一時的に封鎖……というか貸し切りにするように交渉しにいってくれた。

オープン初日に申し訳ないと思ったけれど、レオン曰く「アネモネ王国とフリージア王国の王族が来たと知られれば、良い話題になると思うから大丈夫」と言ってくれた。確かに前世でも芸能人が来たら翌日からすごく繁盛するなんてあるあるだったし、なら元を取らせる為にも何か一着は買わなくてはと気合をいれる。店自体もレオンの言った通り王都にしては小さめで、服屋としては中規模くらいのお店だった。装飾からしてヒラヒラした印象があり、窓からはレースもあしらわれていてピンク色の屋根が可愛らしい。パッと見はお洒落なカップケーキのようなお店だった。

「プライドは何か買いたいものはあるのかい？」

帽子とかドレスとか、とレオンが尋ねてくれた。やっぱり折角ならドレスとかを見たいけれど、言われてみると小物とかも見てみたい気がする。それに私なんかよりもやっぱり可愛いティアラに似合う服とかも選んでみたい。

「僕はプライドに何か選んでも良いかな。贈り物になるとドレスは意味深になってしまうけれど、選ぶだけでもさせてもらえると嬉しいな」

おぉ！　センス抜群のレオンに選んでもらえるならすごく助かる！　私自身も正直このラスボス顔のせいで似合う服とか未だよくわからないし、選んでもらえるなら嬉しい。

是非とも、とお願いしたらレオンからすごく嬉しそうな笑顔が返ってきた。

「お姉様っ！　レオン王子！　準備ができたみたいですっ早速入りましょう！」

ティアラが興奮いっぱいの笑顔で私とレオンの手を引いた。なんだか大はしゃぎのティアラを見たらそれだけで楽しくなってきちゃって、言葉もなくレオンと顔を見合わせて笑ってしまう。

三人でティアラを先頭に入ってみると………思わず、声が漏れた。

店中がレースとピンクとヒラヒラとレースとレースのオンパレードだ。前世でいえば結構ゴスロリ？　のジャンルのどれかに当てはまりそうな系統の服という感じだろうか。私達が着るドレスともまた違った、綿菓子のようなすごく可愛らしい服が勢揃いで、視界がチカチカする。ティアラが嬉しそうに顔を火照らせて、両手を胸の真ん中に置いたまま飾られているドレスを眺めていた。確かにティアラには絶対似合う。むしろティアラの為の服飾店だと思えるほどだ。

まずは自分の分をとティアラが一目散に白や淡い系の色のドレスに飛びついていた。私も一緒に見れば普段着ないようなモフモフのドレスもあって、ティアラが可愛い可愛いときゃあきゃあ嬉しそうに喜んでいた。途中、うさ耳がついたロシア帽子のようなものを見つけて「これとかお揃いにいかがですか?!」と渡されてしまった。

すっごい可愛いしティアラとお揃いは魅力的だけれど、……ちょっと私には似合いそうにない。それでもティアラのご希望で試しに二人で被って鏡の前に立ってみると、すごく前世の遊園地を思い出した。ティアラはすごく似合って本当にリアルうさぎ姫だったけれど、私が被ると〝遊園地テンションで買っちゃいました〟感がすごい。「お姉様すっごく可愛いです‼」と優しいティアラは褒めてくれたから一応モフモフで可愛いしぬいぐるみ代わりにはなるかしらと一人被ったまま考える。すると、……背後でアラン隊長とカラム隊長が顔を真っ赤に口元を手や腕で押さえているのが鏡越しに目に入った。はっとして振り返ると二人に思いっきり顔ごと逸らされる。

「〜〜っ……アラン！　今までは平気だっただろう……⁈」

「いや無理今は無理。だってもうなんかすげぇとにかく無理」

二人で何やら声を潜めて話しているけれど、聞こえる部分だけで解釈すると私のうさ耳は見てるほうが恥ずかしくなるほどに見るに堪えないらしい。

なんだかいたたまれなくなり、自分の顔が火照りきる前に私はそっと戸棚に戻した。

「あれ？　すごく似合ってたのに良いのかい？」

いつのまに見ていたのか、レオンが残念そうに戸棚に戻されたうさ耳帽子と私を見比べた。

曖昧に返事をすると、今度は「これはどうかな？」とピンク色のヒラヒラドレスを私に出してきた。ピンク‼　しかもヒラヒラ‼　何より腰の部分の大きなリボンが、まるでラッピング後のプレゼント包装のようにくっついている。まさかのレオンチョイスに思わず「えっ⁈」と声を上げてしまった。

「プライドって、こういう女の子っぽいドレス少ないなと思って。君なら何でも似合うと思うし勿体(もったい)ないなって。ほら、頭にもこういうリボンつけてみればすごく……」

いやいやいやいやいやいや‼

私が驚いて言葉も出ない間にもレオンが今度は子どもが描いたようなサイズの巨大どピンクのリボ

ンを上の棚から取り出してきた。そんなリボン、前世でも幼稚園児のお絵描きでしか見たことない!! 断る言葉を探している間にもティアラまでもが「すっごく可愛いですっ!」と応戦してくる。

「試着室もあるし、着替えさせてくれるらしいから試してみたらどうだい?」

レオン、めっちゃぐいぐい来る!! 私があわあわしている間にも試しにと言って巨大リボンをそっと頭に載せてくる。なんかもうリボンだけでも小学生になったみたいで恥ずかしくなって「そ、……その……」と振り絞って小さく声を漏らす。

今こうして頭にリボン付きなだけでも恥ずかしいのに、その上リボンドレスなんて恥ずかし死にしてしまう。私の声に気づいたレオンがリボンを私の頭に載せたまま「どうかしたかい」と尋ねてきたから、上目だけでレオンを見上げて顔が火照り出すのを自覚しながら訴える。

「はっ……恥ずかしいので、…………だめ、です……」

もう言葉が出なくて上擦った声のまま子どものような断り方になってしまう。恥ずかしくて完全に顔が絶対赤くなってる。レオンも自分のセンスを否定されると思わなかったのか、翡翠色の瞳を丸くして動きを止め、……顔が火照りだした。

レオン?! と思わず驚いて大きな声が出てしまう。そんなに否定されるのが恥ずかしくなるくらい自信があったのか。声を上げた途端に今度はレオンが片手で口を覆って顔を背けてしまった。巨大リボンがレオンの手から落ちかけて、私が自ら頭の上で帽子のようにして押さえる。

どうしたのか、完全に私から見えないように背後を向いてしまったレオンの背中を見つめつつ今のうちにと巨大リボンだけでも上の棚に戻そうと踵をあげる。

手が届かずどうしようかと悩んでいるとカラム隊長が受け止め戻してくれた。……何故か目の焦点が合っていないようで顔もまだ赤かったけれど。振り返ってみればアラン隊長が全身真っ赤なままぽかんとこっちを見ていた。さっきから子どもみたいなチョイスの王女が同伴者として恥ずかしいのだろうか。……今のところ私のセンスじゃないのだけれど。

「ごめっ……プライド。……その、少しからかい過ぎちゃったみたいだ」

早々とショックから立ち直ったらしいレオンが白い肌をピンクに紅潮させながら向き直ってくれた。「似合うと思ったのは事実だけどね」と言いながらレオンがリボンドレスをそっと元の場所に戻す。冗談なら良いんだけれど、本気だったのならそんなに凹ませてしまって申し訳ない。

でもその次にレオンが選んでくれたドレスはすごくセンスが良くて、髪飾りも合わせて一目で気に入ってしまった。私があまり着ない系統の可愛らしいデザインなのにシックで即決だった。思わずドレスを抱き締めて「ありがとう！」とお礼を伝えれば、珍しくレオンが指先で頬を掻いていた。再び頬をピンク色にして微笑んでくれる。そんなにさっき断られたのが恥ずかしかったのだろうか。でも直後に「見せてもらえるのが楽しみだな」と妖艶な笑みを向けられた途端、また色気が溢れてきて今度は逆に私が顔を逆上せてしまった。

ガタンっと音がして振り向けば、店員のお姉さんが余波を浴びて顔を真っ赤にしたままフラついていた。……うん、やっぱりそうなるわよね。

ティアラも飛び跳ねて「まるでお姉様の為のドレスですっ！」と大絶賛してくれた。私もさっきのリボンドレスショックの反動ではしゃいでしまう。ドレスを自分の丈に合わせてみたまま「どうかしらっ？」とアラン隊長とカラム隊長に聞いてみたら二人とも顔を真っ赤にしたまま「とても、かなりお似合いだと……!!」「可愛っ……！　です!!　はい！」と同時に返事をしてくれた。さっきのフォローなのかそんなに顔に熱が入るほど力一杯褒めてくれると少し照れてしまう。

式典とかで着るのはちょっと系統として憚られるけれど、いつかの楽しみに取っておこうと心に決めた。うん、本当に可愛い。

ティアラも自分用のドレスを三着購入して、一着は私と色違いのドレスだった。「着る時はお揃いにしましょうねっ！」と満面の笑みで可愛いことまで言われてしまって、うっかりときめいた。

最後に、レオンが私とティアラにさっきのうさ耳帽子だけをお土産にとプレゼントしてくれた。

プレゼントなら、まぁ、……持っていても良いわよね……？　とちょっぴり舞い上がる気持ちを抑えながら受け取った。やっぱりぬいぐるみとしても可愛い。本来の用途に使うべきとはわかっていながらも、私もティアラもそれぞれうさ耳帽子を抱きしめてしまった。

ティアラと一緒に御礼を言うと、レオンは照れたようにはにかんだ。やっぱりティアラの笑顔は最強過ぎる。

アネモネの城に戻った後は残りの時間をティーパーティーで過ごした。少しだけまた珍しいお菓子を食べさせてもらい、帰る時間になったらレオンはいつものように馬車まで私達を見送ってくれた。

馬車への短い段差に手を貸してくれようとするレオンに、私は「ちょっと待ってて」と伝えて馬車の手前で押し留める。そのままティアラと一緒に馬車の中に駆け込むと、買った服を積んだ場所とは別のところから用意したものを丁重に手に取った。明らかに中身がバレバレなので、下手に隠さずこのまま馬車からレオンに声を掛けることにする。

「レオン！」

馬車の中から思いきって声を掛け、手の物を両手に抱えて私達は再び馬車を降りる。

我が国から用意した、特大の花束と共に。

花束を両手に馬車を降りようとする私達にカラム隊長とアラン隊長が補助してくれる。やっと段差を降りて、足元からレオンへと視線を上げると目をまん丸にして私を見ていた。笑顔でそれに応えながらティアラと一緒に歩み寄る。風が吹いた拍子に紫色の花弁が数枚宙に流れた。

「レオン、本当に今回は助けにきてくれてありがとう。小さいけれど、私達からの感謝の気持ちよ」

「お姉様が選んで下さいましたっ！」

私に続くティアラの言葉にレオンがポカンと開けた口で「プライドが……？」と聞き返した。

「本当に。……本当に本当にちゃんと形でお礼がしたくて。それで、考えてたらちょうど庭園のお花でこれが咲く頃だったから」

本当は別の形も色々考えたりしたけれど、庭で咲いているのを見つけた途端もうこれしかないと思った。レオンは覚えていないかもしれないけれど以前、……初めてレオンが我が国に滞在した時。庭園を案内した際に、彼が特に気に入った様子の花だった。今もこうして見せてみれば翡翠色の瞳を揺らし、愛しむような眼差しをこちらに向けてくれている。

ティアラと二人で目の前まで歩み寄れば、眼差しだけでなく口元も柔らかく笑み言葉を紡いだ。

「…………覚えていて、……くれたのかい？」

ぽつりと、風の音で消えいりそうなほどの小声だった。レオンの言葉にむしろ私のほうが覚えてくれていたことが嬉しくなって「当然じゃない」と笑ってしまう。

「だって、レオンとの大事な思い出だものっ！」

忘れられるわけがない。今はこうして盟友で、防衛戦では危険も顧みず助けにきてくれたレオンと出会った頃の思い出だ。レオンにとってはただただ辛いだけの三日だったとは思うけれど、私にとってはレオンと盟友になれたきっかけでもあるのだから。

そう思って言葉を返せば、レオンの瞳が潤むようにして揺れた。唇がきゅっと結ばれ、胸元の服を掴み押さえた。そして最後にゆっくりと花束へ両手を伸ばしてくれる。大量過ぎて重量を持った花束を、本当に触れたら砕けるくらいの怖々とした手つきで優しく受け取ってくれた。紫色の花弁が揺れながら彼の手へ渡る。

更にティアラからも差し出すと、片腕でぎゅっと紫色の花束を抱きしめた後に反対の腕で青色と白色の交ざった花束を受け取ってくれた。私の紫と同じ花だけれど、色違いだ。どちらも可愛らしいシルエットと中心から両手を広げるような形が綺麗な花だ。城には赤色もあったけれど、レオンのイメージで私とティアラで庭師にそれぞれ花束を仕立ててもらった。

両腕に花束を抱えたレオンは気恥ずかしいのか、頬をピンク色に染めて花束を見つめた。

「……すごく、本当に嬉しいよ。…………うん、やっぱりとても綺麗な花だな……」

花束に顔を少し埋めるようにして香るレオンは、すごく絵になった。喜んでくれたのが嬉しくて、私もティアラと一緒に顔を合わせて笑い合ってしまう。良かった、と言葉を返してから、私達は今度こそ馬車に乗り込むべく挨拶をする。

「またね、レオン。本当にありがとう。今日もすごく楽しかった。また次も会えるのを楽しみにしているわ」

「！　待って」

馬車に乗ろうとする私に、レオンが急いで顔を上げた。花束をそうっとアネモネの騎士に預け、それぞれ一輪ずつ摘むと馬車の段差前まで来てくれた。最初に乗ろうとする私の手を取り、馬車に入るまでエスコートしてくれる。

中に入ったところで、そっと紫色の花を一輪私の頭へ飾るように差してくれた。

「……うん、やっぱり君には何より花が似合う。今、もっとこの花が好きになったよ」

ぽわん、と火照ったまま妖艶に笑んでくれるレオンは息を飲むくらい色っぽくて。思わず顔が熱くなる。「素敵な贈り物をありがとう」と小さく囁いてくれた声まで耳を擽るようだった。

次にティアラにも同じように手を貸して、彼女の頭にもそっと白い花を飾ってくれた。照れたように笑うティアラがすごく可愛らしかった。

「大事にする。…………また、次は僕から会いにいくから」

滑らかにそう言って笑んだレオンは、再び片腕に紫の花束を抱きながら優雅に私達へ手を振ってくれた。

馬車が走り出して、見えなくなるまでずっと。

「……幸せな時間だったなぁ……」
馬車が見えなくなると、思わず溜息が漏れてしまう。
いつも、いつも彼女は我が国に来てくれる度に僕をすごく幸せな気持ちにしてくれる。嬉しそうに僕の話を聞いて、心から僕の愛した国を楽しんでくれる。愛しいアネモネ王国を彼女が好きになって

くれると、これ以上なく幸福な気持ちに満たされた。今日の服屋だって女性と入るのは初めてだったけれど、驚くほど楽しいひと時だった。可愛らしい帽子を手に恥ずかしがる彼女が愛しくて、被った姿もとても愛らしくて、素直になれないように惜しそうに棚に戻す姿が放っておけなくて。まるで町娘のように一喜一憂する姿が可愛くて可愛くて、……堪らず、もっと照れる姿が見たくてからかってしまった。あんな風に誰かをからかうなんて初めてかもしれない。

彼女に似合わない服なんてないと思ったし、あのリボンもドレスも本当に着たら可愛いと思ったけれど、……僕の言葉に慌てて顔を赤らめて、頭にリボンを載せたまま恥ずかしがる彼女の姿はクセになりそうだった。

『はっ……恥ずかしいので、…………だめ、です……』

……まさかの反撃をされたけれど。上目遣いに顔を赤らめて、あんな甘い声で可愛いことを言うから思わず心臓が止まりかけた。今でも思い出すだけで心臓が激しく踊り出す。可愛くて、可愛くて……本当に着せてしまいたかった。

最後に選んだドレスもとても喜んでくれて、自分の選んだ服で喜ばれるのがこんなに嬉しいことだなんて初めて知った。毎日でも贈りたくなってしまうほどに。その上いつも幸福な時間を置き土産に去っていく彼女が、今日は形に残るものまで置いていってくれた。

「綺麗な花だなぁ……」

胸の中の紫色の花束を抱きしめ、騎士が抱えてくれる青と白の花束と見比べればまた溜息が出てしまう。

防衛戦は、本当にただ盟友として彼女の力になりたかった。愛するアネモネを誇れる国として、フリージアへの助力を選択したかった。でも、こんな素敵な贈り物をされると……力になった筈が僕ばかりが彼女にまた貰ってばかりの気持ちになってしまう。彼女に贈ることも与えられることも彼女に関することは全てがあまりに幸福過ぎる。

　騎士達と一緒に城の中へと戻りながら、手の中の紫色の花から目が離せない。

『だって、レオンとの大事な思い出だものっ！』

　花のように笑う彼女が、あの日の記憶をそう呼んでくれた。彼女の婚約者として現れた僕が……僕の心がまだ彼女にはないことも理解して、その上で僕に寄り添い続けてくれた記憶。彼女にとってはただ不快でしかなかった記憶の筈なのに。そんな小さなことまで覚えていてくれたことが信じられなかった。あんな僕との記憶を大事とまで言ってくれたのが嬉しかった。

「……ほんと。敵わないなぁ……プライドには」

　ふふっ、と負けた気分なのに嬉しくて笑ってしまう。

　騎士からティアラに貰った花束も受け取り、両手に幸福を抱えて僕は歩く。玄関を開けられ室内に入れば侍女達が「素敵な花束ですね」と褒めてくれた。

「とても大事な花です。僕の部屋に飾って下さい」

　これから僕は港に向かうので、と彼女らにそっと花束を託せば丁重に受け取ってくれた。まだ抱えていたい気持ちはあるけれど、今は残りの仕事を進ませないといけない。

　名残惜しく思いながら彼女らに抱えられた花束を見れば、……カードが添えられていたことに気づいた。持ち手の部分から小さく頭を出したそのカードを取ると、プライドの字で「レオンへ」と書かれていた。驚きのあまりその場に固まり、指先だけを動かしてカードを捲る。彼女もティアラも、何も言っていなかったのに。

読めば、綺麗な字で優しい言葉が添えられていた。途端にまた顔が火照ってきて、侍女達の前で情けない姿を晒してしまう。

『紫の花言葉は〝貴方を信じて待つ〟です。また何度でも逢えるのを楽しみにしています』

今、その言葉を贈られるなんて。

一年前、……いや、そろそろ二年になるだろうか。プライドが当時この花を説明してくれた時のことを思い出す。聡明な彼女は植物についても色々なことを教えてくれた。育て方や咲く季節に逸話、……その、花言葉も。

でもまさか、この意味まで踏まえて贈られたとは思わなかった。僕が好きな花だから選んでくれた、それだけだと思ったのに。今更ながら同じ意味を込めて彼女に一輪贈ったことが恥ずかしくなってくる。もともと彼女から聞いた花言葉だけれど、真意まで知られはしないと思ったのに。

……紫色の花。僕と、そして愛しい彼女の色が混じり合った色の花。

あの時に愛でた花が、彼女と僕の色の花が、そんな意味を宿していると思うと運命的なものまで感じてしまい余計にこの花への愛しさが込み上げた。

足早に、馬車へと向かう。想いが溢れ出し思わず一人口の中だけで唱えた。

「何度でも、……君を待つ」

そして、待っていて欲しい。君が待っていてくれるなら僕は何度でも逢いにいく。君が求めてくれるなら何度だって駆けつける。

愛しい愛しい我がアネモネと共に。

「プライド様、今馬車が到着するとのことです」

ハナズオ連合王国の防衛戦から、一ヶ月。

近衛兵のジャックが私に声を掛けてくれた。部屋で手紙を整理していた私は返事と同時に手を止め、彼らと一緒に部屋を出る。ジャックが扉を開け、ティアラが私と並び背後をアーサーと、……更に三人の騎士が守ってくれる。

二週間ほど前。エリック副隊長の完全復帰と同時に、アラン隊長とカラム隊長が一ヶ月の謹慎処分を受けた。私やステイル、ティアラの弁護と母上や騎士団長達の計らいで減罰されて謹慎後は降格も除名もなしになった。その後に本人達の意思でどうするのかはわからず、母上からその話を聞いても単純に喜んで良いのかわからなかった。けど謹慎前最後の夜、去り際に彼らは。

『では、プライド様。〝一ヶ月間〟御迷惑をお掛け致します』

『〝代理〟の騎士達は皆、近衛騎士四名と騎士団長、副団長で選別した者です。どうか御安心下さい』

〝一ヶ月間〟〝代理〟……そうアラン隊長とカラム隊長自身が語ってくれた。その意味がどうか私の望み通りの意味であって欲しいと思う。

確認したかったけれど、私がまた期待して二人の意思にこれ以上反してしまうのが嫌で聞けなかった。お陰でこの二週間ちょっとの期間も長く感じてしまう。

ただ、代わりにエリック副隊長の復帰はすごく嬉しかった。久々の近衛任務に来てくれた時は、ティアラと一緒に私も心から復帰を喜んだし歓迎した。……けど、ティアラにまでお祝いされたのは驚いたのか、それとも第一王女、第二王女にダブルで祝われたのが畏れ多かったのか駆け寄って声を掛けた時点で若干既にエリック副隊長の顔が赤かった。アーサーも交代する際に彼の肩に触れていたし、風邪ではないとは思うのだけれど。

暫くはエリック副隊長とアーサーのどちらかが、必ず近衛騎士として控えるという形で騎士四人体制の護衛が続いた。ステイル曰く「あのお二人の代理が騎士二人では到底足りませんから」らしい。騎士団長達も同じ意見らしいけれど、なんだか私の為に騎士をこんなに独占するのは……、まで考えてやめた。早くこの考え方から改めないといけないと最近は少し思うようになった。

そうして少し違う形態での私の護衛が二週間あまり続き、とうとう今日我が国に新しい同盟国としてハナズオ連合王国の国王が訪問に来てくれることとなった。新しい友好関係と防衛戦の祝勝会も含めて、今夜は城内でささやかながらパーティーも開かれる予定だ。

そして今、ハナズオ連合王国の馬車が到着した。

「…………ティアラ、大丈夫⁇」

歩きながら、こそこそとティアラに耳打ちをすると「はいっ⁈」と裏返った声と同時にピンッと背筋が伸びた。……やはり大分緊張しているらしい。少し反応が可愛いくて笑ってしまうとティアラが焦ったように「だっ……大丈夫ですっ！」と返してくれた。そのまま誤魔化すように私の手を握る。

正面玄関まで出ると、扉の前でステイルが待っていてくれた。ヴェスト叔父様から案内を任されたらしい。一緒に並んで玄関から外に出れば、ちょうど馬車が庭園に停まろうとするところだった。ゆっくりと速度を落とし、城の前で完全に停止する。

臣下や兵士が別の馬車から先に降り、それぞれ国王の乗る馬車の扉へ同時に手を掛けた。ガチャリ、と音がして開かれた扉から彼らが姿を現した。

ハナズオ連合王国チャイネンシス王国国王、ヨアン・リンネ・ドワイト。サーシス王国国王、ランス・シルバ・ローウェル。二人が同時に別々の馬車から姿を現す。

　私達の姿を確認してすぐに笑みと共に挨拶をしてくれた。私達からも挨拶を返した時、ランス国王の背後から更にもう一つの影が現れた。事前に今日の訪問については書状のやりとりもしていたから私もティアラもステイルも知っていた。

　馬車からランス国王に控える形で、とうとう彼が現れる。以前我が国に訪問した時とは違い、国王とそして摂政を始めとする多くの臣下を引き連れている。更に格好も遠目でわかるほど全体的に装飾品が減っていた。私達と一度目が合うと、挨拶の動作を落ち着いた表情のまま返し、国王達の背後に控えた。

〝王弟〟セドリック・シルバ・ローウェル。

　今までの〝第二王子〟ではなく、書状には彼のことが〝王弟〟と記されていた。……それだけでもセドリックが以前とは違うのだということがわかった。騎士達が馬車から正面玄関までの道を左右に控えて作り、その真ん中をランス国王、ヨアン国王、そしてセドリックがゆっくりと歩み出した。

「お久しぶりです、プライド第一王女殿下」

「ランス共々、この日を待ち望んでおりました」

　国王達が順々に私に、そしてステイルとティアラへ挨拶をしてくれる。握手を交わしながら言葉を返し、そして最後にセドリックが国王の次に私達の前へと進む。

　相変わらずの金色の髪を靡(なび)かせてはいるけれど、ライオンのような髪のボリュームが大分抑え整えられていた。そして何より装飾品が本当に減った。国王同様に礼儀程度はちゃんと身につけているけれど、もう歩いてもジャラジャラ音がしない。私にくれた指輪があった親指とティアラに渡したピアスの耳にも何もつけていなかった。大人しめになった髪型と装飾品が、男性的で整った顔立ちを更に際立たせていた。

「お久しぶりです、プライド第一王女殿下。ご機嫌麗しゅう。この度は兄君共々御招き頂きまして心より感謝致します」

…………ん？

頭が痛くなりながら部屋に戻った私は、今夜の祝勝会の身支度を始める。着替えの為、アーサー達近衛騎士は部屋の外でジャック達と同じく控えてくれている。

国王達と我が城へ訪れたセドリック。彼の様子が、終始おかしかった。

――セドリックが、おかしい。

国王達のほうは全く問題なかった。女王である我が母上との挨拶では厳かな挨拶が続き、同盟に関する条約についても一年以内には我が国へハナズオ連合王国は国を開き、金や鉱物の取り引きをするべく準備を進めてくれていると改めて聞くことができた。更には、今回の防衛戦で協力をしてくれたアネモネ王国へもサーシス王国の金だけでなく、チャイネンシス王国の鉱物も取り引きするつもりだとも話してくれた。元々ハナズオ連合王国自体が国を開く準備を以前から進めていて、それが整い次第サーシス王国の港を通して貿易や関わりを広げる予定だったらしい。ハナズオ連合王国の周囲は殆どラジヤ帝国の支配下だし、海を渡って探したほうが得策だ。アネモネ王国に続いて我が国と貿易を進める頃には、他国とも少しずつ貿易や関わりも広がるだろう。母上からも同盟国として他国への紹介や協力も惜しまないと話してくれた。

ただその会合中、セドリックは挨拶以外何も言わなかったし終始落ち着いた様子……というか大人しかった。部屋に案内される時もランス国王とヨアン国王の傍に控え、信じられないほどに目立たないまま退室していった。通常ならば、このまま支度も含めて祝勝会まで部屋で旅の疲れを癒すことになる。

……けれど、やっぱり少し心配だ。てっきりセドリックの性格上会ってすぐに何かしらティアラへアプローチでもあるかと思ったのに、実際は恐ろしく何もない。いや、それはそれで良いのだけれど！　……ただ、別れてから まだ一ヶ月しか経っていないというのに私にもティアラにもあんなに他人行儀にされちゃうのは少し寂しい。

専属侍女のマリーやロッテが支度を進めてくれる中、閉じられる前のカーテンの向こうの景色になんとなく視線を向ける。この時期になると窓から見える庭園に咲く花の種類も多い。遠目からでも色とりどりの花があるのがよくわかる。赤色や青色ピンク色それに――

…………金色。

へっ？　と思わず声が漏れた。突然の私の反応にロッテが「どうかなさいましたか？」と声を掛けてくる。でも返事する暇も惜しく、窓に齧りつくようにしてその金色を凝視してしまう。一瞬ランス国王かなとも思ったけれど、違う。やはりセドリックだ。どうやら庭園に向かっているらしい。

何故そんなところに？　とも思ったけれど、この機会を逃す手はない。マリーに確認するとあと数十分くらいなら部屋をあけても祝勝会には間に合うと言ってくれた。

急ぎ窓から飛び降りたい気持ちを我慢し、部屋を出た私は護衛と共に階段を降りて庭園へと向かった。

「セドリック？」

庭園に入ってすぐにセドリックは見つかった。……というよりも、庭園についた後からセドリックのいる場所は予想がついていた。

「……プライド、第一王女殿下……」

忘れもしない、一ヶ月前に彼と遭遇した場所だ。あの時は掴みかかられるし、彼は彼で私に蹴り飛ばされてティアラからはナイフ投げで牽制を受けるしでお互い散々だった。けれど、絶対的な記憶力を持つ彼ならきっとここだろうと思った。今回はセドリックも護衛の兵士や我が城の衛兵も連れてきていたし、抜け出したような感じでもない。私に気がついた彼は目を丸くしてこちらを振り返る。

アーサーが以前のことを思ってか、既に警戒するように私の背後から隣に控えてくれ、他の騎士達もそれに応じてくれた。……うん、まぁ当然だろう。

「ごめんなさいね、ちょうど部屋から貴方が庭園に出ていくのが見えたから」

そう表情を窺ってみると、セドリックは「私に……何か、御用でしょうか」と少し表情筋をピクピクとさせた。取り敢えず質問には答えず周囲を見回してみる。

「貴方、一ヶ月前もここにいたわよね。……何か理由でもあるの？」

そういえばあの時も何故セドリックがこんな人目につきにくい場所にいたのかは謎のままだった。

私を探しにきたという感じでもなかったもの。

私の問いにセドリックは少し目を逸らすと手近な花を目で指し示してくれた。

「我が国でもこの季節にはよく目にする花です。……以前宿泊した部屋の窓からもこの花が見えていたので」

言われてみればセドリックが示したその花は、サーシスでも見たことがある気がする。花弁の大きな黄色の可愛らしい花だ。確かに以前セドリックに用意した部屋からならここら一帯の花がちょうど見えただろう。流石に私やティアラの姿は木々に隠れて見えなかったと思うけれど。……当時のセドリックのことだから、きっと人前に姿を見せたくなくて、こっそり目立たないように植栽の裏側を選んだのだろう。そしてちょうどそこが私とティアラのお昼寝場所と被ってしまった、と。

「国のものがあると、幾分か心が落ち着くので」と続けるセドリックは、ちゃんと城の衛兵達や国王二人にも許可を得て庭園に降りてきたと説明してくれた。落ち着く……ということは、何か落ち着かないことがあるのだろうか。

「セドリック。……大分様子が変わったみたいだけれど、何かあったの？」

燃える瞳にしっかり目を合わせ、尋ねてみる。すると一瞬だけグワリと目を強く見開いたセドリックは頬を赤く火照らせた。

風邪かと思うほどにあからさまな変化に私も驚いてしまい、表情に出してセドリックを見返してしまう。すると、セドリックもすぐに自覚したらしく右手で自分の顔を鷲掴むようにして覆うと素早く顔を逸らしてしまった。思わず私が声を裏返しながら名前を呼ぶと「し、失礼致しました……!!」と取り繕うように返してくれる。

………何だろう。取り敢えず一気に深刻感は激減したので、そこだけはほっとする。今までのセドリックなら、追い詰められていたらもっとわかりやすかったし、こんな表情は見せなかったもの。

ゆっくり私のほうを向き直ってくれた時には、少し顔が冷めてはいたけれどまだ赤みも残っていた。顔面から右手を降ろし、口元だけ覆ったセドリックは一度肩ごと深呼吸をすると改めて提案してくれた。

「このような場ではプライド第一王女殿下にとって要らぬ噂が生まれてしまう恐れもあります。……もし、失礼でなければ祝勝会の時に改めてお話の機会を願えませんでしょうか……？」

御心配頂いたにもかかわらず申し訳ありません、と丁寧に謝ってくれるセドリックの言葉に私も納得し、少し反省する。人影のない庭園から二人で出てくるなんて、護衛付きでとはいえ確かに少し角が立つかもしれない。……にしても、やっぱり変だ。今は公式の場ではないし、以前のように敬語敬称の必要はないのに。

「わかったわ、私こそごめんなさい。…………あ。でも、これだけは良いかしら」

セドリックがこの場で話せないなら仕方がない。祝勝会では話してくれるつもりみたいだし、私も支度がある。ただ、せめてこれだけはちゃんと伝えておかないと。

セドリックの傍に歩み寄ると、背伸びをして彼の耳元に顔を近づける。彼も察したらしく、口を押さえたままではあるけれど私の背に合わせて腰を曲げてくれた。その気遣いのお陰で彼の耳を引っ張りたい衝動は抑え、代わりに強めに囁いた。

「私は良いけれど、祝勝会でまでティアラに冷たくしないでよ。一ヶ月前にあんなこと言ったばかりなんだから」

自分の発言に責任くらい取りなさい！　とティアラの姉としてセドリックに一喝する。……途端に、さっきとは比べ物にならないほど彼の顔が真っ赤に茹だった。

あっちゃー……と、思わず口から漏れそうなのをなんとか留めた。なんか、本当に全く深刻そうではなくていっそ気が抜けてきた。

セドリックは口を押さえた手のままに、顔どころか手まで若干赤くなってきていた。あまりに熱を帯びた姿に一歩引いてしまうと、アーサーが間に入りながら「プライド様?!」と声を掛けてくれた。アーサー達に耳打ちは聞こえなかったみたいだけど、セドリックの赤面は明らかだったから驚いたのだろう。私もあまりの反応に口をあんぐり開けたまま言葉が出てこない。……ゲームでもこんな顔真っ赤のセドリックなんて見たことない。本当にたった一ヶ月で彼に何が起こったのか。

「……承知致しました。お気遣い頂いて申し訳ありません」

失礼致します、と挨拶をくれたセドリックは、私にそしてアーサー達や護衛のジャックにまで丁寧に挨拶をすると先に庭園から去ってしまった。なんか折角のひと時中に私が追い出したみたいで申し訳ない。

「プライド様、今セドリック第二王子殿下に何か……？」

アーサーが目をまん丸にし見つめてくる。私が爆弾発言一撃でセドリックを茹でダコにしてしまったことを驚いているようだ。ここは「ちょっと注意しただけよ」と伝え、急いで支度へと先を促した。

流石にティアラの話題になった途端にわかりやすく赤面しましたとは言えない。セドリックのあの別れ際の爆弾発言を知っているのは私とティアラだけなのだから。

取り敢えず、セドリックに私が嫌われたわけでもティアラへの発言を忘れたわけでもないことは確認できた。残りは祝勝会でじっくりと聞くことにしよう。そう思って庭園を後にする寸前、ふとセドリックが眺めていた花へと振り返る。

黄色の可愛いお花。彼にとっては自国を身近に感じられる貴重な存在でもあった。絶対的な記憶力を持つ彼だからこそ、自国との微かな共通点を我が城で追ったのだろう。彼の記憶力は微かな相違点も共通点も見逃しはしないのだから。

もし、当時に様々なやらかしで居場所を失っていた彼の部屋からこの花が見えなかったら。もし、偶然この花のまわりに身を隠せるような木々や芝生がなかったら。……私がセドリックとあんな風に関わることも、ティアラがあそこまでセドリックを毛嫌いすることもなかったかもしれない。だけど。

「……良い花ね」

誰へでもなく呟いてしまう。なんとなく花弁を指先で撫でてみると、するりと柔らかな触り心地だけが表面に残った。

……あれ以上拗(こじ)れる前に、彼の暴走に気づけて良かった。

今度こそ、私は庭園を後にする。セドリックのあの反応を思い出し、まだ暫くは平和が続きそうだなと鼻歌交じりに安堵した。

一ヶ月ほど前にフリージア王国が参戦した防衛戦。そこで完全勝利を迎え更には新たな同盟国を得たことを祝す祝勝会で、城内は大賑わいだった。

防衛戦に参戦した騎士団の半数が集まり、我が国の王族を含めた上層部の人間そしてランス国王達も交じえた賑やかな宴だ。協力をしてくれたアネモネ王国も呼びたかったけれど、この前アネモネ王国へ定期訪問に行った際に打診したら「見返りが欲しかったわけではないから。そんなものがなくても力になると示したいんだ」と丁重にお断りされてしまった。謹慎処分中のアラン隊長やカラム隊長も祝勝会に参加できなかった。

母上から乾杯の言葉を受け、グラスを掲げる。祝勝会が始まってから最初は挨拶し通しだったけれど、今はやっと余裕もとれるようになってきた。ランス国王、ヨアン国王と一緒にセドリックにも挨拶をしたけれど、表向きの挨拶しかできていない。騎士団長や上層部達と無事に挨拶を終えた後、ティアラやステイルより一足先に自由になれた私は早速セドリックのほうへと目を向けた。

今までも何度か目を向けたけれど、変わらず彼も彼で我が国の上層部と語らっているところだった。話し上手なのか、なかなか男女問わずに一人ひとりとの話が続いている。

「……セドリック第二王子殿下、少し、お話宜しいかしら？」

話している相手には悪いけれど、終わるのを待っていたら祝勝会も終わってしまいそうだ。私が声を掛けると、相手はすぐに身を引いてくれた。

返事と共にグラスを片手に一歩歩み寄ってくれるセドリックは、既にまた表情筋がピクついていた。パッと身は落ち着いた笑みだけれど、内心は穏やかじゃないのがよくわかる。

「……少し、壁際で話しましょうか」

人目を引く容姿のセドリックとこんな広間の真ん中で長話をしたら絶対に目立ってしまう。一度挨拶を交わした後の二回目だから余計にだ。せめて人混みに紛れなければと思い提案すると、私が誘導したと思われないようにセドリックから壁際へエスコートするように動いてくれた。母上達からも離れ、上層部の人達よりも騎士の割合が多い扉の傍に移動する。壁の花状態にならないようにセドリックが配置にも気を遣ってくれた。

エリック副隊長が偶然近くにいて、小さく手を振る。急に騎士達が集っている中に王族が乱入したことに驚いたのかエリック副隊長は目を丸くしていた。緊張で少し顔を火照らせていたけれど、人目を気にするようにしながら私に応えて小さく頭を下げてくれた。

やっと会話できる状況になって、中身が減っていないグラスを片手に目だけでセドリックを覗く。目が合った彼もちゃんとわかっていると言わんばかりに緊張した面持ちで喉仏を上下させた。

「……こちらの都合にもかかわらずお待ち頂き感謝致します。先程は大変失礼致しました」

「もう良いから。……それより以前のように話しましょう。何故まだ一ヶ月しか経っていないのに、そんなに一歩引くの？」

ガチガチの敬語で固めてくるセドリックに、問答無用で本題を突きつける。するとセドリックは「ですが……」と言葉を濁し、一度静かに大きく深呼吸をしてから躊躇うように口を開いた。

「…………………マナーと、……教養を全て身につけた」

ぼそぼそと普通に話しても良い距離と喧騒だというのにセドリックは小さな声でそう話した。一瞬聞きそびれそうになって、私から耳を更に近づけた。それからやっと彼の言葉を聞き取れ「すごいじゃない」と言葉を返した。まだたった一ヶ月しか経っていないのに、殆どゼロから全てを身につけるなんて大したものだ。流石天才児。でもセドリックはドヤ顔どころか若干顔を赤らめ、苦々しそうに表情を歪めた。そのまま思わずといった様子で私から目を逸らす。

「お陰で、こうして今回の祝勝会にも同行することを許された。…………が」

見れば彼が片手に掲げていたワインの表面がプルプルと揺れていた。最低限までは整えられた顔を維持しているけれどまた表情筋に力が入っている。本当にどうしたのか、明らかに無理をしている様子だ。心配になり、私から言葉を掛けようとすると先にセドリックがワインを持つほうとは逆の手で自分の顔面を鷲掴むように押さえつけた。俯き、金色の髪に顔が隠れたと思えばやっとセドリックから言葉が漏れた。

「…………羞恥で……焼け焦げそうだ……‼」

……え？　思わず頭にでた一字をそのまま声にも出してしまう。そんな私を置いてセドリックが再びぼそぼそとした声で堰を切ったように話し始める。

「俺は、この城でたった三日の間に夥しい数の不敬と非礼を犯してきた。当然のことながら許されるべきではないことも理解している。もう二度とあのような恥の上塗りなどは御免だ。だからこそ改めてお前達に詫びを伝えたかった。今この場での機会も本来ならば俺が自ら用意すべき場であったというのに誠に申し訳ありませ……、……すまない。だがどうしてもお前達の顔を見る度に、城内を歩く度に平静を保つことすら困難になる。俺が恥ずべき言動を犯した全ての場所と相手を見るだけであの時の愚行が鮮明に思い出されて死にたくなる。お前に対しての失態の数々だけでも頭が燃えそうだというのにしかもそれを俺はティアラの目の前でも犯してしまっている大体今だからこそ問いたいのだが何故お前はあんな俺に手を差し伸べたのかその疑問がいつまで経っても頭から離れな……」

……なんだか途中からは早口になって聞き取り辛くわからなくなってしまったけれど、取り敢えず彼の話を最後まで聞いてから私は頭の中で要約した。つまりマナーと教養をマスターした結果、今までの自分のやらかしに気がついてしまったということだ。完璧な記憶力を持つ彼だからこそ、機械みに自分の過去の言動全てから不敬や非礼にあたるものを事細かに照合してしまったのだろう。直接不敬をした相手どころか、自分のやらかしを思い出させる相手全てに顔が燃えてしまうほどに。

一気に話してしまったせいか、顔が火照ったセドリックは息も荒い。私が口元だけ引き上がって固まっている間に、誤魔化すように手の中のワインを飲み干した。改まるように「誤解を招くような態度を取ってしまい、申し訳ありませんでした」と今度はまた敬語で謝ってきた。

「当時の醜態を考えると、以前のような言葉でお話しすることすら躊躇われてしまいまして……」

はぁ……と、口元を片手で覆いながら語るセドリックはまた更に顔が赤い。ワインのせいか、それともまた私への不敬でも思い出したのか。

「だけど、……貴方確か敬語で話してくれた時だって私に色々不敬を犯していたわよ？」

「勿論存じております」

思わず容赦ない問いかけをしてしまった私に、セドリックの赤みがまた増した。少し虐めたような気がして急いで彼に謝る。セドリックは首を振ると「全ては私の不徳の致すところです」と返してくれた。なんだか言いたいことはわかるのだけれど、話し方が違うだけでやっぱり別人のようだ。

「ですが……そのような御相手に許可を頂いたからとはいえ敬語もなくお話しすることは今の私には畏れ多く、とても叶いません……。……もし、許されるのであればもう少々御時間を頂ければ幸いです。必ずやいずれプライド第一王女殿下の御期待に応えてみせます」

すごく大仰な言い方をしているけれど、つまりは敬語なしで話すのにはもう少し時間が掛かるということだ。せめて敬語とはいってももう少し砕けた話し方にすれば良いのに。もしかすると記憶力や習得力が凄まじくても、応用力や思考力は普通なのだろうか。テストは満点でも論文は普通、みたいな。いやセドリックなら頭の中の情報量もすごいから実際論文を書いたら凄まじいのだろうけれど。

それでもまるで普通の話し言葉を機械で敬語変換したかのような言葉遣いに、どうりで勉学不足なことを抜いても生まれ持って天才の彼が悪徳女王プライドにまんまと騙されたわけだと今更ながら納得する。そういえば、以前の彼が敬語で話してくれた時の言葉も流暢に話せていたのは前もって考えていた定型文のような台詞ばかりだった。あとはポツリポツリの短文ばかりだった気がする。

「わかったわ。……貴方がそのほうが話しやすいのならばそれで。そしたら私も合わせて敬語で話したほうが良いかしら」

「いえ……!! どうか、お気を遣わずそのままの言葉でお話し下さい……！」

何故か食い気味に引かれてしまった。まぁ、私も彼に対してはもうこの話し方が慣れてしまったし、良いというのなら御言葉に甘えさせてもらおう。

私が了承すると、彼はほっとしたように息をついた。再び顔色が段々と頬が染まる程度まで治まったけれど、こんなに赤みが続くと本当に体調不良じゃないかと心配になってしまう。

「でも、変わったのが話し方だけなら良かったわ。私達と話も避けてるのかと思ったもの」

「とんでもありません！ ……むしろ、私には皆様に言い尽くせないほどの謝罪と御恩があるばかりだというのに」

……やっぱりいつものセドリックの言葉じゃないと違和感がすごい。訳せば「そんなわけがあるまい！　むしろ俺はお前達には言い尽くせぬほどの詫びや感謝があるというのに」とかだろうか。礼を尽くしてくれるのはありがたいけれど、正直早くいつもの口調に戻って欲しい。ジルベール宰相にパリピ語で話されるぐらいの違和感だ。

これは私も彼のリハビリに協力しなければと本気で考える。ふと、気になって振り返るとステイルやティアラも既に上層部の人達とは話し終えた後のようだった。私を心配してくれているのか、遠目から私達の様子を窺ってくれている。……よく考えると、この状態はこの状態で今度はティアラに変な誤解を受けないだろうかとすごく心配になる。

セドリックのことが嫌いなティアラにはどうでも良いことかもしれないけれど、一ヶ月前にあんな爆弾発言して私とばかり話しては心象も絶対良くはない。少なくともティアラに片思いしているセドリックにはなかなかまずい状況だろう。人目を忍んで私とセドリックが二人きりで長々と語らっているのだから。せめてティアラからの誤解だけは避けてあげないと。

「…………取り敢えず、ティアラにもちゃんと説明しましょうか」

そう言って私が視線の先にいるティアラを手招きしようとした瞬間、突然セドリックから「いやっ……それは‼」と上擦った声での待ったが入った。

なにかと思い、振り返ればセドリックがまた伏し目になり口を噤んでしまう。黙り込むというよりも何やら言葉を選んでいるようだった。……なんか、また赤面が悪化している。

「……何か話したらまずいの？」

「いえ！　話すことは大いに私も同意致しますがまだ……こ、心の、準備がっ……‼」

今更何を言っているのか。相変わらず世話の焼ける子だなと思いながらセドリックの顔を覗くと、目がすごく泳いでいる。一番不敬を犯した張本人である私とは敬語で話せるのに、何故ティアラとは話すことすら……、……。…………あれ。

まさか、と。むしろ今まで何故気づかなかったのかと思う疑問が頭に浮かぶ。「まさか貴方……」と、なんだか一ヶ月前にも似たような言葉を掛けたなと思いながら彼を見る。セドリックも脳内で照合されたのか、少し不思議そうに私を見返した。

「……まさか、ティアラが視界に入るだけで恥ずかしくて上手く話せないとかそういう……？」

ボンっ‼　と。一気にセドリックの顔が沸騰した。……もう聞くまでもない。

セドリックは震わせた唇ごと自分の顔を手の平で覆うと一歩後退ってしまった。もう湯気が見えそうなほど赤い顔に、色々察してしまう。……だから、最初の挨拶の時にもあんな素っ気ない態度だったのか。

「…………初めて会った日にはあの子の前で私に口づけまで迫ったくせに」

「〜〜ッおやめ下さい‼　顔から火がっ……‼‼」

呆れてしまう私の言葉に、セドリックが顔を背けたまま悶絶するように顔を上半身ごと俯けた。しまった、また彼の黒歴史を抉ってしまった。でも……。

「…………ふっ……」

思わず、声が漏れてしまう。駄目だ一回意識してしまうと、もう込み上げてきた。肩が震え出し、ワインが零れないようにと手先に意識を向けながら堪えた。それでももう止まらない。

「ふっ……フフフッ……ハハッ……フフフフフフフッ‼」

せめて淑女らしい笑い方をと口元を隠して耐えるけど、もう死にそうだ。必死に声を抑えても、やっぱり私の甲高い笑い声は大広間には響きやすかったらしく、視線を向ければ近くの騎士だけじゃなく私の様子を見守ってくれていたステイルやティアラまで驚いたように目を丸くしていた。

セドリックも気づいて「プライド様っ！」と潜めながら私に声を掛けるけれど、私は既にお腹を片手で抱えながら笑いを堪えるのに必死だった。

セドリックが！　あのオレ様ナルシストの王子様が!!　私の髪どころか唇まで平然と奪おうとしたあの子が！　好きな子が……ティアラが傍にいるだけで上手く話もできないなんて!!　目すら合わせられないなんて!!

もう、おかしくて堪らない。これじゃあ前世のゲームのセドリックルートのような甘々イベントなんて無理だなと思えば余計におかしくなってしまう。

なんとか笑いを落ち着けて、残りのワインをゆっくり飲み干した。それからやっとセドリックを見上げる。彼は彼で赤面したまま口を結び、目だけで私に訴えていた。たぶん、前の口調で話せたら「何がおかしい?!」とでも声を荒げていたたろう。

私は口元を軽く上げ、正面から悪戯っぽく笑ってみせる。

「可愛いわね」

なっ?!　と、目を見開いたセドリックから私は視線を逸らす。今度こそちゃんと振り返るとティアラに向けて手招きをした。

すぐに私に気がついてくれたティアラは一瞬躊躇うように視線をきょろきょろさせたけれど、そのまま少し速足で私のほうまで歩いてきてくれた。

ティアラが一歩一歩近づく度に背後のセドリックがすごく狼狽えているのが見なくても息遣いだけでよくわかる。今にも逃げ出しそうな足取りの彼を目だけで見上げ「私の髪への口づけの仕返しよ」と笑いかけると、その足がピタッと止まった。

「お姉様……お呼びでしょうか……？」

恐る恐るといった様子で歩み寄ってくるティアラの背中に私から手を添え、そっと彼女の背後に回る。真正面にティアラを迎えたセドリックは顔を赤くしたまま完全に固まった。ティアラも上目でセドリックの顔を睨んでいるけれど、そこからは無言で身動きひとつしなかった。

取り敢えず誤解だけは解いておこうと、私からセドリックがマナーや教養を頑張って身につけたこと。その結果私への不敬に気がつき恥ずかしくなって私達に上手く話せなくなっていたことを説明すると、やっとティアラの目つきがパチパチと丸くなった。少し呆れも入っているようにも見える。

ティアラの背後からセドリックに目で言葉を促すと、彼もやっと口を開いた。

「今朝は……失礼な態度を取ってしまい、申し訳ありませんでした。当時の醜態を貴方にも目にされていると思うと、……言葉にもなりません。ですが……」

少ししどろもどろではあるけれど、必死にセドリックがティアラに弁明を始めた。真っ直ぐにその言葉を受け止めてくれたティアラが、言葉を切られると嫌な予感でもするようにピクリと肩を震わせた。赤面しきったセドリックは言葉を紡ぐ。

「それでも……貴方への想いは変わりません。別れ際にお伝えした、あの誓いも言葉も取り消すつもりはありません」

ド直球。……私の前で、少しはオブラートにくるんでいるつもりなのだろうけれど完全に意思表示を言葉にしてきた。彼は遠回しな愛の言葉を知らないのだろうか。

　血色よりも赤く燃えた彼の瞳が真っ直ぐに私の前にいるティアラへと注がれる。あまりにも熱い視線を間近に、私に向けられているような錯覚まで覚えてしまう。

　肩に添わせた手がなんだか温かくなり、見ればティアラの顔は真っ赤だった。あまりに直球な台詞が恥ずかしいのか、それとも一度ならず二度までも懲りずに口説いてきたことに怒っているのか。

　ポポポッと赤くなったティアラの肩をそっと摩って落ち着かせる。まずい、セドリックだけならまだしもティアラまで赤面していることが周囲に気づかれたらそれこそ二人が恋仲じゃないかとか変な誤解や噂が流れてしまう!!

　壁際だから正面からティアラの顔が見えるのはセドリックだけだろうけれど、真っ赤なティアラの顔が周りに見えないよう身体を使ってティアラを隠す。

「わっ……私は……き、きらいですからっ！」

　今度はティアラが上擦った声で、辿々しく言葉を放った。小さな声だったけれど、傍にいた私とセドリックにははっきり聞こえた。突然の嫌い発言にセドリックがショックを受けると思い目を向ける。

「存じております」

　間髪を入れずに、言葉は返ってきた。その表情も赤くはあるけれど、全く瞳は揺らいでいない。そのまま沈黙だけが流れる。

　俯いてばかりのティアラが心配になり、肩からそのまま抱きしめるように腕を回すとティアラがキュッと私の手を握り返してきた。深呼吸するように肩を数度上下させ、再びその唇で沈黙を破る。

「そっ……その、言葉遣いっ……早く直して下さいっ……！」

俯いたまま小さな声で早口にセドリックへ訴えた言葉はすごく可愛らしかった。

決して肯定的な言葉じゃなかったけれど、ティアラからの別の返事を受けられただけでセドリックは嬉しそうにその眼差しを緩ませた。「畏まりました」とさっきよりも遥かに柔らかに発せられた言葉に、ティアラがセドリックのほうへ顔を上げないまま「ですからっ……その、言葉をっ……‼」と耳まで赤いまま怒ったように小さく声を荒げて返す。同時に私の腕を掴む力が更に強まった。

よくわからないけれど、どうやらセドリックの今の言葉遣いに違和感を感じるのは私だけではないらしい。でも、ティアラは殆どセドリックとの会話は敬語だった気がするのだけれど。

じっと黙り込んだティアラは、数分間の沈黙を越えてやっと顔の火照りが和らいだ。……セドリックはティアラを前にまだ赤いけれど。

ふと、何やら刺さるような視線を感じて小さく振り返るとステイルとアーサーだった。いつの間にか合流していた二人は、遠目からじっと私達の様子を窺っている。会話に交ざれなくて寂しいのか、私がまた不敬をされてないかと心配してくれているのか、それとも可愛いティアラと仲良さげなセドリックにヤキモチを……いや、少なくとも今までの様子から会話が弾んでいるようにはとても見えないか。

……じゃあ、心配してくれているのかな。

そう思うと少し擽ったくなり、ステイルとアーサーに向けて手を振る。二人とも鋭い眼差しを向けながらも私に頭を下げて応えてくれた。

「セドリック王子殿下。……先程はどうも」

ステイルがいつもの笑みで声を掛けたのは、セドリック王子がちょうど上層部全員と話し終わった時だった。プライド様と話してなんかすっげー羨ましくなるくらい楽しそうに笑わせて、ティアラとも何か話していたセドリック王子だったけどどんな会話かはわからない。プライド様曰くただ楽しく話してただけで「二人もきっと話せばわかるわ」らしい。……途端にステイルが俺を巻き込んでセドリック王子に特攻した。

ステイルからの呼びかけにセドリック王子は目を見開いていた。「ステイル第一王子殿下」と呟くとそのまま視線を俺にも向ける。読んだようにステイルから俺を紹介してくれた。

「ちょうど彼とも話に花が咲いていたところでして。宜しければ是非、ご一緒にお話しして頂けませんでしょうか」

すげぇ気まずい。セドリック王子が俺のことを覚えているかもわからねぇけど、覚えられていたとしたら俺への印象は最悪だろう。プライド様を守る為とはいえ結構俺はこの人に威嚇っつーか不敬もしてる。思わず目を逸らしながら無意識に首の後ろを摩っていた。セドリック王子から息を飲む音が聞こえてきて、やっぱ第一王子のステイルにも緊張すんのかと思う。

「是非、……お願い致します。ステイル第一王子殿下、アーサー・ベレスフォード副隊長殿。私もちょうどお話し願いたいと考えておりました。…………場所を変えても、宜しいでしょうか」

覚えてた。マジか。まさか名前全部覚えられていたとは思わず、驚いて見返すと僅かに緊張からか顔の火照ったセドリック王子と目が合った。一瞬かなり根に持たれてるのかとも思ったけど、その目に全く敵意は感じなかった。……そういえば以前、〝神子〟とか全て覚えられるとかプライド様に言っていたことを今更になって思い出す。

ステイルが「勿論です」と答えて、セドリック王子と一緒に大広間と繋がったバルコニーに出る。室内から出ただけで大分騒々しさも遠ざかった。代わりに夜風が静かに耳を掠める。

外に出たところでセドリック王子は誰もいないかを確認するように周囲を見回し出した。何かあんのかと思い、少し警戒すると再び俺が名前を呼ばれる。向き直られて俺もステイルも姿勢を正せば、セドリック王子はゆっくりと頭を下げてきた。

「度重なる無礼、……誠に申し訳ありませんでした……」

いきなり言われ、俺もステイルも虚をつかれる。出鼻を挫かれたからか、ステイルすら何も言葉が出ず俺も同じように口を開けたまま固まっちまう。いきなり詫びられたこともそうだけど、その上セドリック王子の顔がさっきより真っ赤になってたから余計にだ。なんでプライド様相手ならまだしも俺やステイルにまで赤くなっちまってんのか意味がわからない。

セドリック王子は勢いのまま止まらず、すげぇ長々と俺達に詫びと礼を続ける。中にはプライド様への間に二度も入った俺への詫びと感謝とかステイルからの警告の礼とか、それにもかかわらず防衛戦での御助力をとか。本当に、一から千まで全部言われた感じだった。第二王子に頭を下げられるってだけでも大事なのに、ここまで丁寧に謝られるとどうすりゃあ良いかもわからなくなる。

「……もしや、先程姉君やティアラとも同じ話を……？」

ポカンとしたままのステイルが口だけ動かして尋ねる。セドリック王子は「全てではありませんが、この内容も含んでおります」と言いながら真っ赤な顔を片手で覆って説明をしてくれた。

なんでも、このひと月で色々勉学に励んだ結果、自分がどんだけプライド様に不敬を犯したか気づいちまったらしい。……むしろ王族がなんで今まで知らなかったのかとか、逆に今までは勉学をどうしてたのかとかも気になる。けど、取り敢えず今はセドリック王子の変わりようが驚きだった。

「お見苦しく……大変申し訳ありません。ですがどうしても己が醜態を思い出すと、羞恥が込み上げでしまい……。王族としてこのような顔色で伺うことは恥だと承知なのですがっ……」

いや一ヶ月前のアレと比べたら全然大したことねぇし。そう思いながらも口には出せず見返すと、ステイルが「いえ……ご丁寧にありがとうございます……」と言葉を返した。完全にセドリック王子への評価がまたよくわかんねぇことになってやがる。

セドリック王子は、火照った顔のまま静かにステイルへ握手を求めた。ステイルがそれに応じると、次は俺にまで握手を求めてくれる。手袋のままで失礼じゃねぇかとも思ったけど、全く気にせず俺の手を握ってくれた。

「ステイル第一王子殿下、貴方様のように賢き御方を私は初めて知りました。そしてアーサー副隊長殿、貴殿のように勇敢で強き御方も初めて知りました。……私は、心より貴方がたを尊敬致します。プライド第一王女殿下が誇り傍に置くことを望まれるのも当然のことでしょう」

……なんか、すげぇベタ褒めされた。しかも、セドリック王子の赤く燃える瞳は真っ直ぐ俺とステイルに向けられていた。プライド様を口説こうとした時やランス国王の病を治した時もそうだったけど、この人は本当に躊躇いも恥ずかしげもなくそういうことを言えるのはすげぇと思う。っつーか、なんで今は顔赤くねぇんだこの人。

なんか俺のほうが恥ずかしくなって顔が熱くなってくると、セドリック王子から「これからもどうか宜しくお願い致します」と礼をされて、急いで俺もそれに返した。プライド様の言った、話せばわかるってのがそういう意味だったのかとやっと理解する。

「……貴方は、姉君のことをどう思われておりますか」

ぽつりとステイルが口を開く。セドリック王子はその言葉に二度大きく瞬きをした後……柔らかく、笑んだ。

「大恩人です。一生、私はあの御方に頭が上がらないでしょう。そして何物にも勝る尊い御方です」

……何故か、その言葉に変に納得する。俺もステイルも一言返事をした後は言葉に詰まる。するとセドリック王子から「外に長く御引き止めして申し訳ありませんでした、そろそろ中に入りましょう」と俺らを大広間の中へ先導した。

「貴重なお時間を割いて頂きありがとうございました。どうか兄達共々、末永くお付き合い下さい」

また礼儀正しく礼をされる。なんか、本当に一ヶ月前とは別人みてぇだった。

他の騎士達とも挨拶をと、セドリック王子が俺達に背中を向ける。一気に気が抜けて息を静かにつこうとした瞬間。……また何か思い出したようにセドリック王子が再び振り向いた。「先程の話ですが」と言われ、周りを気にするように俺とステイルへ声を潜める。

「いつか私は、プライド第一王女……そしてステイル第一王子殿下、貴方とももっと近しい存在になりたいと望んでおります。恐らく、御迷惑をお掛けすることにもなるでしょう。どうかその折は宜しく御願い致します」

そのままステイルだけじゃなく俺にも深々と礼をすると、今度こそ他の騎士達に挨拶へ向かっていった。……………どういう意味だ？　今の。

プライド様やステイルとも近しい……ってことは同盟関係を強固にしたいっつーことか。いやでも迷惑とかその折はとか、なんか妙に意味深だったような……。

そこまで考えてから嫌な気配がして振り返ると、ステイルがまたすげぇ覇気を放ってた。

慌てて他の騎士には見えねぇように俺の身体で隠すけど、何人かの騎士がやっぱり気が付いてこっちを向いていた。父上やクラークもこっちを見ててすげぇ焦る。

「おい、ステイル！　どうしたン……」

「姉君に……近しい、だと……？」

俺の抑えた声と、ステイルの地から響くような声が重なった。上手く聞き取れず、聞き返したけど二度目はなかった。代わりにステイルのグラスが握り過ぎたせいでヒビが入った。だんだんと殺気まで混ざってきて、騎士が大勢いる中でこれは冗談抜きでヤバくなる。耳元で「あとで聞いてやっから今はやめろ！」と怒鳴ったらやっと気がついたみてぇに収まった。

落ち着いた後もボソボソと「いやっ……しかし相手は第二王子……！」「身分として申し分はっ……」「だが、あの時の不敬は……」「大体、奴はっ……いやだが今はっ……」とか葛藤するみてぇに呟いては頭を悩ませてた。一体なにが気に入らなかったのかはわからねぇけど、取り敢えず必要なら祝勝会の後に聞こう。いま俺が聞いたら絶対また腹黒いモン出すに決まってる。

公式の場で背中を叩いてやるわけにもいかず、取り敢えずもう飲めなくなったグラスをステイルから回収する。傍の侍女に取り替えてもらうと、グラスと俺とを見比べられた。グラス割った犯人が完全に俺だと思われたんだろう。

新しいグラスをステイルに手渡すと、ステイルと話したそうに何人かの騎士や上層部の人達がこっちを窺っていた。上層部にはいつものことだけど、今回の防衛戦で活躍したステイル、あと詳しいことは知らねぇけどティアラも騎士達の間で人気が上がってた。……一番ダントツで人気なのは変わらずプライド様だけど。

思考中のステイルに耳元で伝えるとやっと切り替えたらしく、顔を上げて他の騎士や上層部へ挨拶に向かい出した。パッと見はにこやかで落ち着いて見えるけど、傍にいた俺へ表向きの挨拶をしないまま完全に忘れて去っていったし、たぶんまだ頭ん中は忙しいんだろう。

ステイルに置き捨てられたまま俺も騎士のほうに戻ろうとすると、ちょうど視線の先にプライド様がいた。騎士達と談笑しているその横顔に、一瞬だけさっきのセドリック王子に楽しそうに笑い声を上げていた姿が重なった。羨ましさが、チリリッと少しだけ熱を発して胸を焦がした。……なんでか、わかんねぇけど。

『……以前、セドリック王子は姉君のことを〝美しい人〟と呼んでいた』

セドリック王子とプライド様のやりとりを遠目に眺めていた時、ステイルが話していた呟きがぼんやりと頭に過(よぎ)った。

「入りなさい」

女王ローザの執務室。寝室とは全く別の用途で使われるその部屋は、玉座の間や謁見の間と同じ、王室の一つでもある。そして今、部屋に座するローザの左右には摂政のヴェストと王配のアルバートも控えていた。

侍女どころか衛兵すら外に控えさせられたその空間に、招かれた人物達は緊張から少し身を硬くしつつも、足を踏み入れた。扉が外側から衛兵により閉ざされ完全に密室状態になると、ローザはテーブルを挟んで手前の席を彼女達に勧めた。

「突然呼んでごめんなさいねプライド、ティアラ。今日は大事な話があって呼びました」

ローザに勧められるままにプライドとティアラはソファーに腰かけ、それでも姿勢を崩さず真っ直ぐ伸ばした背筋で向き合った。「いいえ、母上」と返しながらも彼女達は二人とも頭の中で自分が呼ばれた理由にも見当がついていた。次期摂政であるステイル、そして現宰相であるジルベールですら立ち会いに呼ばれない話だ。

ローザは娘二人に笑みを向けると、そのままヴェストに目で合図をした。ヴェストはそれに頷くと数枚の書類と、そして数十枚の紙の束をプライドとティアラにそれぞれ差し出した。

「これからお話しすることは、最重要機密事項です。第一王女、第二王女である貴方達しか知り得てはなりません」

ローザの言葉に二人はコクッと口の中を飲み込んだ。頷き、一言で答えながらもヴェストから受け取った書類に目を通せばこれから何の説明が始まるかも全て理解した。

「新たな婚約者選定方法と、……その候補者について」

二年前のプライドの婚約解消。それによって改められた婚約者の選定方法。その為にローザが伝えておくべきことと、そして彼女達自身が決めるべきこと。ローザとヴェストの説明を受けた二人はその一つひとつに頷いた。

「ありがとうございます、母上。とても、私にとってもありがたいお話です」

「私もっ、それが良いと思います。お姉様にとっても、……私にとっても」

プライドとティアラの言葉に、ローザはほっとしたように笑んだ。アルバートとヴェストも心の中で安堵し、ローザと娘二人を見守る。

「問題がないようであれば、来月のプライドの誕生祭でこの選定方法だけでも発表しようと思います。あとは……一応聞いておきましょう。プライド、ティアラ。現段階で書類に目を通してみて、貴方達の判断は」

判断を待つこともできると、ローザに続けてヴェストも言葉を掛けた。それを受け、プライドとティアラは改めて書類を捲る。

数十ある紙を一枚一枚しっかりと確認した彼女達は、その場で決断を下した。

第三章　高飛車王女と初公開

「つし。……行くか」

着慣れた筈(はず)の、鎧(よろい)を身に纏(まと)う。ガチャリ、ガチャガチャともう身体(からだ)の一部のように彼は手早く固定し、剣を腰に差した。

「…………時間だな」

着慣れた筈の、団服を身に纏う。バサリ、と袖(そで)を通すだけでもマントのように丈の長い団服が軽く翻(ひるがえ)る。銃を懐に仕舞い、最後に身嗜(みだしな)みを整えた。

扉を、開く。何度も何度も開け慣れた筈の扉を開き、彼らは部屋の外へと踏み出した。

「おはようございます！　アラン隊長!!」

「おはようございます！　カラム隊長!!」

それぞれの部屋の前から、勢いよく騎士達の声が揃(そろ)って上がった。アランの部屋には一番隊、カラムの部屋には三番隊。それ以外にも彼らを慕う騎士達が早朝から部屋の前に集まっていた。

今日から復帰することになる二人を、迎える為(ため)に。

大勢の騎士による出迎えにアランは思わず声を上げた。「おぉ?!」と慄(おのの)き、それから騎士達が頭を下げてくるのを見て苦笑した。「大仰だって」と副隊長のエリックを始めとする部下達の肩を叩(たた)き、口を開いた。

予想外の出迎えにカラムは目を丸くした。三番隊だけでなく他(ほか)の隊の騎士まで迎えてくれていることに感謝しながら、小さく笑んだ。騎士達の最後列にはアーサーの姿も見える。彼らの善意に今は応(こた)

えようと、姿勢を正し口を開いた。

「ただいま」

「待たせて済まなかった」

一ヶ月の謹慎が解けた彼らが、初めて復帰を肯定したその言葉に、騎士達は沸き上がった。

「おはようございます、プライド様」

「お久しぶりです」

近衛騎士としてカラム隊長とアラン隊長が二人揃って私を迎えてくれた。エリック副隊長の復帰後、謹慎処分を受けて一ヶ月が経った朝だった。

二人が復帰して騎士として戻ってきてくれるのか。それとも処分を正式に受けた後にそのまま退任してしまうのか、ここ三日は特にそればかりが気になって碌に眠れなかった。

「カラム隊長、アラン隊長……」

あまりに不意打ちで、二人の名前を呼んだ後は続きが出てこなかった。午前はどちらかが来てくれるだろうかとか、二人とも騎士団を去ったとかアーサーやエリック副隊長から告げられたらどうしようとか色々考えていたらまさかの二人同時にだ。この一ヶ月間嫌な想像も沢山したせいで、お別れの挨拶とかされたらどうしようと固まってしまう身体に反し心臓がバクバクいった。

「……長らく、御迷惑をお掛け致しました」

「今日から改めて宜しく御願い致します！」

改めて⁉　その言葉に思わず私は目を皿にする。それは、つまり！　と確認するように二人を見返せば、ちょうど頭を下げてくれるところだった。嬉しくて一気に色々込み上げてきて、二人が顔を上げてくれるまで無言で見つめ続けてしまう。

ゆっくりと顔を上げた二人は私の顔を見て、笑ってくれた。

「これからもプライド様を御守りさせて頂きます」

「もう二度と、あのような事態を許しはしません」

これ以上ない、答えだった。アラン隊長とカラム隊長の言葉がすごく嬉しくて、ほっとして気がついたら目の前が滲んだ。寸前にアラン隊長とカラム隊長が驚いた表情をしたのが見えた気がした。

「ぷっ、プライド様⁉」とどちらからともなく二人が声を重ねて心配してくれる。思わず目を擦ってしまうと、専属侍女のロッテがハンカチを手に私へ駆け寄ってくれた。

「良かったぁ……」

子どものような感想しか出てこず、ロッテに目元を拭われながら笑ってみせる。泣き顔で不細工になってるだろう顔が恥ずかしかったけれど、それ以上に二人が戻ってきてくれたことが嬉しいと伝えたかった。

拭われた後の目のはっきりした視界で二人を見る。いきなり第一王女を泣かせたことに焦ってしまったのか、見れば二人とも顔が真っ赤だった。また心配を掛けたのかもしれない。

「戻ってきてくれて嬉しいです」と伝え、私はアラン隊長とカラム隊長の手を片手ずつその指先を掴んで手袋越しに握りしめた。

「……おかえりなさい。これからもどうか末永く宜しくお願いします」

言葉にした途端、また涙が込み上げたけれど今度は息を止めて我慢する。代わりに握った二人の指先に力を入れた。強く握りしめた指先部分が少し温かくなった気がした。

…………いや、気のせいじゃないかもしれない。

「……？　……お二人とも……大丈夫ですか……？」

なんか手袋越しなのにすごく熱を感じる。しかも二人同時にだ。見上げれば何故かカラム隊長もアラン隊長もさっきより更に顔が赤かった。

「あっ、いえ!!　これはっ……!!」

「なななななんでもないです!!!!」

カラム隊長は姿勢を正したままガチガチに固まっているし、アラン隊長に至っては近衛を任せた最初の頃のように動作がぎこちなく声もすごく吃っていた。まさか一ヶ月のブランクで私相手に緊張するようになってしまったのだろうか。少しショックだけれど、今は二人がこうして私の前にいてくれることが嬉しい。思わず顔が緩んだまま、アーサーやエリック副隊長も知っているのか尋ねると、二人とも声と同時に頷いてくれた。

きっと二人とも喜んだのでしょうねと返したところで、今度はティアラが迎えにきてくれた。

「あっ」と声を上げた後、二人の復帰と継続を知って満面の笑顔だ。

「お姉様も、兄様もアーサーもエリック副隊長も代理近衛騎士の方々も皆、お二人のことを案じておられましたっ！　午後にアーサーやエリック副隊長と話すのが楽しみですねっ」

嬉しそうに笑うティアラに私も答える。照れたように笑うカラム隊長達も……と思ったところで、突然アラン隊長が「あー……」と声を漏らした。私とティアラが廊下を歩きながら振り返ると、カラム隊長が「朝食後にお伝えしようと思ったのですが……」と少し言いにくそうに口を開いた。

「申し訳ありません。恐らく、アーサーに会えるのは暫く後の日になるかと……」

「実は、アーサーに今朝急用が入ってしまいまして」

アラン隊長も難しそうに笑いながら若干濁すように話し、カラム隊長と目を合わせた。

「……初めに聞いておこう、アーサー・ベレスフォード」
シャキィ、と剣が鞘から抜かれる音が響く。騎士団演習場で主に一対一の打ち合い練習の為に用意された場所である手合わせ場の一つに、ハリソンとアーサーは立っていた。囲いの周りには、演習前の騎士達が一目でも二人の決闘を見ようと集まっていた。
事の始まりは、アランとカラムの謹慎処分の終了と復帰。そして騎士団長であるロデリックにより発表されたアーサーの騎士隊長昇進の発表だった。アーサーの規格外の昇進に驚きを隠せない騎士も大勢いた中、誰よりも不満と疑問を残していたのが当事者であるアーサーだった。朝令が終わり騎士団長であるロデリックの口により解散を命じられようとしてすぐ、自ら正式に騎士達の前でハリソンへ抗議を訴えた。
『やっぱり自分は納得いきません。ハリソン隊長の方が自分よりも八番隊の騎士隊長に相応しいと、他の方々だってきっと考えている筈です』

敢えて人前で訴え説明を求めるアーサーにハリソンが放ったのはたった一つだった。

『……ならば私と戦ってみろ』

そう言って抜いた剣で手合わせ場を指した。溢れる殺気に身を強張らせるアーサーの団服を掴み、ロデリック達の前へと引きずった。

一日決闘の許可を、と求めるハリソンにロデリックは唸ったが、現に隊長会議でアーサーの隊長就任の可決を取る時も隊長の半分近くが「時期尚早では」と反対意見を唱えていた。まだ最年少で副隊長に就任し三ヶ月も経ってない彼を心配しての異議だ。だが、それでも隊長本人であるハリソンの強い推薦と、防衛戦での活躍。更には、人間性としてもハリソンよりは信頼のあるアーサーの昇進が僅かではあるが必要可決数に到達した。しかし隊長格ではない騎士や北方の最前線でのアーサーの活躍を知らない騎士達には、この昇進に疑問が残るのも事実だった。ハリソンがアーサーを可愛がっていることを知っている古株の騎士は特にそうなる。

アーサーの早過ぎる昇進に驚きや戸惑いが隠せない騎士が見られる現段階では、ハリソンの提案も必要なことであると渋々だがロデリックは了承した。

『それでハリソン。決闘でアーサーが勝ったらどうするつもりなんだ？』

『当然、八番隊隊長を任じさせます』

副団長であるクラークの問いにハリソンは即答で答えた。実力が自分を上回っているのなら、実力至上主義の八番隊で交代は当然だ。

なら、アーサーが負けたら？　と重ねて問えば『その時は私の目が霞んでいたということです』と返したハリソンは、ギロリと鋭い眼差しをアーサーに向けた。

『責任をとって私は副隊長の座も辞しましょう』

そして今、相対していた。ハリソンもアーサーも剣を構え、残すはどちらかが駆け出すのを待つだけの状況だ。風の騒めきも騎士からの応援も、今は互いに集中して聞こえない。

「今回の決闘。……勝とうが負けようがお前の騎士隊長就任は変わらず、何の得も損もないが」

ハリソンの言葉にアーサーは答えない。剣を向け、ハリソンの特殊能力である高速の足にすぐ対応できるように気を張り詰める。戦闘前だからか少し流暢に話すハリソンへ警戒する。

「……私がわざと手を抜き、敗北するとは考えなかったか？」

「ンなことする訳ないじゃないですか」

ひと息で迷うことなく両断する。それが少し意外だったハリソンの目が僅かに開かれた。集中を切らさないアーサーもその変化にすぐ気づきながら唇を絞った。

「…………したら、どうする？」

言葉と共に、ハリソンが高速の足でアーサーの背後に回った。突然視界から消えたハリソンの声が背後から聞こえたアーサーは――

「すっっっげぇ軽蔑します」

身体より先に剣を、ハリソンへと振った。ガキィィンッ‼　と剣同士の激しい音が響き、騎士達がどよめいた。力が拮抗し互いの剣が押し合う。

「ッていうか……得も損もじゃないでしょう。むしろ自分が負けたら損しかないです」

若干ぐったりとした声色のアーサーが、それに反して剣には寸分の隙（すき）もなかった。試しにハリソンは高速で腕を引き、今度はその足のまま剣をアーサーの脇腹（わきばら）へと滑らせる。が、ガキィッ!! と再び金属同士のぶつかり合う音が遮り終わった。ハリソンの高速の剣に当然の如（ごと）くアーサーは反応した。

「でも、だからってハリソン隊長が手を抜くような人じゃねぇことは知ってンで」

ギラリ、と今度はアーサーの深い蒼（あお）色の瞳（ひとみ）が光る。ハリソンの剣を防ぐ手に力を込め直したところで、敢えて見えにくい背中へ拳を回り込ませるようにして拳（こぶし）を繰り出した。寸前でハリソンに身体ごと避けられたが、それも予想通りと言わんばかりにアーサーは一歩身を引く。

「本気でやります。だからッ」

言葉を、切る。同時に踏み出し、高速の足を持つハリソンに自ら飛び込んだ。

ハリソンとアーサーの戦闘自体はこれが初めてではない。会う度の奇襲だけではなく、正式な手合わせも八番隊内で行われハリソンとアーサーも何度も特殊能力込みの戦闘は行っている。だが、あくまでそれは〝手合わせ〟や〝模擬戦〟の域を出ない。基本的には寸止めで終わり、放てば命を奪う銃火器の使用も禁じられている。

しかし今の〝決闘〟は見届け人の下、その全（すべ）ての制限を取り払った戦闘だ。

「ッ自分が勝ったら今度こそ納得のいく説明をして下さい!!」

ハリソンが消える直前、アーサーは読んだかのようにその先に銃を放った。パンッと音が響き、高速の足で移動するだろう先へ銃痕を残し、ハリソンもそこで止まった。その瞬間にアーサーは自らの剣を投げ放つ。ハリソンがそれすら避け、逆にアーサーが手放した剣を奪おうと地面に突き刺さったそれへ手を伸ばすと、……地面を蹴（け）ったアーサーの足が今度こそハリソンの鳩尾（みぞおち）にめり込んだ。

骨が折れたかと思うほどの凄まじい音が響き、アーサーの剣を拾うより前にハリソンが横向きに吹き飛んだ。高速の特殊能力を持つハリソンが反応もできず地面に転がる姿に、騎士の誰もが声を上げた。当時新兵から本隊に上がり、すぐに当時の隊長を倒して騎士隊長へ一気にのし上がったハリソンの実力は誰もが理解している。

「俺だってすっげぇ戸惑ってンすから‼‼」

言葉を放つ余裕があるアーサーはまだ息も乱れない。力一杯怒鳴ると地面に転がるハリソンを気にせず自分の剣を拾い、構え直した。まだハリソンが本気でないことを誰よりわかっている。

「フ……ハハッ……ハハハハハハハハハハハハハッ……‼‼」

笑い声が、響いた。ハリソンをよく知らない騎士は、一瞬どこからの声かもわからなかった。

声の主は地面に転がった状態からゆっくりと起き上がる。乱れた黒髪も土に汚れた顔も気にせずに、自分を蹴り飛ばした男を見定めた。活き活きと紫色の瞳を輝かせ、口元を不気味に引き上げる。

「嗚呼……良いぞ、アーサー・ベレスフォード。そうでなくてはつまらん」

言葉と同時に、とうとうハリソンが再び動き出す。高速で消え、今度こそ首へ目掛けて剣を振るう。やはりアーサーは後ろ手でそれを見切り剣で防いだ。同時に高速で移動していたハリソンの姿が止まり、現れる。バサッと長い黒髪が靡いた。

今度は再び移動せず、高速の太刀筋をアーサーに振るう。特殊能力を駆使した高速の剣に、アーサーは歯を食い縛りながらも全てを捌ききった。キキキキキンッ‼ と何度も連続して鳴り響く金属音と二人の剣を振るう残像だけが、彼らが剣で打ち合っているという証拠だった。最後にまた剣が拮抗し、鬩ぎ合うと今度はアーサーが押し勝った。

剣ごと背後によろけたハリソンはその勢いのまま高速で下がり、空中に跳ねると躊躇いなく懐のナイフを一度に十本投げ放った。だがそれすらもアーサーは一振りで払い、再びハリソンの懐へ飛び込む。空中で動きが取れないハリソンは銃を構え、そしてアーサーに照準を合わせて撃ち放つ。

パァン‼　パァン！　と二度の射撃音が響き、同時にアーサーの剣が二度高速で走った。ハリソンの撃った弾が地面に二発とも叩き落とされ、それに気がついた騎士は言葉を失った。

剣で弾く、避けるならできる騎士もいる。だが、直接叩き落すなどという芸当は高速の特殊能力者のハリソンですら不可能だった。防衛戦でのアーサーの活躍を知る何人かの騎士が「あれだ」「あれが例の」「すげぇ」と声を漏らす。噂を知らない騎士が話に耳を傾け、改めて目を疑った。

「これが話に聞いた剣術か‼‼　もっと私に見せてみろ‼」

ハハハハハハハッと笑いながらハリソンが再び銃を放つ。避けられなければ即死するような急所を躊躇いなく狙い、だがその全てをアーサーに叩き落とされれば更に上機嫌に高笑いを上げた。

ハリソンがどこからナイフを放とうと銃を撃とうとアーサーはその全てを剣一本で払い落とす。高速の足や剣さえも完璧に対応し、受けきった。当然アーサーからの攻撃も、最初の奇襲以外は当たっていない。だが、一歩でも引けばどちらかが命を落とすような凄まじい戦闘は、アーサーの異例のスピード昇進に戸惑いを受けた騎士全員を納得させるに十分過ぎる破壊力だった。

「いっそ私を殺してみろ！　アーサー・ベレスフォード‼」

「絶ッ対嫌です‼」

笑いながらも高速移動もその剣も全く鈍らないハリソンについていきながら、アーサーがまた銃を放つ。それを避けるハリソンが一度距離を置き、再び高速で突進してくればその勢いのままハリソン

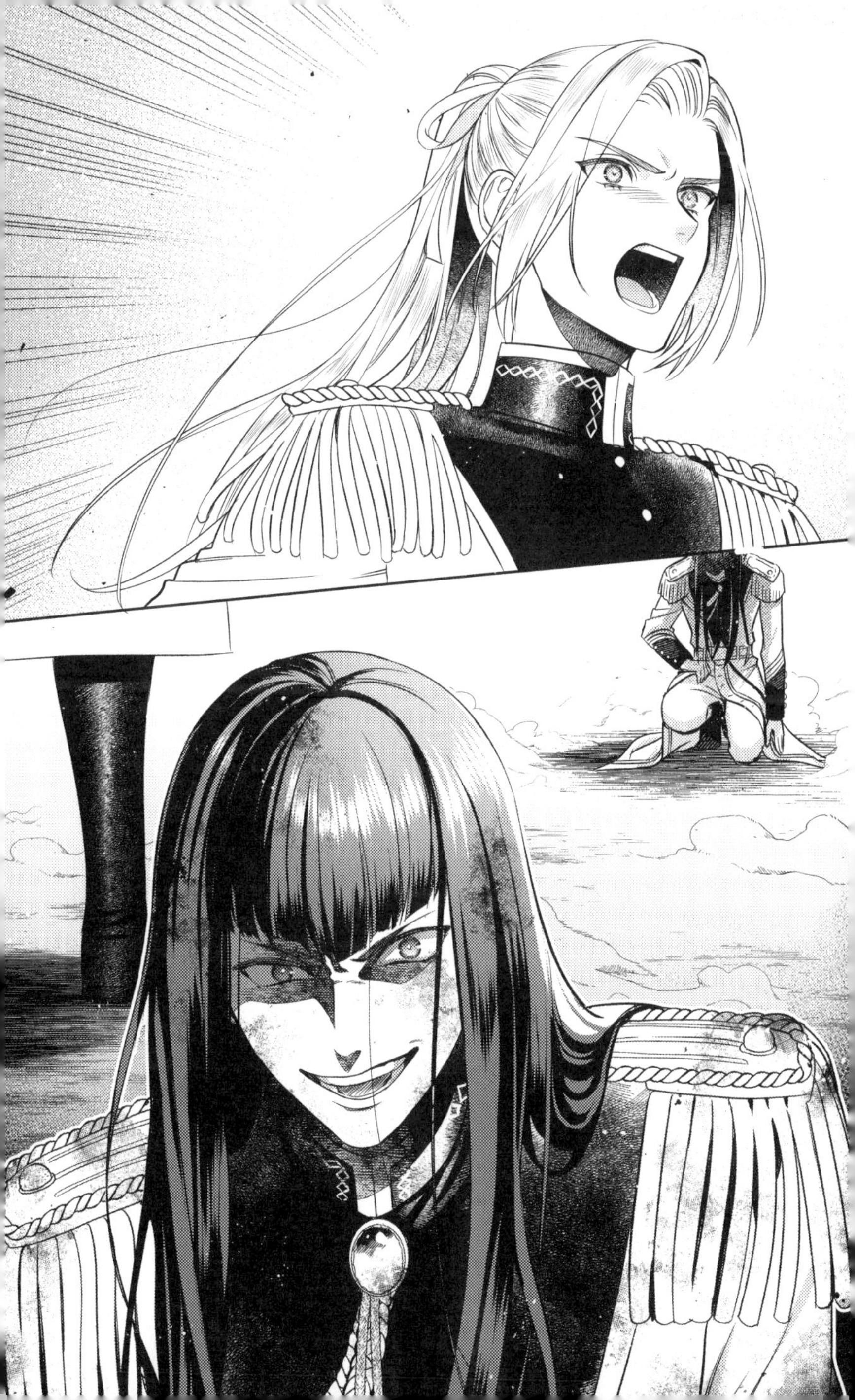

の腕を掴み背負い投げた。

決着を迎える前の現時点で、アーサーの隊長就任に異議を抱く騎士はいなくなっていた。敢えて、ハリソンがアーサーを可愛がっていることを知っている騎士達から共通の感想があるとすれば。

――……アーサー、よりにもよって大変な奴に懐かれたなぁ……。

若干、同情にも近い溜息や苦笑いが各々から漏れた。

こうして両者一歩も引かないまま交代で複数の騎士達に見届けられ二人の決闘は、翌日の明け方まで続いた。

第キミヒカ章　不適格者は騎士と成るべくしてそこに

「ハリソン、お前が新兵として入団してもう六年だ。……何故本隊入りできないかは、わかっているだろう？」

去り際に、また例年と同じ人物に声を掛けられた。振り返り、見れば予想通りの人物がそこにいた。足を止め身体ごと向き直れば、やはり例年と同じ表情で私を見返してくる。私よりも遥かに上官でもある人物の問いに、仕方なく返答する。

「……無論です。クラーク・ダーウィン副団長」

わかってはいる。誰に言われずとも、そんなことはとっくの昔に理解していた。

「今年も例年通り、違反行為により一戦目で失格だ。……本隊入り、したくないのか？」

「……それを望まぬなら新兵の資格もありません」

過剰な暴行による失格。騎士にあるまじき愚行。

一度で新兵になることは叶った。だが、……その先には進めなかった。試験である新兵同士の勝ち抜き戦。未来の騎士になるべき新兵が、簡単に剣を私に弾かれ降参し、敗れることが我慢ならなかった。

何故、もっと踠かない？　何故、その程度で負けを認める？　何故、その程度の腕で騎士を目指そうと考えられた？　私の前で無様に倒れ、怯え、諦める新兵を見る度に腸が煮え繰り返った。

貴様らの〝先〟はどこにある。騎士になればそれで満足だとでもいうのか。騎士としての勲章や権威を得られればそこで終わりだとでもいうのか。

私は、違う。

「なら、何故毎年あんなことをするんだ？　失格になるのはわかってるというのに」

「………許せないからです」

私が剣を交わして存在を許せた当時の新兵など数える程度しかいない。更に本隊入隊試験に限ればその存在を許せたのはアラン・バーナーズぐらいのものだ。

毎年と同じ私の答えに、クラーク・ダーウィンは少し困ったように頭を掻いた。「そうか……」と呟きながらも、納得はしていないようだった。……この方は五年前から試験後には必ず私に声を掛けてくる。理由があるのか、何か言われたのか、恨みでもあったのかと。だが、私の答えは変わらない。

これでもう充分だろうと、新兵用の大部屋へ戻ろうとする私をクラーク・ダーウィンはまだ引き止める。

「ハリソン。……お前は何故、騎士を目指そうと思ったんだ？」

「護れる者となる為です。……私には暴力しかありません」

気がついた時には、下級層にいた。歯向かう意思すら削ぐほどの圧倒的な力こそが全てだった。知らぬ男達に暴力を受け、父親からも搾取され、常に奪われた私が学べたことはそれだけだ。特殊能力を得て、暴力を受ける側から与える側に。奪われる側から奪う側にと身を変えた。

出陣する騎士達の行列を目にし、〝騎士〟の存在を知ったのは七つの時だった。街外れの農村を襲った略奪者達の掃討。……彼らの姿に胸を打たれた。

私と同じ〝暴力〟の行使でありながらその姿は眩く美しく、……そして私のような金もない弱者すら護り、救える行為。国の為民の為にそれを振るい、役立てる在り方のなんと美しきことか。私のような自身の為だけに振るう〝暴力〟とは格が違う。

意義ある生も死も、その全てがそこにある。

私のような矮小な存在が、国や民という大いなる存在を護る為の礎となれるならば。これ以上に幸福な人生など在りはしない。

そこから七年、師事者も無きまま独学のみで剣の腕を磨いてきた。だが、……。

「〝暴力〟か……」

私の言葉に、クラーク・ダーウィンは考えるように呟き息をつく。理解などされる必要はない、だがもう……私にはこの生き方以外は在りもしない。

「実はこの前の隊長会議で、お前のことが議題に挙がってな。………お前を新兵から除名するか、どうか」

……気がつけば、顔を上げたまま思考が白に消えた。突然のことに怒りも、反論すらも見つからない。

新兵が長期の者などは珍しくもない。十年や二十年以上新兵をしている者も少なくない。私の新兵期間が問題なのではない、問題なのは……。

「毎年暴力行為で重傷者を出す者を騎士団に所属させるのはどうかと問題になった」

何の言い淀みもなく放たれる言葉が、まるで死刑宣告のように心臓を刺し貫いた。

「結果、もしお前が今年も本隊入りできず……その上でまた重傷者を出した場合は除名することが決まった」

嫌だ、拒否する。私はあの日から騎士になる為だけに生きてきた。今さら他の生き方など有り得はしない。

衝撃で言葉も出ない私に、クラーク・ダーウィンは顔を向けて笑んだ。

「…………………そんな顔もできるんだな」

……私が、どんな顔をしていたかなど知らない。ただ、絶望も胸を締めつけられる感覚も、今まで感じたことのないほど酷く私を痛めつけた。

「……嫌か？　除名されるのは」

「当然です。…………………それだけは」

それだけは。本当は……新兵であることも不満だ。実力だけならば、新兵の誰より優れている自信があった。……だからこそ許せない。私よりも遥かに劣った雑輩共が半端な意思で騎士を目指そうなどと。

「そうか。……なら、ちょっと来い」

ロデリックには許可を取ってある。そう言ってクラーク・ダーウィンが私を連れ出した先は、騎士団演習場の手合わせ場の一角だった。

「私に勝てたら今年の除名処分は留めさせよう。お前が負けたら、全て私の言う通りにしてもらう」

特殊能力も使って良いぞ、と軽く告げるクラーク・ダーウィンは棒立ちする私の可否も聞かずに剣を構えた。

私は、入団試験では本隊騎士にも当時勝った。副団長であるクラーク・ダーウィンの実力は知らないが、……これが最後の機会だとも思った。恐らく、除名を拒否する私が騎士団で暴れ回り被害をこれ以上与えないようにする為だろう。だがここで彼に勝てば、私は少なくともあと一年は新兵でいられる。

「……勝敗は、どちらかが剣を落とすか膝をつく、でしょうか」

「負けを認めるか、または戦闘不能でも構わない。……最後だと思って全力で来い」

気がつけば、周囲には既に多くの騎士達が観戦にと集まってきていた。私の最後を笑いにきたのか、それともクラーク・ダーウィンの腕前を見にきたのか。

だが、私には都合が良い。これで私がクラーク・ダーウィンをどうしようとも発言の撤廃はされない。勝てば除名取り消しと、その生き証人達がこんなにもいるのだから。そして、私は。………完膚なきまでに、敗北した。

「…………これで私の勝ちだな。……大丈夫か？」

地に崩れ落ち、剣を落としたまま動けなくなった私を気遣うようにクラーク・ダーウィンは声を掛け、背に手を置いてきた。だが、私には言葉を返す余裕すらありはしない。完全なる敗北、これが騎士団の……騎士団副団長の実力なのかと。私は一太刀しか浴びせることが叶わなかったというのに、私は、私は。

この特殊能力に目覚めてから初めて本気で死を覚悟した。

「すまないな。お前が強いのは知っていたから、どうしても本気でやらざるを得なかったんだ」

手なんて抜いたら私が死んでいた、と穏やかに語るクラーク・ダーウィン……副団長は、私に腕を貸すと自らの足で救護棟まで運んで下さった。特殊能力者の治療を受け、ベッドで放心する私に副団長は語りかけた。

「約束は覚えているな？……ちゃんと守れるか」

「…………………はい」

本当に、終わったのだと思った。だが、最後にこの方の実力を受けられただけでも幸福だったと。

……そう思おうとした時だった。

なら良い、と頷いて穏やかに笑う副団長は続けて私にこう言い放った。

「ハリソン・ディルク、お前には八番隊に入隊してもらう。そして私の指示に従え」

「……!?」

耳を、疑った。言葉も出ずに痛みが走る身体を無理矢理にでも動かし副団長へ向ければ、その眩い笑みは冗談を言うようなものではなかった。

「お前のことは私が預かろう。八番隊は個人判断が許された戦闘部隊だ。きっと、お前にも合っている。……そして、お前が最低限でも立派な騎士として振る舞えるように私が教育しよう」

あの時の身が震えるほどの歓喜を、一生忘れることはないだろう。あの方の、副団長への感謝は生涯消えることはないだろう。

騎士に、なれると。除名処分まで言い渡された筈の私が、一転してその全てを変えられた。傷の痛みも全て消えた。敗北感も絶望もその全てが希望で満たされた。

信じられず問いも感謝も何も言えない私に、副団長は笑いかけ続けた。

「……なりたいのだろう？　騎士に。お前には才能も実力もある。そして、……騎士として大事な志もちゃんとある」

乱雑にナイフで切り上げた私の短髪ごと頭に手を置き、一度だけ撫でられた。既に二十の齢であった私が、まるで子どものように扱われた。

「〝暴力〟を〝力〟に変える方法を教えてやる。だから私についてこい。……良いな？」

答えなど一つしかない。

私が望みし生き方、在り方、死に方を。〝暴力〟しかない私に〝力〟を。

私を完膚なきまでに打ち負かしたこの方が、与えて下さるというのだから。

騎士に、なれる。その事実を再び飲み込みきれた時、突如視界が滲んだ。私を見て笑う副団長が「泣くのは今日だけにしとけ。明日は叙任式だ」と傍に置かれていた布で私の視界を覆った。

「ゆっくり休め。祝会の後は今日以上に滅多打ちにされるぞ」

くっくっ、と喉を鳴らすような笑い声と共に、副団長の気配が遠退いていった。何の言葉も返せず覆われた視界の中で、ひたすら歓喜と感謝がとどまることを知らずに溢れ続けた。……クラーク・ダーウィン副団長。

我が、救い主。

……幾度も幾度も、数えきれぬほどに思い出す。大恩あるあの方々を。
『さて、ハリソン。ボロボロになる覚悟は良いか？』
副団長。あの方が私を拾い上げ、教育係を名乗りでて下さった。そして翌日の叙任式と祝会後、今度は騎士団長までもが私と直接手合わせをして下さった。
特殊能力をどれほど駆使しようとも騎士団長に勝てはしなかった。単に剣だけではない、拳も、そして使用を許された銃すら難なく弾かれた。当然の結果だ。前日に副団長に敗北した私が更なる上官に勝てるわけもない。

騎士団長は、何度も私を剣や拳で叩き伏せ、その度に「立て。私に特殊能力があって良かったと思わせてみろ」と、私に再び剣を振るわせた。高速の身体で振るった私の剣は、何度やろうとも騎士団長には届かなかった。全て、その斬撃無効化の特殊能力で守られるまでもなく剣のみで弾かれた。

……陽が落ちる頃には、疲労の限界すらも私は越えていた。

『よく聞け、ハリソン。騎士となったからには死んでも必ず誓いを果たせ。……お前を見込んだクラークの信頼を裏切るな』

最後にそう告げて下さった騎士団長は、倒れ込んだ私に手を差し伸べた。そして、無様に一度もその身に刃を届けられなかった私に……言って下さった。

『だが、戦闘においては素晴らしき才能だ。正しき使い方さえ知れば、騎士団でも上位の騎士になれるだろう。…………期待しているぞ』

手を取り、自ら片腕で私を起こして下さった騎士団長は最後に観戦していた騎士達の前で私の肩を叩いて下さった。今まで認められず埋もれ恐れられ煙たがれていた筈の私を、副団長が見つけ、騎士団長が認めて下さった。私の実力を知り、それを叩き伏せ、その上で必要として下さった。……どれほどに幸福だっただろうか。

八番隊に入隊した私を、副団長は多忙であるにもかかわらず毎日のように面倒を見て下さった。

『ああ気にしないでくれ。ハリソンは明日の任務は必ずやり遂げるから心配ないと言いたいだけだ』

言葉数の足りない私の代わりに他の騎士達へ紡ぎ、波風すらもなだらかにして下さった。

『ハリソン。あれは別に本気で言ってはいない、単なる冗談だ。……彼らは任務中常に他者の為に動く良い騎士だぞ』

他の騎士と乱闘をしかければ止め、騎士として許せぬ弱気な発言や軽口に怒れば私を宥(なだ)め諫(いさ)め、時には正しき言葉でその騎士へ指導もして下さった。

『ハリソン！　安易に手を出すな‼　……その拳も剣も、敵に使う為にとっておけ』

私を諫め、止め、何の為に振るうべきか教えて下さった。

『良いかハリソン。単に不当に不合理に剣を振るえば、それは単なる暴力だ。だがそこに騎士として振るう意味を持つのなら。……それは、どれほどに苛烈(かれつ)だろうと〝力〟と呼ばれるだろう』

正しき在り方を、振るい方を教えて下さった。

『ハリソン。…………まったく。今度は何故騎士に斬(き)りかかったんだ？』

常に私の言葉足らずな言葉を、聞いて理解して下さった。

『……見てたぞ。ちゃんと刃を仕舞えたな。成長したじゃないか』

気づき、褒めて下さった。

『……ん？　私やロデリックの命令ならば聞く⁇　なら自分から喧嘩(けんか)を売るな。腹が立っても窘(たしな)める程度にしておけ。万が一でも相手から挑まれた時は、私達に許可を得てからだ。……できるか？』

常に、行くべき指針を指し示して下さった。……だから、私は。

『…………感謝、しております。副団長』

本隊入りしてちょうど半年経(た)ったその日、私は初めてそれを言葉にした。「なんだ突然」と少し驚いたように笑う副団長に構わず言葉を重ねた。

『尊敬しております。崇拝しております。……誰よりも』

私の、足りぬ言葉では全ては通じなかっただろう。だが、それでも確かに伝えようと思った。

淡々と語るしかできない私に、副団長は「そう言ってくれて嬉しいよ」と返して下さると、肩を竦めて向き直られた。

『……だが、尊敬や崇拝なんて大仰な言葉はロデリックに言ってやってくれ。私一人じゃお前をあの時引き取ることはできなかった』

当然、騎士団長のことも尊敬し、感謝している。あの方が許して下さらなければ、私は隊長会議の決議通りに除名をされていた。まだ、私の実力をその手で確認する前に騎士団長は除名処分を取り消し、さらには本隊入りを認めて下さった。感謝しても足りはしない。この身全てを捧げようとも。

……だが。

『それと、私はあくまで二番手だ。お前の隊長ですらない。間違っても私を一番とは呼んでくれるなよ』

もう一番手はこりごりなんだ、と語る副団長は思い出すように苦笑した。

わかっている、騎士団長を差し置き副団長を最も敬うなど、騎士団長を下に見る発言とも取られる。我らが誇りである騎士団長をそのように、よりにもよってこの私が宣うなど許されるべきではない。再三に渡り問題行動を起こした私を許し、騎士団本隊に受け入れて下さったのは他ならぬ騎士団長なのだから。

『………………………………敬愛、しております』

『ああ、ありがとう』

誰よりも、と。その言葉を飲み込めば「そういうところは素直だな」と喉を鳴らしながら笑う副団長はテーブルに頬杖(ほおづえ)をつかれた。

『アイツも、……それぐらい素直に言ってくれれば良いんだがな』

苦笑気味に語られるその言葉に、今度は私が首を捻(ひね)る。アイツとは誰のことかと尋ねれば「少し反抗期のヤツがいてね」と笑った。副団長の御子息の話かと聞けば「いや、私に子どもはいないよ」と手を左右に振られた。

『だが、私にとっても息子のような……弟のような存在だ。彼がいつかお前のような目をしてくれる日がくれば良いと思うよ』

今会ったら一触即発だろうがなと、可笑(おか)しそうに続ける副団長はそれ以上詳しく話して下さらなかった。その〝彼〟と呼ぶのが何者なのか。一体どのような人間なのか。我が騎士団の誰かなのか。

………何も、わからなかった。だが。

幸福な、日々だった。騎士となりその在り方を学び、剣を磨き腕を磨きとうとう私が望むものになれたのだから。

それから更に二ヶ月経つ前に、私の人生は再び大きく揺り動かされた。

「！　……こちらにおられましたか」

ふと、物思いに耽(ふけ)っていたことに気がつき声のほうへと振り返る。……何を、していたのか私は。あまりにも遠きことに想いを馳(は)せていたせいか、今ここがどこかもわからなくなる。目を向ければ、見慣れた騎士が駆け寄ってきていた。嗚呼、そうだ。私は。

　演習場の外れに来ていた私を発見した騎士は、目の前まで来れば深々と頭を下げてきた。「何の用だ」と短く問えば、姿勢を正し口を開く。

「先程の……例の手合わせ後に救護棟へ搬送された騎士ですが」

「手合わせではない、決闘だ。……私も、殺すつもりだった」

　騎士の言葉を訂正する。私の判断に文句を宣った、奴を黙らせる為〝決闘〟という名目で必要あらば粛清するつもりだった。だからこそあの両脚を折り、何度も斬り伏せもう二度と私に逆らえぬように身も心も砕いてやった。

　騎士は「失礼致しました」と短く私に返すと、改めて報告を続けた。

「その決闘者が、先程目を覚ましました。医者の話では特殊能力を使っても完治には月日が掛かるとのことです。……本人は未だ衰弱し、口もきけないようです」

「当然だ。そうなるように私が痛めつけた」

　途中で負けを認め、必死に利き腕だけはと縋る奴を私は容赦なく叩き潰したのだから。……つまらん戦いだった。

　私の言葉に耐えられないように、騎士は拳を握った。何かと思えば震わせながら「……あそこまでする必要があったのでしょうか」と呟いた。何がだと返せば、騎士は鋭く目を光らせながらとうとう私へ声を荒らげた。

「私には、同じ騎士である彼をあそこまで痛みつける理由がわかりません。我々は騎士です。あのような行い、騎士道にも反するものかと。いくら彼が……」

「お前は本当に御父上に似て正しいな、アーサー・ベレスフォード」

騎士の言葉を上塗りし、私からも睨みつける。風が吹き、短く乱雑に切り揃えた私の短髪と共に彼の刈り上げた銀の短髪が僅かに揺れた。目を見開き、表情を緊張に固める騎士は……アーサー・ベレスフォードは静かに剣の柄を握った。何かを飲み込むように喉を鳴らし、一度目を閉じる。そして、開いた時にはあの方と同じ蒼い瞳が再び私を見つめ返した。

「……失礼致しました、ハリソン騎士団長」

彼は、険しい表情で私を見つめ返す。その姿は顔つきも髪型も表情も、話し方すらその全てが騎士団長に……元騎士団長の、生き写しだった。

アーサー・ベレスフォード。去年、優秀な成績で本隊入隊を果たした騎士は父親と全く同じ姿で私の前に現れた。だが、彼はロデリック・ベレスフォード元騎士団長ではない。そしてその隣に…………副団長の面影も、有りはしない。

『そんなの崖上の連中を殺してからで良いじゃない。それとも女王の私の命令に歯向かうの？　副団長』

誇りと、未来を失った。あの女王が、私の……あの方の、我々の全てを踏み躙った。

『なっ?!　崖がっ……』

地響きと瓦礫の音が映像を通し我々の鼓膜を震わせた。騎士団長が大岩に潰された瞬間を私は確かにこの目に焼きつけた。哭き叫び発狂したかのように叫喚する青年の声と、瓦礫の崩落音。騎士達が嘆き副団長の指示が渦巻き、地獄を作った。

『騎士団長が死んだなら次は貴方が騎士団長になれば良いでしょう？』

我らが誇りを侮辱し、その存在を軽んじた。あの女王をいつの日か必ず殺すと、あの時決めた。

『ッ一人でも……生き残りがないか確認を急げ‼　ロデリックの、死を……ッ無駄にはするな‼‼』

副団長のみが、声を荒げ我らに指示を出す。友である筈の騎士団長の死に、副団長は涙を流し嘆きを堪えながらも我らを導いた。私自身、絶望と怒りと……恐ろしきほどの喪失感でこの身すら動かなかったというのに。

『ッしっかりするんだベレスフォード君‼　……っ……お願いだ……気を、しっかり持ってくれ……‼』

カラム・ボルドーが己も涙で濡れながら、必死に騎士団長の御子息の肩を揺らす。声を上げ嘆き、瞳孔の開ききった後の御子息は完全に常軌を逸していた。

『親父……、……あの、女を……、…………』

カラム・ボルドーが堪らず彼を抱きしめたが時折ぽつりぽつりと声を漏らしていた彼の心は、……既にここになかっただろう。

『ッ今から崖に行きます‼　副隊長の俺が指揮をとります‼　行かせて下さいッ……‼』

騎士団長を何度も呼んでは声を荒らげていたアラン・バーナーズが歯を食い縛りながらも一番隊の隊長に志願した。目を赤くしながら堪え、他の騎士達を連れて作戦会議室を飛び出した。

……幸福な、日々だった。なのにその幸福は一年すらも保たなかった。

『ッ……ロデリック……‼』

指示を飛ばし尽くし、後衛を残した多くの騎士隊が捌けた後。副団長は己の拳を血が滲むほどに壁に叩きつけた。そして数秒の間を取り、カラム・ボルドーと御子息の傍へと歩み寄った。

『…………ありがとう、カラム。彼のことは私が引き継ごう』

そう言ってカラム・ボルドーから御子息を引き継いだ。歯を食い縛り肩を酷く震わせながら彼を抱きしめた副団長は、……また涙を流しておられた。

『すまない、アーサー。…………本当にっ……すまないッ……』

あれほど嘆き悲しむ御姿を見るのは初めてだった。あれほど苦しみ怒る御姿を見るのは初めてだった。そして涙を流す副団長を、……私は初めて見た。


「………………………………」

あれから六年、騎士団は大きな柱を失った。その我々を支え導いて下さったのは、他ならぬ副団長だった。身を粉にし、多くを失った騎士団をその手腕で少しずつ立て直し、あの女王が望んだ無駄な戦でも我らを勝利に導き、そして。……最期は全てが尽き果て、枯れるようにして息を引き取った。

多くの騎士に看取られたクラーク・ダーウィン副団長が、あの方が最期に望んだことは――。

「騎士団長。何故、我らと同じ騎士にあのようなことを」

……アーサー・ベレスフォード。去年本隊入りを果たした彼は、たった一年で一番隊の副隊長にまで昇進していた。今はもう珍しいことでもない。騎士の数も減り更には古参から力つき淘汰されていく騎士団では、各隊の規定も今や意味をなさない。強い者から上へとのし上がるだけだった。減れば補給される、騎士の存在はそれだけのものに堕ちてしまった。

確かな剣の才を持つ彼が、今の騎士団で上り詰めることなど容易いものだろう。騎士団長の、………元騎士団長の、御子息なのだから。

そんな彼が再び私を責める。私が決闘と銘打ち、若い騎士をまた一人痛めつけたことを根に持っているらしい。

「……女王に抗議など、すれば騎士団全てが潰される」

女王へ逆らえば、殺される。一人の民の愚行がその一族全てを皆殺す。一人の騎士の抗議が騎士団全体を脅かす。

「ですが……」と言葉を詰まらせるアーサー・ベレスフォードから視線を外し、私は仕方なく騎士団長室へ戻ることにする。特殊能力を使わず、速足で向かいながら再び昔を思い出す。

『……ははっ、泣くなお前達。泣きたいのは私のほうだぞ？　………本当はもっと、お前達に多くを残してから逝きたかった』

ロデリックの分も、と。そう語られたあの方は最期の最期まで騎士として生き、我らの為に務め果てていかれた。

『………ハリソン、そんな顔をするな』

そう言葉を掛けて下さったあの方に、言葉が出なかった。

私は……何もできなかった。大恩ある騎士団長の危機に参じることもできず、騎士団を支えた副団長の力になることもできず、……ただあの方の負担にならぬようにと身を潜め続けることで精一杯だった。

『……最期に、お前達に頼みがある。これは騎士としてではない、私個人の我儘だ』

あの方が……騎士団の為に、民の為に、国の為に文字通り身を削り続けたあの方が、……最期に我らへ望まれたのは。

『アーサー……ベレスフォード。……ロデリックの、御子息だ』

以前、私に語って下さった弟のような存在、と。それが騎士団長の御子息のことだったのだとあの時にやっと気がついた。涸れ始めた喉で語った副団長は、最期の最期にアーサー・ベレスフォードを我らに託し息を引き取った。彼が騎士の門を叩いたらどうか私の代わりに支えてやってくれ、と。ただその言葉だけを残された。

あの日ほど、嘆いた日はない。あの日ほど、涸れるまで泣いた日はない。目の前の死を、あれほど拒み続けたことなどありはしない。泣き、叫び、喚き、……それでもあの方が目を覚まされることはなかった。

あの日を知る者は、もう私しかいない。

「……カラム・ボルドー元騎士団長もアラン・バーナーズ元副団長も、女王に逆らい死んだ」

気がつけば、私は言葉に出してアーサー・ベレスフォードに答えていた。

あの時に副団長の最期の願いを聞き、その死を見届けた騎士は皆死んでいった。ある者は女王に逆らい、ある者は不要な戦に駆り出され、ある者は酷な労働により、ある者はこれ以上騎士としての名を辱める前にと自らその命を絶った。

私一人を、残して。

「………結局。騎士になろうとも、私の生き方など変わりはしなかった」

騎士団長を任命されたのも、単にカラム・ボルドーとアラン・バーナーズが死んだことにより騎士団で最も戦闘能力の高い私があてがわれただけだ。今や騎士団全隊の昇進基準がそれだ。私に人の上に立つことなどできるわけがないというのに。

女王の命令通り、殺せと命じられれば殺す。国を潰せと命じられれば潰す。騎士の謀反を二度と許さないと警告されれば、……たとえ力尽くでも私の手で不穏因子は全て消す。女王に騎士団ごと消される前に、私がその者一人を未然に消しされれば問題ない。

まだ、騎士団を潰されるわけにはいかないのだから。

「アーサー・ベレスフォード。………お前は、私のようにはなるなよ」

背後に控える彼に首だけを向けながら語りかける。……顔は見ない。きっと、あの方に生き写しのその顔が酷く私を責めるのだから。

「騎士団長……？」と小さく彼の声が聞こえたが、敢えて聞かぬふりをする。きっと、副団長は今の私をお褒めにはならないだろう。騎士団長が誇り、副団長が立て直した騎士団を……あの方々が最期まで愛し守ろうとした騎士団を、私は女王の戯れと虐殺の為の軍隊にまで堕とした。

私はカラム・ボルドーとは違う。奴のように高等な血も全体を見通す視野も一人一人に傾ける心も、優秀な頭脳も持ち合わせてはいない。

私はアラン・バーナーズとは違う。奴のように人を率い、導き引き上げるような統率力も推進力も持ち合わせてはいない。

私よりも副団長のケネス・オルドリッジのほうが遥かに人の上に立つに相応しいだろう。単に力……いや〝暴力〟しかない私は、人を率いる器ではないのだから。

だが、まだだ。まだ、私は騎士をやめるわけにはいかない。この座を放棄するわけにもいかない。騎士団を終わらせるわけにもいかない。たとえどれほどの騎士が、罪なき民が倒れ嘆こうとも。

誰に褒められずとも恨まれようとも構いはしない。私を救って下さる方も認めて下さる方も、……褒めて下さる方も。もう、この世にはおられないのだから。

ただそれでも、私はあの方々の為にまだ――

「…………ん、目を覚ましたかハリソン」

……………ここは、どこだ。

薄く、瞼（まぶた）が開く。私の部屋ではない。目覚めてすぐの気配に反応しようとしたが、……身体が言うことを聞かない。まだ夢の中かとぼやけた頭で思うが、何の夢を見ていたのか記憶にない。まるで夢中夢を見ていたかのように深く、永き暗闇に閉じ込められたかのような感覚が残酷に私を満たす。

何故、私はここに……？

「よく眠っていたな。……どうだ、調子は？」

先程からの声に、やっと気づく。意識に輪郭がつき、聞き慣れた筈の声が…………何故か酷く懐かしい。首だけを回し向ければ、そこには見慣れた筈の方が座っておられた。

「…………副団長……？」

何故か、信じられずに目を疑う。驚くほどのことではないと理解しながら、不思議と心がはやった。己が焦燥にわけが分からず、確認しようとその姿に何度も瞬きを繰り返す。

「……本当に、副団長なのですか……？」

己でも、己の言葉の意味がわからない。副団長以外に誰がいるというのか。……それなのに、まるで久しく今際（いまわ）の際から戻ったかのように副団長の姿が懐かしく、込み上げるほどに身が震えた。

副団長は私の言葉に少し不思議そうに眉（まゆ）をあげると、当然のように口を開いた。

「なんだ、寝ぼけているのか?? ……アーサーと随分やり尽くしたらしいな」

お前が風邪（かぜ）以外で寝込むのも珍しい、と。副団長はくっくっと喉を鳴らして笑われた。その笑みに、……不思議と安堵（あんど）し目が醒（さ）める。

何故私はそのような問いをしたのだろうか。やはり、副団長の仰（おっしゃ）る通り寝ぼけていたのか。やっと頭がはっきりすれば、何故私がここにいるのかを思い出す。

「………アーサー・ベレスフォードは」

「お前と同じだよ。一日中お前の相手をしたんだ、絶対安静だ」

椅子（いす）の背凭（せもた）れに体重を預け直す副団長は「もう明け方に決着がついてから半日以上経っている」と話された。そこでやっと己が大分眠ってしまっていたらしいことを理解する。

「……で、どうだった？　アーサーとの決闘は」

「？　……結果は、ご存知では」

「いや、それはそうなんだが……」

決闘には複数の見届け人もいた。副団長がその結果をご存知ないわけはないというのに。

私の問い返しに、副団長は苦笑気味に答えると溜息（ためいき）をつかれた。「なら質問を変えよう」と続け、再び私の顔を覗（のぞ）き込む。

「楽しめたか？　アーサーとの決闘は」

「はい。……見事に私の敗北でした」

即答する私に、副団長は吹き出すように笑われた。何がおかしいのか、声に出して笑う副団長は
「そうか、なら良かった」と明るく私に返した。

「お前が負けて嬉しそうにする姿を見れる日が来るとは思わなかったよ」

副団長の言葉に、少し私は首を捻る。嬉しい……のだろうか？　自分ではわからない。だが、満足はしている。私は本気で殺す気でアーサー・ベレスフォードと戦い、……そして期待通りに彼は私に勝利した。やはり私の目に狂いはなかった。

それを多くの騎士達に証明できた。これで彼の昇進に疑問を抱く者もいなくなる。……いたら、その時は私が相手をするまで。

「……ハリソン。また何か物騒なことを考えているな？」

副団長に頭を覗かれ、思わず目を逸らす。この方は、私の教育係を請け負って下さってからたった一年で私の思考まで手の内にあるかのように理解し尽くしてしまった。

私の反応に、副団長は話を切り替えるようにもう一度息をつかれた。

「……アーサーを隊長に推薦したのは、別に私やロデリックのことがあってではないだろう？」

……何故、そのようなことを。突然声を潜めるように話される言葉に、私は眉を寄せる。改めて聞かずとも、副団長ならばご存知の筈だというのに。

疑問に思いながらも、問いに答えるべく己が口を動かす。

「……アーサー・ベレスフォードは立派な騎士です。……私よりも、遥かに」

「……そうか」

私の言葉に副団長は頷かれる。いつもならこの一言で伝わるというのに、何故か今回は「それで？」と続きを促された。副団長に望まれ、その通りに言葉を紡ぐ。

「正当な評価を、彼に与えるべきです」

「……そうだな」

アーサー・ベレスフォードは若い。……だが、早過ぎるとは思わない。八番隊は完全実力主義。それに、何よりも……。

「私が隊長になったのは、……入隊から一年後です」

「ああ、あの時は驚いた」

言葉足らずの私に、副団長は変わらず相槌を打って下さる。笑いながら腕を組み、懐かしそうに遠くを眺められた。

「…………副団長。……アーサー・ベレスフォードは防衛戦の最前線で活躍しました」

「ああ、私も報告を聞いた」

……素晴らしい活躍だったという。騎士団長の窮地を幾度も救い、更には放たれた銃弾すらもその剣で叩き落としたと。

騎士団長を救ったと、防衛戦後に聞いた時その話に胸が高鳴った。彼がとうとう騎士団長をその手で救ったのだという事実に、私だけではない六年前を知る騎士は誰もが歓喜した。

六年前、まだ騎士どころか新兵ですらなかった彼は突然私達の前に現れた。……騎士団長の御子息として。まだ弱く、己が生き方すら見失っていた彼は自ら立ち上がることを決め、そしてあの方に誓いを立てた。プライド・ロイヤル・アイビー第一王女殿下を、生涯護り続けると。

私には、わかる。彼が、あの時に己が全てを捧げることを誓ったと。……騎士団長と副団長に我が身を捧げると誓った私だからこそ。

我らが誇り、騎士団長をお救い下さったプライド・ロイヤル・アイビー第一王女殿下を。

我が敬愛する副団長の大恩者であるプライド・ロイヤル・アイビー第一王女殿下を。

あの方を、己が身と引き換えにしてでも彼は護り続けるのだろう。

護る為には〝力〟が必要だ。それがなければ、どれほど願おうとも己が手で守るべき者を守れはしない。そしていくら力を持とうとも、この手が届かぬほどの先にいれば何も叶いはしない。……私が、騎士団長の危機に何もできず映像を眺めることしかできなかった時のように。

騎士団の門を叩いた彼が、一刻も早く力を得るまで。新兵から頂を目指さねばならぬ彼が一刻も早くあの方の傍にいられるように、あの方を守るに相応しき力とそれに足る場所まで辿りつける日をと。

……いつの間にか、彼の成長を待ち続ける私がいた。

今回の防衛戦。彼はその刃を、騎士団長を救うことに振るった。六年前と同じように私は最前線まで駆けつけることが許されず、……その危機を知ることもできなかった。だが、彼は誰よりも早く騎士団長の危機に駆けつけ、確かに多くの騎士と騎士団長を救ったのだ。そして……

「……そして、私も。プライド・ロイヤル・アイビー第一王女殿下の御坐す御殿をこの手でお護り致しました」

「なんだ、それは褒めて欲しいのか？」

私の言葉に副団長は可笑しそうに笑み、そのまま覗き込んでこられた。否定はせずにそのお顔をベッドから見上げれば、副団長は少し考える動作をした後に一度だけ頷かれた。

「……ああ。よくやったよ、ハリソン。やはりお前を防衛戦に任じて良かった。私も鼻が高い」

　ははは、と軽く笑いながら掛けて下さる副団長の言葉に、……それだけで全てが報われる。

　私を拾い、救い上げ、この身の責すら負って下さったこの方に、私はまた一つお役に立つことができたのだと。

　あれから、六年。私は騎士として功績を立てることもできるようになった。任務を遂行すればその分、私の教育係を担って下さった副団長も多くの騎士に評された。

　責任ある任も時に私は任され、騎士隊長の座を得てからは騎士団長、副団長から直接任務を授かることもできるようになった。更には騎士団長の御子息、副団長にとっても愛すべき存在でありあの方を護ると誓いしアーサー・ベレスフォードが入団し、……まさかの我が八番隊に入隊した。

　なんという、幸福な日々か。

　副団長に拾われ、騎士団長に認められ、アーサー・ベレスフォードという存在を知れた。……もし、あの時あの場にプライド・ロイヤル・アイビー第一王女殿下がおられなければ。

『私を、あの戦場に‼』

　第一王女の身分と、齢十一でありながら自ら死地に身を投じたあの方が。

『覚悟しなさい、小悪党が』

　幾多の血に染まろうとも変わらず笑い、美しさにとどまることを知らず舞い続けたあの方が。その苛烈さで私の……数多(あまた)の騎士の目と心を奪い去ったあの方が。

　もし、おられなければ。………このような幸福など、ありはしなかった。

　今でも、あの絶望の時を思い出すだけで全身の皮膚がざわつく。全てを、生々しく覚えている。騎士団長を失うと、……失ったと思い、昨日までは確かにあった筈の足場が崩れていく感覚は今も足の先まで染みつき残ったままだ。

『我が友……ロデリック騎士団長をお救い頂き、心より感謝しております。……ありがとうございます……！』

あれほど副団長が歓喜し喜ばれる御姿を見るのは初めてだった。あれほど感謝を露わにされる御姿を見るのも初めてだった。涙を流す副団長を、……私は初めて見た。

騎士団長の命の恩人、副団長の大恩者。あの方に尽くす理由など、それだけで充分過ぎる。私の、唯一無二の存在をお救い下さったあの方の為に必ずや尽くしてみせると。指一本、爪の先すらあの方を穢すことを許しはしないと決めた。……だと、いうのに。

「……アラン・バーナーズとカラム・ボルドーがあの方の傷さえ許さなければ」

思い出し、言葉に漏れる。副団長が少し眉間に皺を寄せられたが、……恐らくは奴らではなく私に対するものだろう。

わかっている。プライド・ロイヤル・アイビー第一王女殿下が奴らに非はないと、むしろ命の恩人だと仰られるのならば間違いなくそうなのだろう。あの方がそう仰る限り、私が奴らを叱責する権利も断罪する権利もありはしない。

「二人の処分についてはもう終わったことだ。それに、二人が最善を尽くしたのはお前も知っていることだろう」

「認めます。……ですが、覚悟が足りない」

あの方を何が何でも護り抜くと、その覚悟が。たとえあの方にどう思われようとも、変わらずあの方の為に全てを捧ぐという覚悟が。たとえいくら近衛騎士がその先増やされようと、やはりあの方の近衛騎士に最も相応しいのはアーサー・ベレスフォードただ一人だと。そう、紡ごうとした瞬間。

「アラン隊長とカラム隊長のこと悪く言わないで下さい……」

低く、若干ぐったりとした覇気のない声が突然放たれた。聞き覚えのある声に顔だけを向ければ、通路を挟んで向こうのベッドから何者かが身体をこぼしていた。起こすほどの余力がないのか、私のほうへ向く為に上半身を垂らし覗かせていた。長い銀色の髪が束ねられずに床についている。

「…………アーサー・ベレスフォード」

いたのか。そう思い副団長へ一度視線を向けると「言っただろう？　お前と同じ、だと」と笑われた。確かに副団長は先程そう仰っていた。どうやらアーサー・ベレスフォードも決着後に私と共に救護棟の同じ部屋へ運び込まれていたらしい。

「アラン隊長も……カラム隊長も、……すげぇ覚悟でプライド様を守ってくれました……。ンな風に……言わないで下さいよ……」

ぐんなりと身体を垂らしながら訴える彼はまだ大分疲弊しているのか、その瞳の光すら薄らいでいた。私が答えずにいると、アーサー・ベレスフォードの目の奥で不満の色が急激に強まった。

「ていうか……酷いですよハリソン隊長……。俺が……自分がすげぇ死ぬ思いして聞きたかったこと……副団長が聞いた途端すんなり答えちまうなんて……」

せっかくあんな死ぬ思いして戦ったのに、と。どこか不貞腐れるように零すアーサー・ベレスフォードは垂らした上半身をそのままに段々と崩れ、ゴンと音を立てて長い銀髪ごと頭が床に落ちた。どうやら彼もまだ身体の自由が利かないらしい。私と同じく身体中に包帯を巻きつけられている。

副団長がそれを見ると「ほら、無理して動くんじゃない」と言いながら椅子から立ち上がり、アーサー・ベレスフォードに歩み寄った。彼を一度引き起こすと、そのまま再びベッドへ寝かし直す。

「言い忘れたが、お前達はあと二日間絶対安静だ。特殊能力者の治療を受けた後だからもう絶対に動くなよ」

……二日。ならば両者とも大して重傷は負っていないということか。そう思った矢先に、副団長から「折れてはないが、あと二日で完治するわけでもない。特殊能力者の治療を受けた上での絶対安静、それがあと二日だ」と釘を刺された。

「……あと二日も……会えねぇのかよ………」

ゔぁ〜……とアーサー・ベレスフォードの呻き声がさらに上がった。打ちひしがれるような声を漏らす彼は何度も唸り「なげぇ」と呟く。副団長がそれを見てまた楽しそうに喉を鳴らし笑う。

「近衛騎士もカラム達三人で回してもらうことになった。プライド様にも既にお伝え済みだ」

副団長の言葉に、更に彼の嘆きが増す。続けて私のほうを向く副団長は、八番隊の指揮を元副隊長のイジドアが代理で行うことを教えて下さった。奴ならば問題もないだろう。だが、……それは私が受けるべき報告ではない。

「報告ならばアーサー・ベレスフォードに願います。八番隊の隊長は私ではありません」

私の返しに副団長はああそうだったなと軽く仰り、彼へと向き直った。アーサー、と呼ばれた途端彼は「聞こえてます……」と覇気のない声で副団長に応じた。

「…………ハリソン隊長」

「隊長ではありません」

私に言葉を掛けるアーサー・ベレスフォードに、念を押す。すると彼のほうから数度寝返りを打つような音が聞こえてきた。副団長が「動くなと言っただろ？」と声を掛けると、また唸りそして動きを止めた。

「……ハリソン、……さん。…………一つ、お願いがあるんすけど」

「何なりと」

言いにくそうにする彼の言葉に再び私が重ねる。今や彼は私の上官だ。従わない理由がない。

私の言葉にアーサー・ベレスフォードは一度深い溜息をつくと「じゃあ遠慮なく……」と前置きの後に私へ命じた。

「……俺が隊長になっても…………言葉、変えないで欲しいンすけど」

？　……どういう意味だ。彼は私から正々堂々実力で隊長の座を引き継いでいった。私が今更不満を思うわけもない。理解が及ばず顔を顰める私に、副団長がくっくっと笑いを向けた。何故笑ってお
られるのか、聞こうとする前に彼が先に言葉を紡いだ。

「いや……本ッ当にハリソン……さんに、敬語とかで呼ばれンのとか無理ですって……」

布が擦れる音が数度聞こえた。またアーサー・ベレスフォードがベッドの上で何やら呻く。目を向ければ両腕を額にのせて覆う姿が見えた。

「せめてハリソン、さんみてぇになれてからの任命なら……すげぇ嬉しかったですけど……俺、まだまだですし……。威厳とか……戦闘での判断とか……なのに、ンなすげぇ人から敬語とか……」

無理っす……。と最後は力尽きるように語る彼は、言葉を止めた。寝ぼけているのかと思うほど譫言のような声だった。

……私みたいに、か。

言葉の綾か、それとも世辞か。まるで、私のようになりたいかのような言葉を彼が言う。

「なんだ、アーサー。ハリソンに敬われるのが嫌なのか？」

「ッ副団長だって騎士団長に敬語話されたら困るンじゃないすか？」

副団長がからかうように言葉を掛ければ途端、彼から一瞬怒りを纏った覇気がこちらへと向けられた。……私に、というよりも副団長へ向けられているように感じるが。彼にしてはかなり棘のある口調での反撃が飛ばされた。

ああ、それは困るな。と軽く返す副団長は楽しそうに肩を揺らされた。

「………お前に負けた私を、敬う理由がどこにある」

躊躇いなく呼びつけ、そして呼ばせれば良い。私は彼にならば傅く覚悟などとうにできているというのに。

アーサー・ベレスフォードは一言漏らし、今度は私に背を向けるようにして寝返った。

「勝てたのはギリッギリですよ……。……ハリソン隊……さんがすげぇことは……ずっと前から知ってますし……。むしろ敬えない理由がないです……」

…………まるで、私を慕うようなことを言う。

そのまま彼は「すみません、少し休みます」と一方的に告げ、その後は本当になにも発しなかった。

私も休むべきかと彼から視線を外し、副団長へと向ける。何故か仄かに笑んでいた副団長はゆっくりと頷き、静かに目を瞑られていた。どこか感慨深そうなその表情に疑問を抱く。何故そうも深々と頷かれているのか。そう思い、尋ねようとした時。

「……成長したなぁ、ハリソン」

……………突然のことに、頭が追いつかなかった。

副団長からの二度目のお褒めの言葉に、今度は耳を疑う。目を見開き、固まる私を副団長は暫く何も言わずに覗かれた。そして私がやっと瞬きを思い出した時、静かにその口を開かれた。

「お前が部下に慕われる姿を見れて嬉しいよ」

柔らかく笑まれる副団長は「これからも八番隊とアーサーを宜しく頼むぞ」と私に小声で言い残し、腰を上げられた。

「私はそろそろ部屋に戻るが、……お前達。絶対に安静にしていろ。口喧嘩も控えろよ」

柔らかい口調のままはっきりと我々にそう命じると、副団長は私達の返事も待たずに部屋から去っていかれた。どうやら目覚めた私達が再び動かぬように釘を刺しにこられていたらしい。……いや、私達ではなく私に、か。

扉から姿を消した副団長の背中を見届けた後、暫く私は天井を見上げ続けた。

…………褒めて、下さった。

静かに、このしばしの間に起こった事象に思考を巡らす。……私は、夢でも見ているのか。

副団長に二度も褒められ、成長を喜ばれた。アーサー・ベレスフォードが私を敬うと宣った。このような幸福を何と呼べば良い。

『せめてハリソン、さんみてぇになれてからの任命なら……すげぇ嬉しかったですけど……俺、まだまだですし……』

私のようになれてから。……六年前、彼は確かに騎士団長のようになりたいと語っていた。それを、……彼は私のようにもなりたいというのか。気づけば勝手に口元が緩む。幸福感に満たされ、今ならば己が死すら笑顔で迎えられるだろうと思うほど。

「…………………………なれば良い」

緩んだ口端が今度は引き上がる。彼の目に、私がどのように美化し映されているのかは知らない。だが彼ならばこの私など必ず優に超えるだろう。

息遣い程度の微かな己が声は、宙に放たれ消えた。聞こえずとも良い。知られずとも構わない。私はただ、騎士としてひたすらに尽くすべき者の為に尽くすまで。

ロデリック・ベレスフォード騎士団長。クラーク・ダーウィン副団長。プライド・ロイヤル・アイビー第一王女殿下。アーサー・ベレスフォード騎士隊長。

尽くす者の為、私は振るう。力を振るうことで民を護り、そしてあの方々に尽くし続ける。この胸の騎士が誇りと共に。

意義ある生と死。それが、何にも勝る私の幸福なのだから。

第四章　騎士と祝杯

ハリソン隊長……ハリソンさんとの決闘から、四日が経った。

一日目は明け方まで戦ってたからぶっ倒れて夜まで寝てた。二日目は寝込んで、決闘を見てた騎士や近衛のアラン隊長達も順番に一人ずつ見舞いにきてくれた。三日目も寝込んで父上もクラークと一緒に様子を見にきてくれた。

そして今日で四日目。怪我も大分治って包帯を取ることも医者に許された。思いきり身体を動かすと痛ぇけど、日常生活には問題なかった。……正直、こんな数日かかる怪我したのは生まれて初めてだ。今までの任務でもこの前の防衛戦でも大した怪我なんてしなかったのに。

今日は朝からハリソン、さんと一緒に騎士団長の父上とクラークに挨拶して、近衛騎士業務で迷惑を掛けたアラン隊長達にも朝一番に挨拶に行った。エリック副隊長が復帰して早速ご迷惑を掛けたことと、また宜しくお願いしますと伝えた。今日から近衛騎士の任務にも戻れると思った、のに。ンな余裕、全ッ然なかった。

……八番隊は、他の隊より書類仕事は少ない。だからこそ戦闘での実力のみで隊長格の交代も可能になる。でも、隊長となった以上は毎日騎士団長へ報告書も出さねぇといけない。

何よりこの四日間動けなかった俺は、就任してからの手続きに必要な書類にも全く手をつけていなかった。改めて隊長格って忙しいんだなと思う。

近衛騎士もこれで隊長三人になるから、隊長会議の時は今まで通り会議の時間を早朝に早めて王族の朝食後に間に合うようにするか、もしくはエリック副隊長と一緒に何人かの騎士が代理で護衛につかせるつってたけど、……やっぱ副隊長の時とは色々勝手が変わるんだなと改めて思った。

新しく支給された隊長格用の部屋にも、復帰して即日の今日引っ越すことにもなった。…というかハリソン……さんがあっという間に自分の引っ越し準備を終わらせて、俺の副隊長用の部屋に乗り込んできた。私物少ねぇからってひでぇ。まるで追い出されるみてぇに俺も私物を纏めて運び出したら、エリック副隊長が笑いながら運ぶのを手伝ってくれた。「ハリソン副隊長は相変わらず容赦がないな」と言われて、俺もすげぇ同意した。新兵に手伝わせれば良いだろうとも言われたけれど、大した量もないのにわざわざ呼びつけるのも悪い気がした。

ンで、やっと机の上に今日中に終わらせないといけない書類を積んだ。数十枚あったけど、書くことはわりと同じ内容で、アラン隊長も今朝「前任者の内容そのまま書けば問題ねぇって」と言ってたし、これなら急げば午後の近衛業務には戻れるかもしれないと最初は思った。

前任者のハリソンさんが記録全部〝異常なし〟の一言で終わらせてなかったら。

結果、俺は書類片手にハリソンさんのとこへ全力疾走する羽目になった。陣形図とか隊員の異変とか観察報告とか書くこと色々あるのに、毎日毎週毎月半年毎年ごとに書く書類全部にその一文しか書いてなかった。絶対全部が異常なしなわけねぇし、あれじゃあ真似するも何もあったもんじゃない。

『隊長格に何かあった際に第三者が確認する記録ですよ⁇　代替わり前にハリソンさんが死んだり八番隊が全滅したらどうするつもりだったんすか⁉』

『問題ない』

副隊長として簡単な書類を出し終えたハリソンさんは詰め寄った俺に平然と言ってきた。しかも、こんなんで父上に毎日出す報告書はどうしてたのか聞いたら、そっちのほうはちゃんと詳細に記載していたらしい。「騎士団長が目を通されるものに手を抜ける筈がないだろう」と言われて頭が痛くなった。なら八番隊用の記録もそう書いてくれりゃあ良いのに。

その後も引き継ぎすらまともにやらせてくれねぇし、なんでか話の途中で特殊能力を使って高速で消えちまうしで書類よりそっちのほうが大変だった。隊長引き継ぎ書類に前任者のサインが必要な俺も必死で追いかけ回した。結局サインをくれたのも提出期限ギリギリになってからで、最後まで近衛任務には戻れなかった。

「で？　……結局、お前も病み上がりなのに一日中ハリソンと追いかけっこしてたのか？」

演習も終わった深夜。俺の肩に腕を回しながら、アラン隊長が笑う。

「いや……流石に八番隊の演習にはハリソンさんも加わってましたけど。でも演習中に邪魔するのは悪いんでその間に他の書類と記録書いて、休息時間見計らってまたハリソンさんを追いかけて……」

「お前って本当変なところ律儀だよな」

ぷはっと笑いながら俺の肩を引き寄せた。俺は走り疲れてて、これだけで足元がフラつく。

「……それでその……今日はなんでわざわざ俺らだけなンすか……？」

俺を引き摺るアラン隊長の顔を覗けば何故か満面の笑みで返された。今夜、本当は俺の快気祝いと隊長昇進祝いにって騎士の先輩達が飲み会を開いてくれる筈だったけど、何故かまるごと明日に持ち越された。………………アラン隊長に。

「なんだよ？　俺ら近衛騎士だけで飲むのは不満か⁇」

「いや、アラン隊長やカラム隊長やエリック副隊長に誘って頂けるのはすげぇ嬉しいです。ただ、……なんか珍しいっつーか……」

「いやよく飲んでるだろ??」

……確かに飲んではいる。でもいつもならむしろ率先して、エリック副隊長や俺の副隊長昇進の時みてぇに自分の部屋に皆を呼んでくれるのに、今回は「わりぃ！　今夜は俺らがアーサーと約束あっから！」って言われて強制的に延期にされた。……俺は事前に何も聞いてなかったけど。まぁ、三人で飲むのも楽しいからいっかと思いながらアラン隊長と歩く。

「カラム隊長とエリック副隊長は……」

「酒とツマミ取りに行ってる。先に飲んでて良いってよ」

「わかりまし……、あれ??　アラン隊長の部屋はこっちじゃ」

「あー今日はお前の部屋で飲もうぜ？　まだ荷解きしてねぇんだろ。ついでに手伝ってやるからさ」

　エリックから聞いたぜ、と言われそういやぁ荷解きも早く終わらせねぇとなと考える。アラン隊長の提案はありがたいけど少し悪い気もして「本当に今なにもありませんよ？」と念を押せば「これから増えるから大丈夫だって」と返された。一体どんだけエリック副隊長とカラム隊長に酒とツマミ頼んだんだ。

　もしかしたら荷解きよりも酒瓶を片づけるほうが大変になるかもしれないと思いながら、新しく支給された俺の部屋に向かった。扉の前まで来て鍵を開けるところで、そういえばステイルが間違って前の俺の部屋に来ないように移ったことも教えねぇとと気づく。俺のところに直接瞬間移動なら大丈夫だけど、万が一にも今のハリソンさんの部屋に現れたら反射的に襲われてもおかしくない。……そこまで考えて、なんか早く報告したくて理由探してるだけじゃねぇかと思い、恥ずかしくなる。この四日間ずっとプライド様に会いたいとかステイル達に報告したいとかそればっかだ。

「へぇ～。俺の部屋も荷物なかったらこんな感じだったんだな」

広いな～と声を漏らしながらアラン隊長が部屋の中を見回した。すげぇすげぇと大声で騒ぐから何もない部屋にボワッと響いた。隣の部屋に聞こえますよと言ったら「隊長格の部屋は他の部屋ともわりと離れてるし防音もされたほうだから大丈夫だって」と気軽な様子で返された。

「……あ。そういやぁ先に始めるって俺の部屋、酒とかないですけどどうします？」

アラン隊長の部屋へ取りにいくか聞いたら、何故かすっげぇ満面の笑みを返された。若干きらきらした笑みに思わず一歩引く。アラン隊長はおもむろに指を口に加え……

ピィィイイイイイイイイッッッッ!!　と、甲高い音を鳴らした。

「アーサーっ!!」

途端に、……すげぇ会いたかった人が現れて、俺の名を呼んだ。

「プライド、様?!　えっ、ティア……え?!　どういうッ」

プライド様と、ティアラ。それにカラム隊長やエリック副隊長まで一緒に現れて驚きのあまり途中から声が出ない。しかもなんだか美味(うま)そうな良い匂(にお)いまで鼻を擽(くすぐ)ってきた。俺が理解できない間にも今度は部屋にヴァルやセフェクにケメトまで現れる。なんでコイツらまでと思ったら言葉に出るより先にプライド様とティアラが同時にこっちへ飛び出してきた。プライド様が片手に引っかけたバスケットごと両手を広げて、もしかして、まさかこれはと思ったら逆に身体が動かなくなる。

「騎士隊長昇進おめでとうっアーサー!!!!」

俺の胸に飛び込んできたプライド様とティアラに、…………気がつけば俺も腕を回してた。

「騎士隊長昇進おめでとうっアーサー!!!!」

ステイルに瞬間移動してもらってすぐ、私とティアラはアーサーへ飛びついた。

アーサーとハリソン隊長の決闘をアラン隊長達に教えてもらった四日前、お昼前にステイルが教えてくれたアーサーの八番隊騎士隊長への昇進。騎士団でも史上最年少の快挙を二度もアーサーは更新してしまった。今度はエリートのカラム隊長の記録すら凌いでの騎士隊長昇進だ。十代で隊長格になれたのはアーサーが歴代でも初めてでしょうとカラム隊長本人が言っていたのだから間違いない。

私もステイルもすぐにアーサーにお祝いを言いにいこうと思った……のだけれど、そこでティアラから提案された。

『今度こそサプライズを成功させましょうっ！』

以前、アーサーが副隊長昇進した時に色々あって中止になってしまったサプライズ。ティアラの提案に私もステイルも大賛成だった。勿論アラン隊長とカラム隊長も。……条件つきだったけれど。

「本当に本当におめでとうアーサー！　三ヶ月もせず隊長昇進なんてすごいわ！」

「おめでとうございます！　お姉様も兄様もすごく喜んでましたっ！　私もとっても嬉しいです！」

私とティアラで一緒にアーサーに抱きつきながら改めてお祝いを伝える。前回みたいにアーサーが苦しくないようにとティアラの胴回りに倣い、アーサーの胸に飛び込んだ。ぎゅっと回した腕に二人で力を込める。飛び込む瞬間のアーサーの目を丸くした表情を見るとサプライズ成功かなと嬉しくなった。やっとちゃんとお祝いができた。そう思い、そっと腕を緩めようとした瞬間。

ぎゅ、と。アーサーが私とティアラを抱きしめ返してくれた。

騎士らしい逞しい腕で強く抱きしめ返され少しだけ息が止まった。小さく顎を上げて見上げると、アーサーが私達の頭に顔を埋め強く目を瞑っていた。

「……すっげー………会いたかったです……」

私達を抱きしめる腕に更に力がこもった。少し疲れているようにも見えるアーサーの表情に、まだ復帰して本調子じゃないのかなと思う。隊長業務も今日からで、一日は足止めしておくとアラン隊長達が言ってくれたけれど、やっぱり相当書類仕事とか忙しかったんだろう。

至近距離で覗かせるアーサーを今度は顔ごと見上げ、腕に回していた手を離してそっと瞑られた目の下を指先でなぞる。……うん、良かった。クマとかはできていない。

「私達も会いたかったわ、アーサー」

お見舞いにいけなくてごめんなさいと返しながらアーサーに笑いかける。目の下をなぞられたアーサーの目がゆっくりと開かれて、……急激に沸騰したかのように真っ赤になった。ボワッと音が聞こえそうなほど一気に。

「え?! あ! おっ……⁉」と何やらよくわからない声を漏らすと、目にも留まらない速さで両手を私達から離した。……どうしよう、ものすごく動揺している。視線をグラグラと彷徨わせながら一歩後ろに下がったアーサーは「す、すみませっ……今のは思わず……‼」と唇をあわあわと震わせながら弁明をしてくれる。私ごとティアラを思いきり抱きしめちゃったこともそうだろうけれど、王族二人を自分から抱きしめ返しちゃったのだから慌てるのも当然だ。私もティアラもアーサーの狼狽えっぷりに笑ってしまい、顔を見合わせてから最後にアーサーへと向けた。

「大丈夫。私達とアーサーの仲じゃない」

「私もお姉様も兄様もアーサーのことが大好きですからっ！」

顔を真っ赤にしたアーサーが「いや、でもっ……王女……てかもう、齢も……」とかモゴモゴ言ったけれど、やはりティアラが婚約前の年なのを気にしてくれているらしい。相変わらず律儀なアーサーに苦笑しつつ、ふと私達の背後で皆や料理を瞬間移動し終えてくれたステイルのほうを振り返る。サプライズが成功して嬉しそうに笑んでいたけれど、私と目が合った途端その眼差しがアーサーへと意地悪く光った。

「王族三人が訪れる騎士の部屋などそうそうにないぞ？　ありがたく思え、アーサー」

「ッッッそうだ!!　ぷ、ライド様！　なんで俺の部屋に!?」

ステイルの言葉にアーサーがハッと顔を上げた。その姿にステイルが肩を震わせて笑い出す。アーサーは、まるで今気がついたかのように部屋を見回すと「俺！　何の持て成しの準備もできてないんすけど?!」と今回の主役なのにすごく慌てだした。その様子を可笑しそうに笑うエリック副隊長が「大丈夫大丈夫、ステイル様がテーブルごと料理も瞬間移動して下さったから」と言えば、やっとアーサーの注意がメインの料理へと向いてくれた。

大量に作った、アーサーが好物の異世界料理だ。生姜焼きとお味噌汁だし、本当に地味だけれど今度こそアーサーに食べてもらおうと頑張って作った私とティアラの力作だ。

今度こそリベンジをと三人で決めてから、一番気合が入っていたのは他ならないステイルだった。アーサーへの料理の為の食材をまたレオンに会った時に取り寄せてもらって……と私が話した途端「いえ、今すぐに準備をしましょう。今度こそ絶ッ対に邪魔が入らないうちに!!」と力一杯押しきられてしまった。私がそれに同意した途端、ステイルは躊躇なく瞬間移動でアネモネ王国にいるレオンに直接依頼しにいってしまった。隣国であるアネモネ王国はすごく近いし、私の許可なくでもレオンの城まではステイルの瞬間移動で行ける。でも、もしレオン以外の民に瞬間移動を見られたら……！と帰ってきたステイルに言ったら「レオン王子ならば数人程度口止めをしてくれます。それに今は緊急事態だったので……！」とかなり燃えていた。

瞬間移動で戻ってきたステイルは、大量の食材を一緒に運んできてくれた。話によると、レオンが前回のことがあってから次いつ私がリベンジしても良いようにと大目に食材を常備してくれていたらしい。……それはもうたんまりと。確実にアーサーが一人で食べきれる量を超えるほどに。

流石に多過ぎるのではと思ったけれど「レオン王子から、予備も含め姉君の為に用意したものなので遠慮なく使って欲しいとのことです」とステイルに言いきられてしまった。本当に、いつの間に二人はあそこまで仲良くなったのだろう。

そして、ステイルとレオンの行動力と準備の良さに感心している間にも「姉君、食材は食料庫に置かせるとして、厨房は何日の何時頃に借りましょう？」「アラン隊長、カラム隊長、アーサーの近衛復帰が決まり次第すぐに報告をお願いします」「俺のこの休息時間中に計画もきっちり立てておきましょう!!」とまるでこれから戦争に行くかのような気合の入りっぷりだった。ティアラは楽しそうに笑っていたけれど、私とアラン隊長、カラム隊長は完全に圧倒されてしまった。

そうして翌日にアーサーがハリソン隊長との決闘後に三日間絶対安静になったことをエリック副隊長達が報告してくれてからは皆で具体的に料理の手順からサプライズの進行まで計画した。

今回は近衛騎士以外にも協力者がいたお陰もあって私とティアラも計画をちゃんと立てられたし、

アーサーにもほかほかの出来立て料理を用意することができた。こうしてアーサーが目を向けてくれた今も、生姜焼きも味噌汁もホカホカと湯気が上がってる。

「アーサーの好きな料理を皆にも食べてもらおうと思って」

「お姉様がすごく頑張って作ってくれたのですよっ！」

私達の言葉に、茫然とするアーサーに代わってアラン隊長が「えっ⁈　俺らの分もあるんですか⁈」と大声を上げた。振り返れば、私達を料理中も見守ってくれていたカラム隊長とエリック副隊長と違い知らなかったアラン隊長の目がきらきらと輝いていた。食材が大量にあるし、調理方法自体はどちらもシンプルだから私とティアラでも大人数専用の調理道具を借りればわりと楽に用意することができた。……腕はちょっと疲れたけど。

「えっ……プライド様が作っ……⁉」

「ティアラと二人でね。冷めないうちに食べて！　大丈夫よ、味見もしたから」

ちゃんと美味しいわ！　と未だに理解が及んでいないらしいアーサーの背中を私とティアラで押す。戸惑うアーサーの反応を楽しそうに迎えながらステイルがフォークと皿をテーブルから取ってくれた。アーサー用に盛った、一番大盛りの出来立てだ。押しつけるように渡したステイルが「早く食べろ。姉君とティアラの力作だ」と言ったら、アーサーの喉が食べる前から音を立てた。大分お腹が空いていたのだろうか、大量に作って本当に良かった。

アーサーは皆に見られている緊張からか微妙に手が震えていたけれど、私達に勧められるままにフォークで生姜焼きを一切れ取るとパックリと一口で頬張ってくれた。

「〜〜〜っ……‼」

茫然としていたアーサーの目がキラッと輝いてフォークを握る手をそのままに固まった。火照った顔がさっきまでの名残なのか料理の熱さのせいかわからないけれど、それでも顔いっぱいに美味しいと言ってくれてるようで感想を聞く前から私もティアラも二人でハイタッチした。

「すっっっっっっっっげぇ美味いです……‼‼……」

ごくり、と飲み込んだ音が聞こえたと思えばアーサーが力一杯感想を告げてくれた。ありがとうございます……‼　と続けてくれて、嬉しくて思わず照れ笑いをしてしまう。

「まだ皆の分を入れても沢山あるから好きなだけ食べてね。今夜はアーサーのお祝いだから！」

振り返り、今度は皆にも皿を勧める。するとすごい勢いでステイルやアラン隊長達、ヴァル達もテーブルの皿を攫っていった。一瞬カルタでもしていたかしらと思うほどの速さだった。

まだ大皿にも生姜焼きが積んであるから良いけど、皆そんなにお腹を減らしてくれていたのだろうか。今いる人数分とおかわり分だけステイルに運んでもらっておいて本当に良かった。

「こちらのスープも飲んで下さいねっ！　こちらもお姉様の手作りなんですから！」

ティアラがニコニコと味噌汁の入った器をアーサーに差し出した。まるで良妻のようなティアラの姿にほっこりしてしまう。

両手に皿とフォークを抱えたアーサーは一度片手で両方を持つと、もう一方の手でティアラから味噌汁を受け取った。両手で器を持って食べ難いかと思ったら、ステイルが瞬間移動でテーブルをアーサーの目の前に出してくれた。よく見ると食堂で見たことがある気がするテーブルだ。……うん、後でちゃんと元の場所に戻してもらわないと。

アーサーはステイルにお礼を言うと、一度料理の皿をテーブルに置いた。それから両手で味噌汁を持ちズズ……と具沢山の味噌汁を啜り、ほっとしたように笑みを浮かべてくれた。「美味ぇ」と零した言葉にティアラの表情が嬉しそうに緩みきってアーサーや私、ステイルに向けられた。

「レオンが食材を協力してくれて、ステイルがわざわざそれを用意してくれて、計画もしてくれたの。すごくアーサーの為に頑張ってくれ……」

「姉君。……その、俺のことは良いのでそれよりも料理の説明を是非」

私の言葉をステイルが少し慌てたように遮った。バツが悪そうに話題の変更を希望され、私も苦笑しながら応える。

「以前のパーティーでアーサーがこの料理が気に入っていたってカラム隊長が覚えていてくれて、せっかくならアーサーの好きなものでお祝いしたかったの。……特別なお祝いだから」

長身のアーサーを見上げながら、数本乱れて顔に掛かった銀髪を口の中に入らないようにとそっと耳にかける。目を丸くして聞いてくれるアーサーが、耳に触れた瞬間少し肩を震わせた。

「本当に本当におめでとう、アーサー。貴方は私の自慢の近衛騎士よ」

もう何度言っても足りないくらいのお祝いを彼に伝える。

本当に、本当に本当に嬉しかったから。六年前の彼が立派な騎士になって戻ってきてくれて、更には副隊長から隊長にまで昇進してくれた。それだけアーサーの努力が実って、そして認められたという証拠だから。

私の言葉にアーサーは、火照りが収まった筈の顔に再び赤みを帯びさせた。第一王女からの言葉で改めて隊長昇進の自覚が湧いてきたのかもしれない。パクパクと口を開けたり閉じたりしたまま固まるアーサーに、ステイルやアラン隊長達がニヤニヤと笑っている。ヴァル達だけが完全に蚊帳の外かのように生姜焼きと味噌汁を食べながらわいわいしていたけれど。

「ありがとう……ございます……!!」

蒼い瞳が少し揺れたように見えたアーサーは、ゴクンッと食べ物以外の何かを飲み込むと柔らかい笑みを返してくれた。心から嬉しそうに笑ってくれるアーサーに、私も笑みを返した。

「どうぞ、姉君、ティアラ。早く食べないと冷めてしまいますよ」

アーサーとプライドの話が一区切りついたところで、俺からプライドとティアラに料理の皿を三枚のうちから一枚ずつ渡す。二人ともアーサーに食べさせるばかりでまだ一口も手をつけていない。

プライドは片腕にかけていたバスケットを一度隅のテーブルに置くと「ありがとう」とティアラと二人で皿を受け取ってくれた。二人に笑みで返しながら、改めてアーサーを正面に見据える。

姉君と話してから、アーサーは未だ夢見心地らしい。ぼやけた眼差しを覗き込み、俺から笑みを向けてやる。

「どうしたアーサー？　要らないなら俺が食べてやろうか」

「ッば!!　ンなわけねぇだろォが！　ていうかテメェの皿があンだろ!!」

そっちを食え！　と怒鳴りながらアーサーが俺から両手の皿を遠ざける。やはり冗談を本気にする程度には呆けていたらしい。アーサーに見えるように自分の皿に盛られた料理に手をつければ、やっとアーサーの肩の力が抜けた。「……美味いよな」と言葉を投げかけられ「最高だ」と返せば、やっといつもの顔色と笑みが返ってきた。

「………ありがとな。なんか、色々やってくれたンだろ」

ぽそり、と俺にしか聞こえない声量で掛けられる。……こういう奴だから、黙っておきたかったというのに。だが、言われたからには俺からも言葉を返す。

「相棒の昇進くらい祝って当然だ。………………おめでとう」

最後の言葉だけ変に小さくなった。逆に気恥ずかしくなり、目を逸らすと「おう」と短い返答だけが返ってきた。逸らした先でプライドとティアラに目を向ければ、料理を片手にアラン隊長達のほうへと向かっていた。恐らく今回のサプライズ成功の礼を言いに言ったのだろう。

アーサーと互いにグラスで乾杯をしようかと思ったら、両手にあるのがお互い料理の皿だけだということに気づき少し可笑しくなる。アーサーを見れば、同じことを考えていたらしく目が合った途端「あとでな」と言われた。その言葉に返事をして、料理を一切れ口へと運ぶ。豚肉の香ばしさと甘いタレと野菜が絡まって、いくらでも食べられる気すらしてしまう。……それに。

「姉君とティアラが作ったと思うと余計に美味く感じてしまうな」

「だよな」

「……悪いな。お前の祝いだというのに俺達まで味わってしまうことになった」

「？　全員で食ったほうが美味ぇだろ。俺はこっちのほうが良い」

アーサーらしい即答に思わず吹き出しかける。うっかり喉に引っかかり噎せたが、数度肩を上下するだけでことなきを得た。……俺なら独り占めするか、分けてもアーサーぐらいにしか譲りたくないと考えただろう。そう自覚してしまうと、我ながら心の狭さが恥ずかしくなる。

「……昇進祝い、希望はあるか？」

「いや要らねぇよ。もうこの祝会だけで貰い過ぎてるぐれぇなのに」

「上等な椅子でもやろうか。お前の部屋は家具も少な過ぎる」

「それ絶対お前が来た時に座るやつだろ」

冷静に切り返してくるアーサーに、敢えての笑みで答えてやる。わかってるじゃないか、と表情だけで答えればアーサーから「ま、それならあっても困らねぇ」と引き上げた笑みが返ってきた。決まりだなと返し、続けて俺から今後本格的に摂政であるヴェスト叔父様の補佐だけではなく父上やジルベールの補佐も許され忙しくなることを報告しようとした時だった。

「………………なァ、そういやァなんでアイツがいンだ？」

……言おうとした言葉とアーサーの言葉が重なり、更に示す視線の先を追えばまた別の人物と視線がぶつかった。「セフェクとケメトは良いとしてよ」と投げかけるアーサーの言葉に俺も溜息で答える。壁際に座り込みながら、あからさまにヴァルが不服そうに物言いたげな顔で俺とアーサーへ鋭い眼差しを向けていた。

「……防衛戦の労いだ。俺が当日に配達先から瞬間移動で連れてきたから文句があるのだろう」

一応ここに来る前に城の客間に移動させて祝会の主旨は伝えたんだが。そう続ける俺にアーサーは「いや……俺の祝会ってところから気にくわねぇんじゃねぇか？」と疑問を投げた。まぁ、ヴァルならばそれもあり得ることだろうが。

だが、仕方ない。彼らを招いたのはプライドだが、仕事中に瞬間移動で半ば強制的に連れてきた俺にも非はある。しかもつい数日前も捕らえた盗賊と共に配達から戻ってきたばかりだった。そこから再び出国してすぐ俺に引き戻されたのだから不満も残るだろう。

俺は溜息を一度つくと、皿の料理の最後の一口を頬張り味わった。食べ終わり、スープを取りにいく前にもう一度ヴァルを見返す。

「……少し行ってくる。お前はアラン隊長達にも挨拶に行ってこい」

彼らも今夜の為に協力をしてくれた。そう言ってアーサーの背に肩をぶつける。ちょうどスープのほうを飲もうとしていたせいでアーサーの器の水面が零れかかった。流石の反射神経でなんとか零さずに終えたが、それでも恨みがましく睨まれた。

彼らには俺も感謝はしている分、せめて愚痴と苦情くらいは甘んじて受けてやろう。


「それでエリック副隊長、荷運びン時に荷物隅へ置いとけって言ってくれたんすね」

ありがとうございます、と頭を下げるアーサーにエリック副隊長が笑いながら手を振った。協力してくれた近衛騎士の三人にアーサーが一人一人お礼を返している。

私もさっきティアラと一緒にお礼を言ったけれど、三人とも護衛時間外だというのにすごく協力してくれた。アラン隊長とカラム隊長からの条件にも最初は焦ったけれど、結果としては良いほうに転がってくれたし本当に三人のお陰での大成功だ。

今回は料理中もエリック副隊長とカラム隊長が見守ってくれたし、アラン隊長がアーサーをがっちり捕まえて予定時間通りに私達を呼んでくれた。以前にアラン隊長は私の料理の見張りをしたいと話してくれていたけれど、今回はアーサーを捕まえるほうに名乗り出てくれた。自分が一番自然にアーサーを連れ出せるし、何よりステイルを呼ぶ指笛の合図というのを一度やってみたいと言っていた。……その発言直後、カラム隊長に「不敬だぞ」と怒られていたけれど。でも、ステイルの大規模な瞬間移動はちょっと召喚とか魔法っぽいしやってみたい気持ちはよくわかる。ステイル本人も悪い気分ではなかったらしく、アラン隊長の発言に少し可笑しそうに笑っていた。

「でも、いつものアーサーのお部屋もどんなのか見てみたかったわ。また今度機会があったら招待してね」

「いや!! 本当に見せれるような部屋じゃないんで!! 本ッ当に何もないですし!!」

私の発言にアーサーは首を思いきり振った。別になにもなくても気にしないのに。むしろ物が少ないのもそれはそれでアーサーらしい。……まぁ、第一王女が異性の部屋に気軽に招かれるわけにもいかないけれど。

焦るアーサーに「残念」とだけ言葉を返して引いておく。すると、アーサーがほっと息をつくのが肩の下がり方だけでよくわかった。そのまま空になった料理の皿に気づくと、一度離れておかわりを取りにテーブルへ向かっていった。あれだけの大盛を完食してまだ食べられるなんて流石だ。

アラン隊長達も恐らく私の話し相手をしていなかったらアーサーを追い掛けて二皿目に突入していただろう。

「本当に喜んで頂けて良かったですねお姉様っ！　お料理もすっごく美味しいです！」

「はい、本当にとても美味しいです。自分は以前頂いた豚肉料理より、こちらのほうが好きです」

「本当にこのような品を私共の分までありがとうございます」

「本当すごく美味いです！　今度料理される時は是非味見役もさせて下さい！」

ティアラに続くようにエリック副隊長、カラム隊長、アラン隊長が褒めてくれて嬉しくなる。思わずふにゃふにゃと頬が緩んでしまいながらお礼を返すと、私の照れが移ったのか近衛騎士三人の頬まで俄かに染まった。

「皆さんもまだまだ沢山食べて下さいね。テーブルの上にあるのは全部皆の分だから」

レオンが沢山食材を用意してくれたお陰でまだまだ沢山ある。余ったら皆に持って帰ってもらうか、こっそり他の騎士の方々に私が作ったことを内緒で配ってもらおうかとも考えたけれど、今回も無事に完食されそうでほっとする。

アーサーがまたこんもりと二皿の生姜焼きを盛って戻ってきた。一度に二皿なんてすごいなと思ったら、真新しいほうの皿を目の前のテーブルに置いて「先輩方の分も盛ってきたので」と言ってくれた。どうやらカラム隊長達が遠慮してないか心配してくれたらしい。アーサーの気遣いにアラン隊長が嬉しそうに頭をわしわしと撫でていた。

「もうお前も俺らと同じ隊長なんだし気ぃ遣うなよ？　アーサー隊長」

「そうですねぇ、でしたら次は自分がアーサーに敬語を使う番でしょうか？」

アラン隊長とエリック副隊長の言葉に、カラム隊長も「たしかに」と頷いた。そういえば、今やアーサーは立場上エリック副隊長より上だ。そう思うと余計にアーサーのスピード出世の凄まじさがよくわかる。けれど、先輩三人の言葉にアーサーは「勘弁してください!!」と声を上げた。

「もうアラン隊長もカラム隊長もエリック副隊長も俺よりずっと先輩ですし、……やっぱこのままが一番良いです」

だから変わらずでお願いします、と頭を下げるアーサーにエリック副隊長達が微笑んだ。アーサーにとっては尊敬すべき先輩達はずっとそのままらしい。エリック副隊長が背中を叩くと「ハリソン副隊長のことは間違って隊長呼びするなよ」と声を掛けた。

「アーサーの隊長昇進も、ハリソンとの決闘後からは誰もが認めています。今日も彼の隊長としての真面目さは騎士達からも評判でした」

次の隊長会議が楽しみだ、と続けるカラム隊長にアーサーの顔が紅潮していった。恥ずかしそうに目を逸らしながら「いやもう既に書類でいっぱいいっぱいで」と食べる手が止まった。

アーサーとハリソン隊長との決闘はそれはもう殺し合いレベルで凄まじかったらしい。ハリソン隊長の本気モードに騒然とする騎士も多く、その中で一日中ハリソン隊長と張り合って勝利したアーサーの戦闘技術の高さは周知の事実らしい。

アラン隊長に「もう戦闘だけなら騎士団で五本どころか三本に入るだろ？」と言われてアーサーがすごく謙遜する。本人曰く剣以外はまだまだです、らしいけれど。でも、あのハリソン隊長に特殊能力込みで勝ったのだから相当なのは間違いない。一人でチャイネンシス王国南部の敵勢力を殲滅させた人に勝てたってかなりのことだと思う。考えれば考えるほどアーサーの昇進はすごいことだ。副隊長祝いは間に合わなかったけれど、こうして隊長昇進だけでも祝えて良かったと思う。

「本当に今度はちゃんとお祝いできて嬉しいわ。前回アーサーに食べてもらえなかったの、すごく残念だったから」

「……え？　俺、プライド様の料理断ったことありましたっけ……？」

あ。……………しまった、口が滑ってしまった。

あまりの安堵と嬉しさで、思わず前回のことをアーサーが知っていること前提で話を進めてしまった。あのことについてアーサーは何も知らない筈なのに!!

アーサーが全く覚えがないといった表情で目を丸くする。私が固まっていると「俺、そんな勿体ないことしました?!」と余計に慌て始めたから冷や汗が止まらない。

笑顔が固まったまま視線を彷徨わせるとティアラも私と同じように言葉に詰まるし、アラン隊長達も苦笑いのまま私を見つめ固まっている。こういう時に頼れるステイルは?! と思ったら、まだケメト達と話し込んでいるのかこの場にいない。どうしよう、私が逃げ場を探している間にもアーサーの顔がみるみるうちに勘違いで青ざめていく。

「いえ! 違うの、違うのよ?! あれは、アーサーに出す前にそのっ……。実は、本当は副隊長昇進した時もお祝いしようと思ったんだけど、ちょっと理由があって料理が駄目になっちゃって……」

どうしよう、また黒焦げの液状化現象を引き起こしたとでも言うべきか。いや! それはそれで折角払拭したイメージがまた復活してしまっては困るし……。

そう思いながら必死に上手い言い訳を考えていると、アーサーが何やらぶつぶつと「料理……。……食べ……。……ッあの時の……?!」と思い出したかのように目を見開いた。青ざめた顔が戻ったのは良いけれど、代わりに目が大分怖いしすごい覇気が溢れてくる。傍にいるアラン隊長とカラム隊長そしてエリック副隊長の顔が、あちゃ～……と言わんばかりに強張っていた。何かまたまずいことでも言ってしまっただろうか。ティアラも若干焦った様子で私のドレスを小さく引っ張った。

あまりのアーサーの急変ぶりに私のほうが心配になって見返せば「まさか……」とその口がはっきりと動き出す。

「プライド様が泣かされた時の原因の料理って……それっすか……?!」

きゃあああああああああああっっ?!!　なんで?!　なんでアーサーが私が泣いた時のことを知ってるの?!　思わず馬鹿正直に顔が引き攣ってしまう。絶対今は私のほうが青ざめているだろう。まずい、食べ物の恨みの怖さは私がよく知っているのに!!

　私とティアラが黙秘を貫いていると、アーサーのギラリと光った蒼い瞳が先輩騎士三人に向けられた。「そうなんすか?!」と投げられ、三人とも私を庇うように苦笑いのまま押し黙ってしまう。

「!　だからアラン隊長あの時に俺だけでも怒れって……!!」

　アラン隊長の顔を見たアーサーが再びハッとしたように声を漏らした途端、今度はアラン隊長に口を塞がれる。……どうやら近衛騎士コミュニティで何かあったらしい。フォローを入れようにも変にここで言ったら、逆に墓穴を掘りそうな気もして何も言えなくなる。じわじわとパニック状態で固まってしまうと、料理を盛った皿のテーブルから今度はヒャハハハッと笑い声が割り込んできた。

「例の料理、食われたぐれぇで泣いちまったのかぁ主?」

　ヴァルが私を馬鹿にするようにニヤニヤと笑みを浮かべながらこちらを向いた。さっきはステイルと話していたようにも見えたけれど、もう話は終わったのだろうか。ステイルの前にケメトとセフェクを置いて自分は二杯目であろう料理と味噌汁を盛った器を手にしていた。ちゃっかり食べながらその表情はどう見ても、食べ物程度で泣いた私に対して「やっぱりガキだな」と言っているようで悔しくなる。自分だってがっつり両方おかわりしてるくせに!!

　まさかの飛び火で今度はヴァルにまで泣いてしまったことがバレちゃうなんて!!　私が思わず頬を膨らますと、余計愉快そうにその口端が引き上がっていく。完全に馬鹿にされている。更には他人事だからって「たかが料理でなぁ……？」と楽しそうに弄って煽ってくる。だってあの時の料理とスープはアーサーの為だけに作ったもので！　しかも今回みたいに皆が協力して作ったものだったんだから!!　それにっ……！

「クッキーだって本当は貴方達の分もあったんですからねっ!!」

「「「「クッキー??」」」」

……やってしまった……。まさか、一度ならず二度までも……！

今度はアーサーだけでなく、アラン隊長達やヴァルまでも目を丸くして聞き返してきた。パンドラの箱を開けた感満載だし、更には最後に夢も希望もなさそうな現状に血が引いていく。唯一味方のティアラも必死に言い訳を探してくれているようだけど、私と同じように見つからないようだった。

言葉に詰まりながら、自然と一番バレてはならない相手に目線が顔ごと向かってしまう。油をさしてない機械のようにギギギ……と歪に首が動く。見れば、ステイルが話していた相手であるケメトとセフェクの前からしっかりとこちらへ顔を向けていた。

「……？　姉君、クッキー……というのは」

……………ええと。……どこまで言えば上手く纏まるのだろう。引き攣った笑みで返しても、全くうやむやにしてくれる気配もない。むしろステイルが私の反応を読んでから速足でツカツカと近づいてくるからすごく怖い。ひぃぃっ！　と背を反らすと別方向からも「おい、主」と投げかけられる。

「そりゃあどういう意味だ……？」

テーブルに一度皿を置いたヴァルが久々の凶悪な覇気を纏って私を見てる。もともとの怖い顔が訝しむように眉を寄せて私を覗き込んだ。ヴァルの異変を察してか素早くステイルの背後から立ち上がったセフェクとケメトまでこちらに駆け寄ってくる。完全に逃げ場がない。

「違うの！　今のは兄様のクッキーの話じゃないから!!」

ティアラが私とステイルとの間に入ってくれる。救いの女神の存在に背筋の冷たさが落ちつ……

「今の〝は〟とはどういう意味だティアラ……？」

ッッッけない!!!!　流石ステイル、言葉の端々すら逃してくれずに捕まえてくる。ティアラが再び言葉に詰まり若干青ざめてくるので今度は私からティアラを抱きしめて引き寄せる。こわいこわい超激こわい!!!!

助けを求めて傍にいるアラン隊長達のほうに後退ると一応ヴァルからは庇ってくれたけれど、ステイルからは逃れられずとうとう私とティアラの目前まで迫ってきた。ちらりと怖いもの見たさでアーサーのほうを見ると、もう完全に確信した目がすっごく怒っていた。セドリックが犯人と断定されてること間違いなし!!　しかもその直後に駆けてきたセフェクとケメトが押さえるようにヴァルに掴まりながら、私とヴァル両方を見上げてくる。セフェクが「どうしたの」と投げかけるとヴァルが舌打ちをして一歩下がった。

「どうやら例の馬鹿王子が摘み食いしたのは料理だけじゃなかったらしい」

思いっきり核心をついたヴァルの言葉にセフェクとケメトの純粋な眼差しが私へ向けられる。もうそんなのを受けたら嘘がつけなくなるからやめてほしい。追い討ちをかけるように察しの良いケメトが「僕らにクッキーを焼いてくれてたんですか?!」と声を上げるから、それにセフェクが乗って「それも食べられちゃったんですか?!」と更に核心を深掘りしてくる。

「い、いいえ……そっちのクッキーは、……作る前にセドリックが料理を摘み食いしちゃってそのまま……。だからあの時は作れずに終わっちゃって」

ごめんなさいと、続けながらもう完全王手だなと静かに理解する。主が、プライド様が謝ることじゃないです！　とセフェクとケメト、近衛騎士の三人が慰めてくれる。続いてティアラが「悪いのはセドリック王子ですからっ！」と改めて私に言い聞かせた。

「おい王子。報酬代わりに馬鹿王子をぶっ殺させろ」

「検討しておこう」

いやいやいやいやいやいやいやいや‼

ヴァルの物騒発言にあっさりと返すステイルに物すごく焦る。まだ一番大変なことは言ってない筈なのにすごく怒ってる‼　私が許可を出さなければ人に危害は加えられませんからね⁈　と急いでヴァルとステイルへ言い聞かせると、舌打ち交じりにヴァルが「じゃあ半殺しだ」と何故か値引き交渉みたいなことを言ってきた。冗談みたいな発言だけど、目がガッツリ盗賊の目だったからはっきりと私から断っておく。食べ物の恨み本当怖い。

セフェクがヴァルの顔面に放水して「殺しとか言わないで！　ケメトの影響に悪いでしょ‼」と彼の頭を冷やしてくれた。更にケメトがヴァルの手を掴んで「それよりお料理食べましょう！」と生姜焼きを置いたテーブルに引っ張っていってくれる。未だに殺気をしまえてはいないけれど、何度も舌打ちを鳴らしながらも二人に引っ張られていってくれるヴァルにほっとする。去り際にかなり忌ま忌ましそうに「クソガキが」と呟きが聞こえたけれど、私に対してかセドリックに対してか二人に対してかはわからない。

「なァ、ステイル。……アレ使ったら一発ぐらいぶん殴る許可貰えると思うか……？」

「代償が高過ぎる。今のセドリック王子ならばそれを使わずとも拳二つほど甘んじて受けるだろう」

ッなんか今度はアーサーと物騒な会話しているし!!　!!　ステイルの肩に腕を置きながらアーサーが部屋の隅に置かれた私物の山に視線を向ける。完全に目が二人とも本気だ。更に発言から見てステイルまで殴る気満々なのがよくわかる。いくら天才王子のセドリックでも、今のアーサーとステイルを二人同時に敵に回して生き延びられる気がしない。

もう隠しようがなさそうな現状に諦めもつき、ティアラと目を合わせる。仕方ない、本当はアレも最後に渡すつもりだったけれど、これ以上白状したら折角のサプライズも半減してしまう。

視線を送ったティアラからも同意の頷きが強めに返ってきた。ステイルの視線から逃げるように一度バスケットを置いたテーブルへ駆け急ぐ。背後から何人かに呼ばれたけれど、構わず布で覆ったバスケットの中から包みを一つ取り出した。ぶら下げたカードの宛名を確認し、それを胸に皆のもとへと戻る。ティアラもすぐに隣に並んでくれて、二人一緒に改めてステイルへと向き直った。

突然のことに、ステイルは眼鏡の縁を押さえつけながら私とティアラを見比べた。アーサーがステイルの肩から手を離し、隣に並ぶようにして様子を窺う。

「……ほ、本当は、……これも最後に渡すつもりだったのだけれど……」

なんだか改まると恥ずかしい。すごく渡したい気持ちと取り下げたい気持ちが混ざり合う。緊張で口元がピクピク動くけれど、気合で必死に抑えた。ここまで来たらと思いきってステイルに包みを突き出す。

「…………摂政業務、いつもお疲れ様。私とティアラからよ」

そう笑ってみせれば、目をぱちぱちとさせるステイルが信じられないような表情でそっと包みを受け取ってくれた。「開いても……？」とおそるおそる言われ、ティアラと一緒に頷いて答える。

ステイルは止め部分から折り目まで一つひとつ丁寧に外して包みを開いてくれた。

中が割れてないか内心ヒヤヒヤしながら私はティアラと一緒にステイルの反応を待つ。今度こそリベンジできた――

ステイルの似顔絵クッキーの反応を。


……やっと謎が解けたと思った。

あの時も、プライドが泣かされたことに関しては何かを含んでいるとは感じていた。そしてさっきのプライドの発言とティアラの慌て様から確信に変わった。

『違うの！　今のは兄様のクッキーの話じゃないから!!』

今の〝は〟ということは、少なからず俺の分もあったということになる。プライドのことだから、アーサーの分の料理をした後に余った時間で菓子でも作ってくれていたのだろう。そのくらいは軽く察せる。……同時に、それを食べ損ねたことに関して怒りが湧くが。だが、折角のアーサーの昇進祝いにこんな苛立ちをいつまでも持ち越しては駄目だと気を取り直そうとした時だった。

「………ほ、本当は、……これも最後に渡すつもりだったんだけど……」

何故か少し照れたように笑うプライドに俺まで緊張してしまう。女性らしいその仕草や笑みにそれだけで動悸が速まった。話の流れから、その包みの中身は察しがついてしまう。……それでも。

「…………摂政業務、いつもお疲れ様。私とティアラからよ」

優しく笑んでくれるプライドが、俺個人に差し出してくれた品に目を疑う。プライドもティアラも、俺が王配業務を並行し始めたことは知らない。いや、それ以前にセドリック王子の摘み食いの時点でこれを贈ろうとしてくれたということは、本当に何も俺を祝う理由なんてなかった筈だ。

プライドに断りを入れ、我慢できずにその場で包みを開く。動揺しているのを気づかれたくなくて必死に取り繕うがおそらくプライドやティアラ、アーサーにはバレているだろう。包みを開けるとふんわりと微かに甘い香りが漂ってきた。それだけで目の前にいる筈の二人の笑顔が脳裏にも過り期待に胸が膨らんだ。包みの口に軽く指を入れ、中を見やすく開けばそこには……

可愛らしい、笑顔の少年を模したクッキーが入っていた。……何枚も。

一枚作るだけでもどれほどに手間だったか。しかも、一枚手に取って包みから出してみれば……、……いや。単に俺の思い過ごしや自惚れかもしれない。だが、やはり見れば見るほどそれは。

「お前の顔じゃねぇか」

ぼんっ、とアーサーの言葉に一気に熱が上がる。思わず振り向けば、アーサーが俺の真横に顔を突き出しクッキーを覗いていた。やはりアーサーにもそう見えたらしい。あまりのことに言葉が出ず、無言で見返せば俺の顔を見ながら楽しそうに「すげぇよく似てる」と笑いかけられた。

顔がだんだんと更に熱くなり、クッキーを包みの中に戻してまた別の一枚を摘む。少し顔つきが変わっていたが、やはり笑った俺の顔だった。細やかに眼鏡まで再現してある。

「時間が沢山あったから、いっぱい焼いてみたの。多過ぎちゃったらごめんなさい、でも美味しいうちに食べてくれると嬉しいわ」

いや、食べるの自体無理だろう?! 明るく言ってくれるプライドと笑顔で頷いてくれるティアラに、言いたい言葉を喉の奥で必死に抑える。こんな可愛らしい上に俺の顔までかたどってくれた菓子、勿体なくて食べられる気がしない。どう答えれば良いかもわからず戸惑っていると、ティアラがプライドの隣から「沢山あるから一、二枚くらい食べても大丈夫よ」と笑った。

もっともなのだがそれでも勿体なくて躊躇う。だがこのまま戸惑い続けているとティアラが以前のパンの時と同じ提案をしそうだと頭に過り、仕方なく一枚を摘み齧った。

カリッと良い音が歯に伝わり、咀嚼すればするほどに口の中に甘さが広がる。喉を通し、余韻に浸ればまだ口の中には擽るような甘さが残ったままだった。

「……とても、美味しいです。…………本当に、ありがとうございます」

……何でもない日に貰える贈り物が、こんなにも嬉しいものだとは。

そう思った瞬間、ふいに九年前のことを思い出して込み上げた。喉の奥に力を込めて堪えれば、突然背中を叩かれて一気に引っ込んだ。振り返ればアーサーがわかったようにこっちを見て笑っていた。俺と目が合った途端、嬉しそうに笑みを広げてきた。

「全部食うの勿体ねぇな」

ししっ、と歯を見せて笑いかけてくるアーサーに完全に全部読まれていることを理解する。少し悔しくなり、包みからクッキーをもう一枚摘んでアーサーの口に放り込んだ。「ンがっ?!」と面白い声を漏らすアーサーが、クッキーを口に含んだ途端無言になる。カリカリもぐもぐと音を立て続け、アーサーの顔を覗けば丸くした蒼い目が光っていた。

「美味いだろう?」

勝ち誇って言ってやる。意識せずとも自身の口端が引き上がる。アーサーに笑いかけるとゴクンッと喉が鳴った後に「すげぇ美味い」と言葉が返ってきた。プライドとティアラがその言葉に嬉しそうに顔を見合わせて笑う。……その直後アーサーに「っつーか！　それ全部お前の分だろォが！」と頭を鷲掴まれたが。

「残りは大事に食べさせて頂きます。……これからも頑張ります」

アーサーの手を払い、プライドとティアラに改めて向き直る。二人とも嬉しそうに笑いながら「どういたしまして」「頑張ってね」と返してくれた。……本当に、俺は幸せ者だとつくづく思う。

「本当に、こんなに精密によくできましたね」

クッキーを摘むのも勿体なくて、包みを開けて覗く。甘い香りと共に俺の顔がこっちを見て笑っていた。

「ティアラがすごく器用だったの。お陰で上手くいったわ！」

「笑顔にしたのはお姉様の案なのっ！　お陰ですっごく可愛くできたわ！」

俺の投げかけにプライドとティアラが目をキラキラさせて話してくれる。アーサーの背後から気になるように顔を覗かせるアラン隊長達にも包みの中を開いて見せれば「おぉ～‼」と声が返ってきた。

その反応に嬉しくなってしまい、思わず顔が緩むとアーサーに「今、クッキーとすげぇ同じ顔してる」と言われて一気に恥ずかしくなる。

必死に顔を引きしめると、気づかれてアラン隊長達にまで微笑まれた。するとプライドまでもが「ほんとねっ！」と嬉しそうに笑ってくるから余計に顔が熱くな……

「ステイルの笑顔、私大好きだわっ！」

〜〜〜っっ‼‼

ぼんっっ‼　と身体全体が破裂するように熱に見舞われた。「私もですっ！」とティアラの声も聞こえたが、何故か二重音のようにぼやけて聞こえた。若干目眩もする。顔が熱くて熱くて、唇を必死に引き絞って耐えるが耐えきれない。せめて手の中のクッキーを包みごと割らないようにだけ細心の注意を払う。

眼鏡が曇ってプライドの笑顔に霧がかかる。眩しい彼女の笑みが見えないと思っていると突然横から眼鏡を奪われた。見れば、アーサーが俺の眼鏡を手に悪戯っぽく笑いかけている。「良いツラじゃねぇか」と言われ、今度こそ何も言い返せなくなる。

「……わ、…………割れたら困るので、……一度置いてきます……」

だめだ、アーサーどころかプライドとティアラに礼の言葉すら出てこない。折角視界が開けたのにプライドを直視できず、包みへと視線を落としたままだった。それでも俺の言葉にプライドとティアラからは明るい返事が返ってきた。

包みの口を折り、一度俺の部屋に瞬間移動する。包みだけでも移動できたが、ちゃんと机に置いて確実に安全を確保したかった。何より、数秒で良いから一人になりたかった。

「〜〜〜っ…………不意打ち過ぎるっ……‼」

包みをテーブルに置き、その場に膝を抱えて踞る。勢いあまって膝に額を打ちつけたが、構わずその体勢のまま固まった。

あまりにも、不意打ちだった。今日はアーサーの祝いの席だと思っていたというのに。まさかこの俺までもがこんなことをしてもらえるとは思わなかった。その上、アーサーどころか近衛騎士にまで

緩みきった姿を見られてしまった!!

恥ずかしい、嬉しい、恥ずかしい、嬉しい、嬉しい嬉しい嬉しい嬉しい嬉し過ぎるっ……!!!!

誰も見てないと思った途端、顔の火照りも緩みも治らない。まずい、早く戻らないと怪しまれる！

必死に自身の頬を叩き、引きしまれと言い聞かせる。深く長く深呼吸を数度繰り返してやっと落ち着いた。眼鏡の縁を押さえつけようとして何も掛けていないことに今気づく。……アーサーめ。

時計に目を向ければ、〝そろそろ〟だった。改めて戻らなければと気を取り直し、最後にもう一度深呼吸した後に今度こそ瞬間移動をする。視界が切り替わり、見慣れた部屋から明るい祝会場へと戻った。

「ステイル！　遅かったわね」

心配したわ、と笑いかけてくれるプライドを正面から迎え、俺からも同じように笑いかける。

「申し訳ありません、プライド。うっかり書類を机から落としてしまって」

「どんだけ焦ってンだ。ほら、まだ料理あンぞ」

アーサーが背後から俺に奪った眼鏡を掛けてきた。そのまま流れるようにテーブルに置いたままだった皿を勧めてくる。若干ずれた眼鏡を今度こそ指で押さえながら位置を調整し、皿を受け取った。時間が経って冷めてしまったが、美味しそうなのは変わらない。フォークに刺し、早速味わえば先程よりも沁みてこれはこれで美味だった。

「そういえば兄様。そろそろじゃないかしら？」

ティアラがアーサーの私物の山の上に置かれた時計を眺めながら尋ねてくる。俺もさっき確認したから時間はわかっていた。そうだな、と一言返すとアラン隊長達もそれぞれ一度皿をテーブルに置き、扉のほうへと振り返った。プライドも気がついたように扉の傍まで歩み寄る。ヴァル達は変わらず食事を続けていたが、俺達の視線が纏まって変わったことに気づき、視線だけは同じ方向に動いた。アーサーだけが置いてかれたように「そろそろって……？」と全員の顔を見回した。

コンコン、と。見計らったようにノックの音が鳴る。

プライドとティアラが扉を開けようとすると、エリック副隊長が「ここは自分が」と扉を開ける役を担ってくれた。戸惑う様子のアーサーに敢えて誰も答えず扉が開かれる。

さっきの眼鏡の仕返しにアーサーの肩に手を置いて顔を覗いてやる。同時に、プライドとティアラが声を揃えて今夜最後の来賓を迎え入れた。

「お待ちしておりました。騎士団長、副団長」

次の瞬間、他の騎士達と同様にアーサーの背筋が一気に伸びた。…………………………ざまあみろ。


「ちっ……！　ッ騎、士団長！　副団長まで‼　な、なんでここに⁈‼」

まさかのスペシャル過ぎるゲストに、アーサーがこれでもかというほど目を見開いていた。……うん、驚くのも無理はない。父親且つ上司がプチパーティー中に来訪したら驚かない人はいないだろう。私だってここに父上が現れたらステイルに飛びついて速攻瞬間移動で逃亡する自信がある。

驚きのあまり完全に絶句状態になってしまったアーサーの顔をステイルが楽しそうに覗いていた。ある意味、アーサーにとっては本日一番のサプライズだったかもしれない。

アーサーの昇進祝いをすることを決めた時から、実は騎士団長に話すことは決まっていた。……というよりも、それがアラン隊長とカラム隊長からの条件だった。以前はアーサーの部屋での極秘サプライズパーティーを賛成してくれた二人だけど、今回は何故か条件つきだった。「じゃあ騎士団長にも許可取っておきますね！」とアラン隊長は騎士団長に話すこと前提でさらりと進めてしまうし、カラム隊長も「仮にも王居から抜け出すのですから、王族三名に我々騎士四名では不十分だと思います」と言われてしまった。抜け出すといっても騎士団演習場の騎士館は城の敷地内だし、護衛ならヴァル達も呼ぶしと言ったけれど駄目だった。

結果、アラン隊長とカラム隊長が騎士団長に交渉してくれ、場所が騎士の大勢いる騎士館であることと護衛として騎士団長と副団長が仕事後に合流すること、更にそれまではお酒も禁止という条件でお許しを貰えた。保護者同伴は厳しいとも思ったけれど、代わりに色々協力もしてもらえたし結果としては良かった……と思う。

「遅くなって申し訳ありませんプライド様。少々陛下への定期報告に時間が掛かってしまいました」

「この度は折角の祝会にロデリック共々お邪魔して申し訳ありません」

エリック副隊長が扉を閉じるのと同時に騎士団長と副団長が頭を下げる。いいえこちらこそと返しながら部屋の奥へと食事を勧めると、副団長が両手に大量に携えた物を掲げて見せてくれた。

「お待ちかねの酒です。……とはいっても我々は一杯だけですが」

それでもやはり乾杯は不可欠ですから。そう言ってくれる副団長にお礼を言う。アラン隊長が待ってました！　と大喜びで大量の酒瓶を副団長から受け取った。お酒……とそこでヴァルのほうを振り向けば、完全に絶対拒絶と言わんばかりに荷袋の砂を使って私達から壁を作っていた。どうやら顔も見たくないらしい。……まぁ、騎士団長なんて過去に殺しかけた張本人だから当然だろう。

配達中盗賊や人攫いを捕まえては騎士団に引き渡しているヴァルだけど、未だに配達人業務と同じようにフードで顔を隠している徹底ぶりだ。直接顔を合わす騎士以外には見られたくもないらしい。彼の前科を覚えている騎士が少なくないこともそうだけど、本人自体も騎士嫌いだから余計にだ。

一度視線を外し、今度は騎士団長のほうに向いてみればアーサーと相対していた。腕を組んで佇む騎士団長は相変わらずの威圧っぷりだ。アーサーがまるで悪さを発見された子どものように唇をへの字に曲げたまま父親を見上げていた。

「……なん、でいらっしゃるンですか、騎士団長まで……」

「プライド様の護衛だ。極秘とはいえ、王族三名を騎士四人だけでは不足と判断した」

「そう、……ですか」

自分の為のパーティーなのが気まずいのか目を泳がせるアーサーを、隣に並ぶステイルが肘で突く。

「許可を取っているんだ、遠慮する必要はない」と言われたところで、アーサーは再び騎士団長を見返した。

「……お疲れのところ申し訳ありません。でも、……」

未だ緊張が取れないのか、ペコリと頭を下げたアーサーに騎士団長より先にステイルが眉間に皺を寄せた。騎士団長は変わらずの顰め面でまさに鉄仮面状態だ。

「……ありがとうございます。…………………父上」

最後だけぼそりと小さく呟いたアーサーの声が和らいだ。いつのまにか騎士団長のことを父上と呼ぶようになったアーサーは、本当に昔とは変わったなと思う。

騎士団長もアーサーの言葉に少し表情が緩んだ。そっとアーサーの肩に手を置くと「代わりにこの後付き合ってもらうぞ」と声を掛けた。

「この後……??」

「………。クラリッサに報告に行く」

少しの間の後に断言した騎士団長の言葉にアーサーの顔が赤らんだ。片手で頭を抱えながら「勘弁して下さいよ……」と唸るアーサーはチラチラと視線を気にするように目だけが宙をうろついた。近衛騎士達は副団長と乾杯の準備をしているし、ヴァル達は完全拒絶中なので当然見ていない。それでもステイルやティアラ、ついでに私にも見られていることを確認すると余計顔を火照らせた。

「クラリッサさんってどなたですか？」

ティアラが首を傾げると、ステイルもアーサーの顔を覗いた。項垂れ気味のアーサーに代わり、騎士団長がこちらを向いて答えてくれる。

「妻です」

騎士団長の奥さん、つまりはアーサーのお母様だ。ああ〜……と納得してしまう私達に、アーサーがくぐもった声で「次の休息日で良いじゃないっすか……」と唸った。どうやらこの年で母親の話題は少し恥ずかしいらしい。「副隊長昇進の時も報告は後日でしたし」と続けるアーサーに「すぐに終わる」と騎士団長が断じる。最終的には了承したアーサーが「せめて二人の時に言って下さいよ……」と苦情を漏らしていた。

「まぁ良いじゃないか、アーサー。クラリッサさんもきっと喜ぶぞ？」

聞こえていたのか話題を知っていたのか、副団長が笑いながら離れた距離で声を掛けてきた。突然の女性の名前に近衛騎士達が今度こそ「クラリッサ？」「アーサーの恋人か⁇」「いや恐らく……」と反応する。騎士の先輩達にまで聞かれ、アーサーがすごい勢いで副団長のほうへ振り向いた。

「ックラーク‼‼　テメェは勝手に話題に入ってくンな‼」

カッとなった頭で歯を剥（む）き声を荒らげ、……固まった。どうやら、母親の話題以上の現場を見られてしまったらしい。

「すまんすまん」と愉快そうに笑う副団長の傍には近衛騎士三人がぽかんとした顔でアーサーを見ている。先輩騎士の前……いや、私達の前で堂々と副団長の名を呼び捨てにしたアーサーの顔色がみるみるうちに青ざめていった。

「……なんか、久々に見たな。アーサーのその呼び方」

「かれこれ六年ぶりですかね……」

「アーサー、親しき仲でもある程度は慎め。他の騎士に聞かれたら大変だぞ」

アラン隊長、カラム隊長、エリック副隊長が半笑い気味に言葉をかける。私やステイル、ティアラもアーサーと副団長の会話は何度か見たことがあるけれど、こうして見るのは久々だった。

青から赤に変わっていった顔をアーサーは俯き気味に片手で押さえた。そのまま「すみません……」と恐らくは副団長へというよりも私達や騎士の先輩達に返す。騎士団長を見れば少し口元が笑っていた。

「さぁ、折角のお祝いだ。早速乾杯しようじゃないか」

何事もなかったように副団長がお酒の入ったグラスを持ってきてくれる。カラム隊長やアラン隊長、エリック副隊長も手伝って私達に手渡してくれた。セフェクとケメトがテーブルに置いた酒瓶を一本ずつ抱えてヴァルのほうに戻っていく。自分で取りにいきなさいと言いたかったけれど、それだけ会いたくないということだろう。

アーサーも副団長から酒を渡されて、軽く睨みながらも受け取った。全員にグラスが行き渡ったところで私からの乾杯の合図をと、グラスを掲げる。

「アーサーの騎士隊長昇進を祝して。……乾杯っ！」

カラァンッ、と硝子(ガラス)の軽やかな音と共に「乾杯」の声が合わさり響き渡った。互いにグラスを鳴らし合う音の中、アーサーから少し照れたように「ありがとうございます」と続けられた。私も皆に合わせグラスを傾ける。……うん、美味しい。

ステイルが瞬間移動で二人の分にとっておいた生姜焼きとお味噌汁をテーブルごと持ってきてくれ、ティアラが一つ一つ二人に勧めてくれた。「お姉様と一緒に作りましたっ！　おかわりもまだありますから！」と眩しい笑顔でティアラに言われ、騎士団長と副団長も畏(おそ)れ多そうに言葉を返しながら笑顔で受け取ってくれた。グラスの酒を一度で飲み干した騎士団長と副団長が、御礼を言いながら皿を受け取り、初めて見る異世界料理をすごく珍しそうに眺める。

「……以前、騎士団に提供された鶏肉料理もそうですが、また初めて見る料理です」

「プライド様の創作料理……ですか。また贅沢(ぜいたく)な持て成しをして頂いたな、アーサー」

目を少し丸くする騎士団長と面白そうに笑う副団長がそれぞれ生姜焼きをフォークで刺した。二人に合わせるようにアーサーやアラン隊長達も再び料理のおかわりを皿に盛り始める。

私から「以前に提供した料理の中で、アーサーが好きな料理なんです」と伝えると二人とも目だけをアーサーに向けた。二人の視線に気がつかないアーサーは、アラン隊長と並んでがっつり皿に大盛りをよそっていた。それを確認した後に騎士団長も副団長もゆっくり料理を口に運び、目を丸くした。味わい飲み込んだ後、皿の料理と私を交互に見る。

「今までに食したことのない味つけです。……とても、美味です。騎士達の手が止まらないのも頷けましょう」

「プライド様は料理の腕まで長けていらっしゃるのですね。以前頂いた創作菓子も絶品でしたから」

騎士団長、副団長の褒め言葉が嬉しくてうっかり顔がふやけてしまう。お世辞とわかってても嬉しいものは嬉しい。良かったらスープも、とステイルがテーブルに置いた味噌汁を勧めると二人とも早速飲んでくれた。また褒め言葉が返ってきて、副団長が「お前はこっちのほうが好きそうだな」と騎士団長に笑いかけた。

「！　そうだ、アーサー。ハリソンとの追いかけっこはどうだった？」

ふと、思い出したように副団長がアーサーに呼びかける。アーサーがアァ?!　と声を荒らげ、……また〝しまった〟という顔をした。副団長が「今更だ、気にせず話せば良い」と続けると、さっきよりはアーサーも声のトーンに落ち着きを取り戻す。そして苦々しそうに副団長に目を向けた。

「……。……まさか、ハリソンさんが今日一日中逃げ回ったのって……」

「ああ、私から頼んだんだ。プライド様が今夜の為に一日アーサーを足止めして欲しいとのことだったから」

あっさりと認める副団長に私も苦笑いする。そう、今回のアーサーのサプライズにおいて私は下拵えを抜いても料理に殆ど一日費やすことになった。更に言えばサプライズ前にアーサーから騎士隊長昇進を聞くわけにもいかなかった。

その為、どうにかアーサーが今日一日王居に来られないようにできないかとカラム隊長達に相談したところ、今回のサプライズを知っている騎士団長達に協力を仰いでくれた。騎士団長達なら上司命令で理由をつけてアーサーを一日くらい足止めすることもできる。お陰でこうしてアーサーにバレずに料理を作ることができた。

「だからあんだけハリソンさん逃げ回ってたのかよ?!」

アーサーからの二度目の絶叫が響く。どうやら、アーサーの足止めを担当してくれたのは噂のハリソン隊……ハリソン副隊長らしい。アーサーがカラム隊長達のほうに顔を向け「先輩達も知ってたンすか?!」と目を皿にした。アラン隊長とエリック副隊長が思い出したように肩を揺らして笑う。

「いや～、流石ハリソンだよなぁ。アーサーから一日中逃げ回るとか」

「それを追い続けるアーサーも流石ですけどね」

「ハリソンは私達からの頼みではアーサーからの逃亡など聞かないだろうからな。副団長と騎士団長の御協力あってこそだ」

いやあの人前にも俺から逃げまくりましたよ?! とアーサーに叫ばれて今度はカラム隊長も笑った。アーサーはまだハリソン副隊長に好かれてることは知らないらしい。むしろ決闘直後で誤解が悪化してないか心配だ。

「そう言えばどうだった、ハリソン副隊長との決闘は」

ステイルが味噌汁を手に尋ねた。途端にアーサーが多少ぐったりと表情を暗くする。首の後ろを摩りながら「あー……」と最初に言葉を濁す。

「…………………殺されるかと思った。やっぱ怖ぇ、あの人」

どうやらやはりなかなかの死闘だったらしい。その時の戦いを思い出したのかアーサーの顔が今度は青ざめる。ステイルが「だが勝ったのだろう？」とアラン隊長達から聞いたことを確認すると「ギリッッッギリッッな」とすごく強調された。話を聞いた騎士の誰もが苦笑をしている。

「コペランディの一軍相手にしたほうがずっと楽だ。……勝てたのだって最後は完全に持久戦だった」

最前線で大活躍したらしいアーサーの言葉だとすごい説得力を感じる。更に言えばハリソン副隊長なんて本当に一人で一軍掃討しちゃっている。

生姜焼きを一口で食べきり最後に飲み込んだアーサーに続き、アラン隊長が「いや、かなりすごかったですよ?!」と楽しそうに話題に加わってきてくれた。

「ハリソンの本気の速度に反応できる奴なんて騎士団でも数えるくらいしかいませんし、俺が見にいった時は完全に互いが拮抗(きっこう)してました」

「アーサーの剣には騎士の誰もが圧倒されてましたよ。……そのせいで最初、ハリソン副隊長から完全に射撃の的にされていましたが」

「最後は本当に死人が出るのではないかと七番隊の騎士が数人控える事態になりました」

アラン隊長、エリック副隊長、カラム隊長の順にその時のことを話してくれながら、最後にアラン隊長が「ていうか最後は本当にどっちか死んだかと思ったよな？」と軽い調子で付け足すと、全員から頷きが返ってきた。……本当に熾烈(しれつ)だったらしい。

「……い、……生きていて良かったわね。アーサーも、ハリソン副隊長も」

私がなんとか言葉を絞り出すと、アーサーから「ありがとうございます……」と相槌(あいづち)が返ってきた。

特殊能力者の治療を入れても三日絶対安静の怪我なんて相当だったのだろう。

「ほんっとに……あの人は絶対敵に回したくないっす……」

最後のアーサーの溜息交じりの言葉に、敵どころか本当は過激派レベルの味方だと言ってあげたい気持ちをぐっと堪えた。


「ねぇ、……いつまで引きこもってるの？」

騎士団長達との話が終わった後、私は部屋の隅に砂の壁で断絶状態を作っていたヴァルを覗き込んだ。砂の量が足りなかったのか、本人達を覆うほどの範囲ではなかった。裏側に回り込んで見てみれば、セフェクとケメトが運んできてくれたお酒をがっつり楽しんでいる姿があった。……大分機嫌は悪そうだったけれど。

テーブルの上に並べた皿の料理はおかわり用も含めて、欠片ひとつ残さず食べ尽くされた。お酒も騎士達は一杯だけだったし、料理が売り切れた時点からは談笑が続いている。当然、その談笑にヴァルが加わるわけもない。前世の逸話にあった天の岩戸じゃあるまいし機嫌悪いからって引きこもられてしまうと招いた側としても申し訳ない。本当に嫌々いるんだぞ感が全身から漲っている。

私の声掛けにヴァルとケメトが同時に顔を上げて「主」と私を呼んだ。セフェクが「お料理、すごく美味しかったです！」と挨拶をしてくれ、ケメトも「また食べたいです！」と続いてくれた。二人に笑顔で返してから、私は改めてヴァルに目を向ける。

「貴方にとって愉快でない布陣だったことは謝ります。でもちゃんと貴方にも御礼したかったので」

「礼なんざ要らねぇ。好きに命じろと言った筈だ」

きっぱりと言葉を切り捨てるヴァルは、酒瓶に直接口をつけて喉を鳴らすと「どうせなら馬鹿王子を半殺す許可をくれ」と言葉を続けた。完全に国際問題案件なので当然ながら了承できない。

　そんなにクッキーが食べたかったのか、ケメトとセフェクの分を取られたことを怒ってくれているのか。それとも料理だけじゃ不満だったのだろうか？　お酒ならここでなくてもアネモネ王国で浴びるほど摂取しているらしいもの。

「……料理、口に合わなかった？」

「………………合わなかったらこんなに食えるかよ」

　私の疑問にうんざりとヴァルが空になった皿を見せつけてきた。そういえば確かに何回かおかわりもしてくれていた。契約の効果で私に嘘はつけないヴァルだし、御世辞や気遣いではないだろう。

……まぁ、そうでなくてもヴァルが私にそんなことするとは思わないけれど。

　更にはケメトとセフェクが声を合わせて「美味しかったです！」と言ってくれる。取り敢えず三人とも料理には不満がなかったようなのでそれにはほっとする。

「……胸糞わりぃ連中が多過ぎるだけだ。飯や酒の問題じゃねぇ」

　しかもこの部屋自体が騎士共のど真ん中だ、と答えるヴァルが口元の酒を指先で拭った。

　確かにここには王族と騎士というヴァルの嫌いな人種しかいない。いっそ王族ならステイルにレオンを連れてきてもらえばヴァルもここまで暇はしなかっただろうか。でも今回のメインはアーサーの昇進祝いだし、王族の規則を重んじるアネモネ王国のレオンじゃ誘ってもきっと断られただろう。

「アーサーも、エリック副隊長も、カラム隊長も、アラン隊長も、ステイルも、騎士団長も。……貴方には感謝していると思うわ」

「迷惑だ。……気分わりぃ」

バサリ、と苛立ち気味な返答が返ってきた。でもなんだか彼らしいといえば彼らしい。

アーサーやエリック副隊長、そして騎士団長の話によるとヴァルのお陰で最前線の戦闘も早期決着に進められたらしい。以前ヴァルに、それを母上に報告すれば褒賞とか貰えるかもと提案したけれど断られてしまった。むしろ隠せ、口止めしろと食い気味に望まれた。本人的には騎士を助けたという事実自体自分の経歴から消したいらしい。

カラム隊長を助けてくれたことに関しても私は本当に感謝しているし、カラム隊長本人もそしてアラン隊長も……とは思うけれど、少なくとも私の前で彼らがヴァルに御礼を言っているのは一度も見ていない。騎士団長やアーサー達も全くそれに関しては報告以外話題にすらしようとしない。こうしてヴァルの存在には気がついても話しかけようとする人もいないし。命を助けられたカラム隊長とか、性格的には真っ先に御礼を言いそうなのに何も言おうとする気配もなかった。

でも、無理がないとも思う。ヴァルが六年前の事件で唯一の生き残りなのは変わらない事実だし、ヴァルが彼らからの感謝を望まないように彼らもヴァルに感謝をするわけにはいかないだろう。お互い触れず関わらずが一番の妥協点なのだと思う。でも、……

「私は感謝しています。…………本当に、助かったもの」

騎士達が言えないならその分、私から感謝したいと思う。ヴァルがいなかったら取り返しのつかないことになっていたし、救えなかった民も確実にいただろう。

私の言葉にヴァルは訝しむように片眉を上げた。そのまま無言でまたお酒を口に含む。グビリ、とさっきよりはっきりと喉を鳴らす音が私の耳まで聞こえてきた。よく見ると空の酒瓶がヴァルの陰に何本も転がっていた。まぁ、私もステイルもティアラもあまり飲まないし、騎士達は一杯だけだと言っていたから良いのだけれど。

……そう言えば、何故こんなに大量に騎士団長達は持ってきてくれたのだろう。この半分の数でも充分足りる量になっただろうに。

気になってヴァルが足元に並べている未開封の酒のラベルを覗くと、なかなか結構上等なお酒だった。そう言えば確かに美味しかったもの。私もお城でそれなりに良いお酒は飲み慣れているけれど、それでもこのお酒は美味しく感じた。

今回のお酒はカラム隊長達が自分から請け負ってくれて、自分達が合流するまでは一杯も飲まないようにと騎士団長達が持ってきてくれたものだ。てっきりアーサーのお祝いだから奮発したなとしか思わなかったけれど、……。…………いや、やめておこう。

これ以上考えても口に出しても野暮にしかならない気がする。ヴァルも大量のお酒には満足しているらしいし、ここは私の妄想で留めておこう。

「…………ありがとう。これしかお返しできなくてごめんなさいね」

料理だけで感謝の気持ち全部を彼に表明できるとは思わないし、この空間に彼を押しつけてしまったことを入れるとプラスマイナスゼロかもしれない。この後のアレで少しでもプラスになれば良いのだけれどと思いながら彼に伝えれば、ヴァルは酒瓶を一度下ろしガシガシと頭を掻いた。

「…………返してるのはこっちだ。主に返される覚えはねぇ」

面倒そうな声色で、視線を私ではなくケメトとセフェクに移しながら呟いた。……どういう意味だろう。結論、私からのお礼も迷惑だとかそういうことだろうか。

わからずに首を捻る私にヴァルは頭が痛そうに顔を歪めると、半分近く残っていた酒瓶を一気に飲み干した。ぷはっと息をつくと今度はいつものニヤニヤと馬鹿にするような笑みを向けてきた。

「そんなに俺様に礼がしたいってんなら、主も隣で飲むか？」

コンコン、と空き瓶で自分の隣を叩くヴァルが試すような目で私を見てきた。一応セフェクとケメトの為のグラスはあるけれど、少なくとも王女の私が人のグラスを使うわけにも酒瓶を一緒にラッパ飲みするわけにはいかない。なら、礼にお酌でもしろという意味だろうか。

壁の内側に入り、勧められた通りにヴァルの隣に並ぶと何故か少し意外そうな顔をされた。ぱちくりと目を開く様子が少しケメトに似ていた。ドレスを床につけるわけにもいかず、座っているヴァルの横に立って隅の壁に寄りかかると、砂の壁に隠れて少しだけ個室気分になった。

「お酒注げば良いの？」と酒瓶の蓋を開け……ようとして、コルクが抜けない。ぐぐっと苦戦していると、ヴァルが鼻で笑うようにして手を伸ばしてきた。諦めて酒瓶を手渡すと、指の力だけで開けられてしまった。…………なんか、すごい敗北感。

受け取ろうとしたら、逆にヴァルが酒瓶を片手にしたまま立ち上がってきた。愉快そうに再びニヤニヤとした笑みを向けながら、私の背後の壁に手をついて顔を覗き込んでくる。軽く壁ドン状態だなと、冷静に思う。

「どうしても俺様を悦ばせたいってんなら、隣にいてくれるだけでも構わねぇぜ？　……朝までな」

そのまま鋭い眼を至近距離まで近づけてくる。ニヤニヤ引き上げた口元からお酒の匂いがした。

「どうする？」と続けられ、更に声が低められる。

「何ならいっそ、主が直々に今夜部屋まで招いてくれりゃあー……」

「ッそこで何をしている?!!!」

「ヴァルテメェッ!!!!」

ヴァルの言葉を上塗りするように、突然ステイルとアーサーの怒鳴り声が飛び込んできた。お酒一杯だけの筈なのに何故か二人とも若干顔が赤い。

ステイル、アーサー、と振り向けばヴァルから大きな舌打ちが放たれた。何かと思ってまたヴァルを見れば、変わらずさっきと同じにやけ顔を二人に向けている。

「別になぁ〜にもやっちゃいねぇぜ？　見た通り契約にも引っかかってねぇ」

「未遂だろう?!　姉君を物陰に引き込むなど!!」

「っつーか人の部屋ン中でふざけンな!!!!」

……申し訳ないことに本当は物陰に入ってしまったのは完全に私の自己責任だ。けれど、二人の反応が楽しいのか心なしかヴァルの顔はさっきよりも愉快そうだった。

アーサーが私とヴァルの間に割って入るように飛び込むと、ステイルが瞬間移動で私をヴァルから引き剥(は)がした。……まぁ確かに傍(はた)から見たら酔っ払いの絡みだっただろう。でも彼が全く酔ってないこともいつも通りの冗談なのも知ってる私としては、大して怒る気にもなれない。隷属の契約で互いの合意がないと色事行為ができないとわかった上でのからかいだ。正直、この二年で彼の冗談にも大分慣れてしまった。

「ケチケチすんなよ？　主とは朝まで過ごした仲だ」

ッちょ……!!!!

ヴァルの爆弾発言に、ステイルとアーサーだけでなく私も目を見開く。ずっと私達を見ていたケメトとセフェクがコクコク頷くから余計に信憑(しんぴょう)性が出て嫌だ!!　今度は私が「その言い方は誤解を招くからやめて下さい!!」と怒鳴る羽目になる。

　対してヴァルは笑みをそのままに、むしろ更に強めて「嘘じゃねぇだろ？」と言ってきた。確かに嘘じゃないけれど!!　防衛戦後に休んでいた私の部屋の隅にヴァルもセフェクやケメトと一緒に一晩過ごしてたけれど!!　でもなんか違う意味に聞こえるし！　それに大体そんなことを言ったら!!

「アラン隊長とカラム隊長とだって私は朝まで一緒に過ごしましたッ!!!!」

　思わず子どもの喧嘩のように手でその場からアラン隊長達のほうを指し示す。直後、ブフッ!!!!とかゴフッ！　ゴホッ!!　とすごい音が聞こえてきた。振り返ると、アラン隊長とカラム隊長が顔を真っ赤にして口を押さえている。アラン隊長に至っては口元を手の甲で拭っているから水を噴き出したのかもしれない。二人ともゴホゴホとまだ咳き込んでいるし、大分勢いよく噎せたらしい。更にはエリック副隊長も顔を赤くしてアラン隊長達と私を見比べ、騎士団長も噎せたのか口元に拳をつけて咳き込んでいた。副団長だけが彼らの様子を可笑しそうに苦笑している。……どうやら私が大声を上げたせいで皆に聞こえてしまったらしい。

　噎せて副団長に背中を叩かれた騎士団長が眉間に皺を寄せたままアラン隊長とカラム隊長を見ると、二人とも大慌てで「違います!!!!」と訴えていた。いや確かにあの時二人も護衛で一緒にいた筈なのだけれど!!

「俺の傍ですやすや寝てたよなあ？　主」

「セフェクとケメトもいたでしょう?!」

「寝顔もちゃあんと眺めてたぜ？　夜通しな」

　なんでこの人はこういうところだけ舌が回るのか!!　嘘じゃないギリギリの言い回しをしてくる上

に私の言い返しすら物ともしない。むしろムキになる私を遊ぶように眺めてくる。アーサーとステイルがヴァルと私の台詞の度に交互に目を向けてくるから余計にヴァル一人が楽しそうだ。私からも言い返すべく頬を膨らませ、声を張る。

「ツですから！　それならアラン隊長とカラム隊長も……」

「ツプライド様それ以上は‼‼　ごっ……誤解が、広がるんで……‼」

突然、私の言葉を打ち消すようにアラン隊長の上擦った声が上がった。振り返れば顔がさっきよりも真っ赤だ。一体どうしたのだろう。何故ヴァルの言葉ではなくて私の発言を……、……あれ？

「……～～っ⁈　ち、ちちちち違います‼‼　そうではっ……そうではなくて‼　防衛戦後に私の部屋に夜通し護衛で二人がいてくれて！　ヴァル達もその時に部屋にいたという意味でっ……‼」

やっと自分の失言に気がついた私は急いで誤解を解く。主に騎士団長に向かって。

折角、アラン隊長もカラム隊長も減罰で済んだのに、変な誤解のせいで今度は首を刎ねられる案件になってしまう。しかも物すごい恥ずかしい誤解発言をしていたと気づけば私も顔が熱くなる。

私の訂正に、騎士団長が疲れたように長い溜息をついた。副団長がくっくっと笑いながら騎士団長の肩に手を置いている。更にはそれに安堵するようにアラン隊長とカラム隊長がぐったりと項垂れてしまった。エリック副隊長が顔の赤いまま急いで二人に水を差し出していた。

アーサーとステイルも顔を火照らせたまま肩全体でぜぇぜぇと息をついている。呆れてしまったのか、どこか足元が覚束ない様子でフラついていた。ティアラが「わ、私もその夜はお姉様にずっとついていましたよねっ」と加わってくれて、私も全力で同意した。

その間、ヴァルはゲラゲラと始終笑い声を上げていた。完全にからかいが大成功して上機嫌だ。彼の位置からは私とステイル、ティアラ、アーサーしか見えていないけれど、それでも充分楽しそうだった。自分で開けた酒瓶をそのまま直接グビ飲みし始める。セフェクとケメトは首を捻りながら私達の顔色とヴァルを見比べていた。

「……っ、……姉君。そろそろ時間も頃合いでしょう……、俺達も部屋に帰らなければ」

ステイルが眼鏡の縁を押さえながら気を取り直すように話を切ってくれた。時計を確認すれば、もうそれなりの深夜になってしまっていた。アーサーはこの後騎士団長と家に帰るようだし、確かにそろそろ切り上げたほうが賢明だろう。

そうね、と言葉を返すとエリック副隊長達が手早く片付けを始めてくれた。

「まずはお前からだ。元いた場所で良いな？」

ステイルが溜息交じりにゆっくりとその足をヴァル達へと動かした。ヴァルは一言答えると、砂の壁を解いて再び荷袋の中に戻した。砂が蛇のように荷袋の中に入っていく様子は、まるで使役した使い魔のようだ。

更にはまだ飲みきっていない未開封の酒瓶をおもむろに数本鷲掴む。そのまま「構わねぇな？」と私に尋ねてくるから、持ってきてくれた騎士団長達に振り返ってみれば無言で一度だけ頷かれた。

私がそれを確認してからヴァルに許可すれば、少し機嫌良さそうに持ち帰る本数を増やし始めた。……どうやらかなり気に入ったらしい。最終的にはまた荷袋の砂を操ってあるだけ全部を砂の絨毯に載せだした。戻った後もこれは確実に晩酌コースだろう。

そこまで考えて、ふとすごく大事なことを思い出す。「あ」と思わず声を漏らしたまま慌てて「ちょっ、ちょっと待ってステイル！」とヴァル達を瞬間移動させようとするところに待ったを掛けた。

私の突然の声にすぐ振り返ってくれるステイルと、まだ何かあるのかと言わんばかりに片眉を上げるヴァルを置いて私は急ぎバスケットを取りに走った。私よりバスケットの近くにいたティアラが先に取って私に渡してくれる。ティアラにお礼を伝え、ヴァル達だけでなく皆に向き直る。
「最後に、私とティアラからお土産をご用意しました。……といっても、ただのクッキーですが」
最後は苦笑いしてしまう。ステイルの似顔絵クッキーみたいな手の込んだデザインじゃない、単純なお花形のクッキーだ。それでも可愛く包装もできて、パッと見は悪くないと思う。

既に私とティアラが作っていたことを知っているカラム隊長とエリック副隊長は気がついたように笑んでくれたけれど、知らなかった人達は目を丸くしていた。

そんなに勿体ぶるものでもないし片腕にバスケットを下げたまま、最初に帰ろうとするヴァル達に駆け寄る。口の部分を結んだ紐(ひも)に付けたカードの宛名を確認し、バスケットから一個ずつヴァル、セフェク、ケメトに手渡していく。

セフェクとケメトは嬉しそうに「ありがとうございますっ！」と声を弾ませてくれたけれど、ヴァルは瞼(まぶた)をなくした目で無言だった。……残念ながら反応はあまりない。さっきクッキーを食べたかったみたいな反応があったから、てっきり少しは喜んでくれるかなと思ったのだけれど。やはりクッキー単体よりも自分の物になる筈のものがなしになったことに腹が立ったのだろうか。

殆ど無反応なヴァルの代わりに、何故か砂の絨毯が所々崩れて酒瓶がゴトリと落ちた。低空だったから落ちても割れずに転がるだけだったけれど、気づいたセフェクとケメトが急いで拾い集めてあげていた。セフェクが「ちょっと！　割れたらどうすんの！」と声を上げた途端、ヴァルが視線をクッキーの包みに向けたまま手だけを動かして砂の絨毯の崩れた部分を修正した。

視線を落としたままのヴァルは、二度ほど瞬きをした後に包みの口のカードを摘んで開ッ……!!

「ッ開かないで下さい!!!!」

思わず大声を上げてヴァルを制止する。私の命令に、ヴァルの指先がピタリと止まった。酒瓶を元通りに置き終わったセフェクとケメトが驚いたように自分達の包みのカードを見つめる。……危なかった。

「その、……皆さんもお渡しした後カードはまだ開かないで下さい。どうか私がいなくなってから読んでください。…………………………恥ずかしいので」

ギリギリで防げたことにほっと息をつきながら、自分で言って顔が熱くなる。別に大したことは書いてない。それでも、自分の前で読まれるのはすごく辛いものがある。仮にも音読なんてされた日には確実に顔から火が出る。

目の前にいるヴァルが顔を怪訝に歪めたけれど、それでも無言で命令通りにカードから一度手を離してくれた。

「また厄介なモンを……」

……何やら溜息交じりに苦情が聞こえた気がした。見ればかなりぐったりとした表情でクッキーの包みを手に抱えてくれていた。確かヴァルは甘いもの大丈夫だった気がしたのだけれど、もしかしてクッキーは苦手だったのだろうか。だったら悪いことをしたなと思い「食べられなかったらセフェクとケメトにあげて下さい」と言ったら、何やら鬱陶しそうに片手でパタパタと払われた。

「ちげぇ」とヴァルは低い声で応えると、気を取り直すように砂の絨毯に歩み寄り片足で踏みつけた。

更にケメトとセフェクがヴァルに掴まると、ステイルが眼鏡の位置を直しながら再び彼らへ歩み寄る。

「では、姉君。彼らを帰しても宜しいでしょうか？」

一言改めて確認を取ってくれるステイルに私からも答える。手を振ってくれるケメト、セフェクとどこか憮然とした表情で私を睨んでいるヴァル達を見送り、次の瞬間には酒瓶ごと姿が消えた。

「そういえば姉君、俺のクッキーのカードは……」

パンパンっ、と軽く両手を払うステイルが首を捻る。何を言わんとしているかはすぐにわかり「あぁ！」と声を上げながら私も問いに答える。

「ええ、ステイルのは宛名だけのカードよ」

笑顔で返しながら、私は次に騎士団長達へ渡す分をとバスケットの中を探った。たぶん、ステイルへのクッキーに付けたカードは二つ折りのものではなかったから不思議に思ったのだろう。流石ステイル、渡してからちゃんとそこまで確認してくれていた。

クッキーの包み二つを手に私は騎士団長と副団長に駆け寄る。……何故かティアラが私の隣でクスクスと笑いを堪えていたけれど。視線の先にチラリと目を向けてみれば、棒立ちになったステイルの肩にアーサーが手を置いていた。

「騎士団長、副団長もどうぞ貰って下さい」

本当に大したものではありませんけど、と笑いながらティアラと一緒に一つずつ手渡しする。

騎士団長も副団長も、両手で丁寧に包みを受け取ってくれた。副団長が「クッキーのほうは今一口頂いても構いませんでしょうか？」と聞いてくれ、私も頷いた。

副団長は口の部分を開くと花形のクッキーを一つ摘んで早速食べてみせてくれた。

「流石、お上手です。とても甘くて美味しいですね。残りも大事に食べさせて頂きます」

カリッという音の後に笑みで返してくれた副団長に、私も「良かったです」と返しながらティアラと一緒に照れ笑いを浮かべてしまう。騎士団長も隣で私に笑みながら「ありがとうございます」と頭を下げてくれた。

「近衛騎士の皆様も、是非」

騎士団長達に続き、アラン隊長、カラム隊長、エリック副隊長にも手渡した。何も知らなかったアラン隊長は特にすごく目を輝かせて受け取ってくれた。カラム隊長やエリック副隊長はカードのことは知らなかったからか、お礼を言ってくれてからは中身よりも宛名の書かれた表部分のほうを摘んで見つめていた。

「前回の時も、お姉様は近衛騎士の方々の分も作るおつもりだったのですよっ！」

ティアラがどこか自慢げに言ってくれると、今度は三人とも驚いたように大きく開いた目を私へ向けてくれた。なんだか気恥ずかしくなってしまい、その視線に照れ笑いで返してしまう。

「………以前に、食べると言ってくれたので。……やっとお渡しできて嬉しいです」

社交辞令（しゃこうじれい）だったのかもしれないけれど、あの時の優しさにやっと返せたのだと思うと嬉しい。そう思って見返せば、……何故か三人とも顔がやんわり赤い。どうしたのだろう、まさか第一王女相手に催促したみたいになったとか心配しているのだろうか。ありがた迷惑になってしまったらと思い、急ぎ私から「あのっ、でも私が御三人に食べて頂きたくて作っただけですから！」と訂正を入れた。

………何故か余計に火照りが増した。

駄目だ、私本人がどれだけフォローを入れても気を遣わせたとしか思ってもらえないのかもしれない。これ以上の言葉が思いつかずとうとう私まで黙って三人を見返してしまう。すると慌てた様子で気遣うように騎士達が言葉を返してくれた。

「きょっ、恐縮です……。まさか我々のことまでお気に留めて下さっているとは思いませんでした……！」

「あっ、あり、ありがとうございます‼　だっ、大事に頂きます‼」

「はい……！　本当に……〜っ、……ぁ……ありがとうございます……‼」

カラム隊長、アラン隊長、エリック副隊長が順々に言葉をくれる。でもまだ緊張した様子で顔が赤い。エリック副隊長に至っては若干涙目な気がする。喜んでくれているみたいで嬉しいけれど、やっぱり第一王女と第二王女からの贈呈って物が何でも緊張するものなんだなと改めて思い知らされる。

……ちょっと寂しい。その後に、ティアラが「皆さん喜んで下さって良かったですねっ！」と笑いかけてくれてやっと私も肩から力が抜けた。ええ本当にと返しながら改めて三人に挨拶をし、最後にアーサーへ向かった。

「えっ……俺の分もあるンすか……?!」

アーサーがステイルに並んだまま目を丸くする。もうこんな御馳走(ごちそう)まで貰ったのに?!　と驚いてくれて、それだけでアーサーの分も用意して良かったと思う。私のバスケットからティアラが包みを取り出すと、最後の一個を手渡してくれた。「どうぞっ」と声を弾ませるティアラにアーサーが笑顔で包みを受け取る。ありがとな、とティアラに言葉を返すその目が本当に嬉しそうだ。そのまま頭を撫でようとティアラに手を伸ばしたけれど、直後に騎士団長達が見ていることに気づいて無言で引っ込めていた。ティアラもそれに気づいて可笑しそうに笑ってる。その後アーサーは受け取った包みをまじまじと見つめ、……気づく。

「……あれ。俺のも……………宛名だけ……なんすね」

目を一度だけぱちくりさせて呟くアーサーに、さっきまで棒立ちだったステイルが「なんだと？」と反応した。アーサーの手の中の包みを覗き込み、驚いたように宛名だけのカードを摘んで確認する。

……もしかして、自分だけメッセージなしで仲間外れにされたのがショックだったのだろうか。

二人で顔を並べて宛名だけのカード眺めているステイルとアーサーに、ティアラが悪戯っぽく笑った。クスクスと楽しそうに笑った後、その笑みを私に向けてくれる。

ティアラの反応に、ステイルとアーサーが同時に顔を上げてまじまじと私達を見つめた。ステイルが少し躊躇するように声を抑えながらその口を開く。

「姉君……、……その、もし宜しければ……何故俺とアーサーだけ……、……なのか……教えて頂けませんでしょうか……？　……っいえ、もうあの贈り物だけで充分に嬉しいのですが……！」

すごく言いにくそうに絞り出すステイルに、アーサーも無言で何度も頷いた。なんだか二人の反応が可愛くて、私もティアラに並んで笑ってしまう。

ティアラが「どうぞ、お姉様から是非」と小さく私に囁いてくれ、私も承知した。バスケットに再び手を入れると、残された二つを指先でそっと摘み上げる。

「だって、二人にはこれがあったから」

同時に目を丸くする二人に笑いかけながらも、口にした途端自分まで急激に緊張してきた。若干口元がピクピク震えながら、バスケットから取り出したものを二人にそれぞれ差し出した。

アーサー、そしてステイル宛の手紙を。

今日が俺の命日だろうか、と。熱し出す頭で変に冷静に馬鹿げたことを考えてしまう。動悸が止まらない。心臓の音が煩くプライドの声すらはっきり聞き取れない。自分が今、どんな表情をしているかもわからない。

プライドが、……俺宛のクッキーには宛名しかないと言った時は……少なからずショックだった。あのクッキーで、充分過ぎるほど嬉しいのは嘘ではない。ただ、それでもヴァル達や騎士達に配られた品にはあったそれに俺宛だけ省かれたのは何故かと。やはり弟宛にわざわざ書くほどのことはないということかと考えた。

それに、言葉ならばクッキーを受け取った時にはちゃんと貰った。あれで、あの笑顔だけでもやはり充分ではないかと頭の中で自分を必死に納得させようとしていた時。

『……あれ。俺のも…………宛名だけ……なんすね』

まさかのアーサーまでも。プライドとティアラはアーサーの為に昇進祝いの料理を用意した。贈り物をした相手だけは除外したということなのか、だがわざわざプライドが何故そんなことをと全く意図が理解できなかった。そんな俺に俺達に、笑顔を向けるプライドが差し出してくれたのは。

「だって、二人にはこれがあったから」

……手紙。封筒にはそれぞれ「アーサーへ」「ステイルへ」と宛名書きが記されていた。片手に一枚ずつ摘れたその品に、俺は当然のことながら隣に並ぶアーサーも動きを奪われた。封筒は俺のもアーサー宛のも凄まじい厚みだ。何か手紙以外が入っているのかと疑うと、プライドが気づいたようにはにかんだ。

「……実は防衛戦前に書いたものだったのだけれど、今日の為に更に書いたらすごく長くなっちゃったの。読みにくかったらごめんなさい」

とんでもありません！　と頭で考えるより先にアーサーと声を合わせていた。ならば全部が手紙ということだ。間違いなくプライドから俺達に宛てた手紙だ。あのプライドが、彼女が、俺に、そしてアーサーにだけ思いの丈を綴って（つづ）くれた手紙がここにある。しかも、防衛戦前ということは恐らくアーサーの副隊長昇進祝いをする筈だったあの日に渡すつもりだったのだろう。

「〜〜〜っ……」

考えれば考えるほど顔が熱くなる。差し出される手紙をそのまま凝視していると、だんだんとブレてきた。俺の視界がぼやけたのかと思えば違った。俺ではなく、手紙を差し出してくれているプライドの指先が震えていた。顔を上げ手紙からプライドに視線を変えると……

プライドの顔が、真っ赤だった。

笑顔を作りながらその口元が俄かに痙攣（けいれん）している。思わず息が止まりそうになった。頭が真っ白になりかけると、プライドが手紙を摘んだままの手を小さく下げた。どうしたのかと茫然としたまま見つめると、真っ赤に染まった彼女が今度は不安げに上目で俺達を覗いてきた。

「受け取って……くれる………？」

っっっっっっ‼‼

気がつけばアーサーと同時にプライドからの手紙へ手を伸ばし、掴んでいた。しまった、あまりに現実味が薄れ過ぎてずっと手紙を受け取らず眺めたままだった。

ありがとうございますと言葉を返しながら、手紙を今度こそ受け取った。指先で摘んだ時に改めて中身の厚みに驚く。プライドが手紙を書くなど今まで政治と社交関係以外であっただろうか。今すぐに読んでしまいたい衝動に駆られながら、部屋に戻るまでは我慢しようと己自身に言い聞かせる。

よかった、と俺達が受け取ったことに安堵した様子のプライドの笑みに、心臓が余計に酷く内側を叩いてくる。このまま死んでしまうのではないかと思うほど激しく叩かれ、片手で胸を押さえる。

「あまりこういう手紙を書くのは慣れてなくって。やっぱりちゃんと書く練習もしなきゃダメね」

口元に手を添えながら恥ずかしそうに笑うプライドに、……手紙以上に目が離せなかった。


「あまりこういう手紙を書くのは慣れてなくって。やっぱりちゃんと書く練習もしなきゃダメね」

……死ぬ。本気で、死ぬ。

口元を隠して、顔を赤く染めたまま笑うプライド様に目が離せない。指の力だけで手紙を摘み、絶対なくさないようにと胸に留める。少しでも気を抜くとプライド様のあの笑顔に意識全部が持ってかれちまいそうで。

ステイル宛のカードに何も書いてねぇのは不思議だった。もしこれが俺宛のカードだけ何も書いてなかったら驚かなかった。プライド様が俺の好きなモン作ってくれて、祝いの言葉をくれただけで死ぬほど嬉しかったから。……。…………まぁ少し……残念だったけど。

カードのメッセージがなくて。……なのに、そこでこの手紙はずる過ぎる。近衛騎士としてプライド様の傍にいることが増えた今、この手紙の貴重さは恐いほどよくわかっている。

プライド様は毎日山のように手紙を貰ってる。単純な交流や繋がり目的や招待から、国内外のいろんな身分の男性から。それにプライド様はちゃんと全部目を通していることも知っている。でも、プライド様がその恋文に返事を書いたところは見たことがない。

招待状や社交目的の返事だって一枚で済むぐらいの分量だ。なのにこんなすっげぇ分厚い量の手紙、一体どんぐらい時間を掛けて書いてくれたんだろう。国内の貴族や国外の王族宛にすらこんな分厚い手紙を出していなかった。なのに、それを俺なんかが。

考えれば考えるほど頭が沸騰しそうで、熱くて熱くて、息するのも何度か忘れた。すげぇ嬉しいし、早く中身を読みたい。けど同時に、畏れ多すぎて読むどころか封を開けるのもすっっげぇ躊躇う。プライド様の前じゃなくても気軽には開けられない。一体どんな時に読めば良いかも……

「本当は書き直そうかとも思ったんだけど、……二人のこと考えたら歯止めがきかなくて」

一瞬、本気で頭が吹っ飛んだ。俺達のことでそんなに顔を赤くしてくれている、その笑顔に。頭がグラグラ揺れて、地震かと思ったぐらいで。この手紙を書いた時プライド様は俺のことだけ考えてくれたのかなとか思ったら、自惚れってわかっていても心臓がすげぇ音を立てて全身を振動させた。

プライド様にこんな可愛い顔をさせちまったのがステイルと俺なんだなと思えば、嬉し過ぎて顔に出そうになる。反射的に口を腕で押さえ俯く。……それでも、まるで杭が刺さったみてぇにプライド様から目が離せない。

「その……一体どんなことを書いて下さったのでしょうかっ……」

俺の耳にまで届くぐれぇにゴクリと喉を鳴らしたステイルが、思いきるみてぇに上擦った声で尋ねた。すげぇこと聞けたなと思いながらも俺も気になって、腕を顔から離して口を絞りプライド様を見つめる。

プライド様は少し表情が固まった後、何故か視線を俺らから逸らしちまった。パクパクと口を開けて、顔の赤みが増すプライド様から途中で息遣いぐらいの音で答えが返ってきた。

「……く、…………口で言うのは恥ずかしいことです……」

っっっ⁉⁉‼‼　あの、プライド様が⁉‼　驚きのあまり逆に声が出なかった。ぐわっと身体中の血が上昇したみてぇに熱くなる。ステイルも俺と同じみてぇにまた固まった。

今まで色んな言葉をくれたプライド様が恥ずかしいと思うことって一体どんなことだと、考えたくてももう頭が回らない。

「へっ、変なことは書いてないから‼　そのっ、人に見せ……られるのも恥ずかしいけれど‼　でも少なくとも私個人の前で読んだり話すのだけはやめてほしいだけでっ……！」

こっちに目を向けて、俺らの反応に気づいたプライド様が慌てたように声を上げだした。いや絶ッッ対に誰にも見せねぇし、プライド様の前で読むなんてそれこそ俺のほうがどうにかなっちまうから絶対にしねぇけど。

ガチガチに固まって、今度こそ言葉が出ねぇ俺達にプライド様も顔を赤くしたまま困ったように眉を垂らして寄せた。早く何か言葉を返さねぇといけないのに頭が真っ白で何も出てこない。このまま窒息死するんじゃねぇかと思った時、ティアラが「きっとお姉様のことですから、とっても素敵なことを書いて下さったのだと思いますっ！」と間に入ってくれた。

そのまま「読むのが楽しみですねっ。アーサー、兄様！」と続けてくれたから、ステイルと一緒に思いきり頷いて見せた。やっと少し声が出るようになって、ありがとうございますと返したらプライド様が嬉しそうに笑ってくれた。その笑みのまま「でもね」と一度言葉を切られ、続きを待つとまた照れたように指先で小さく頬を掻く。

「あの料理も、クッキーも、それに負けないくらい特別なのよ」

……すっげぇ眩しい笑顔が、直撃してきた。この人は何度俺の息を奪えば気が済むんだろうと思うぐらい、眩しかった。「ねっ」とティアラに笑みを向けて笑い合ったプライド様が本当に綺麗で、可愛くて。

「だって、あれはティアラも一緒に作ってくれたものだもの。二人の為に、私達二人の、更に二回分の気持ちが詰まっているんだから」

二回分。……プライド様の笑顔はすげぇ嬉しかったけど、やっぱ一回駄目になったのはセドリック王子の仕業かと思って少しムカッともした。プライド様はもう気にしてねぇみたいに笑うけど、俺の隣でステイルもすげぇ怒りが……、……………？　……なんか、尋常じゃない覇気が滲み出してきた。

「二回……」

ぼそり、と俺にしか聞こえねぇくらいの呟きが漏れた。やっぱプライド様がわざわざ作ったのを駄目にされたのを怒ってン……、…………あれ。〝二人〟ってことは、俺の料理だけじゃなくてもしかしてステイルのー……。…………やべぇ。

俺が気づいた時、プライド様の隣でティアラがステイルに視線を送った。ティアラもステイルが怒った理由に気づいたらしく、ステイルと目を合わせると無言で大きく頷いた。……途端に、真っ黒な覇気が一気に溢れ出した。

　プライド様も気づいて「ステイル⁇」と呼びかけたけど、その後すぐハッとした顔になって目を泳がせた。どうやら今やっと気づいたらしい。プライド様の反応に確信したのか、ステイルが地の底からみてぇな低い声を放つ。

「アーサーの料理だけでなく、まさか俺へのにも……⁇」

　ステイルの目が焦げるみてぇに黒く燃えている。……そうだ。つまり、セドリック王子は俺への料理とステイル宛のクッキーまで食ったということになる。俺はさっきのでもう知ってたけど、ステイルのクッキーに関しては今わかったんだからキレるのも当然だ。まずい、このままだと今すぐ瞬間移動でセドリック王子を殴りにいきそうな勢いだ。プライド様が「でも！　だからこそ今回は沢山クッキーを用意できたから‼」と声を上げたけど、まだステイルの怒りは治まらない。

　仕方なく俺が「落ち着けって‼」と叫びながら背中を叩く。前のめりになった後、急に叩かれて息が詰まったからか、少しステイルが噎せ込んだ。まだ目が怒っていたけど、さっきよりは覇気も凪いだステイルは俺を睨んだ後は何も言わずに一人腕を組んだ。大分根に持ちそうだ。

　ふと気づいて周りを見回したら父上達も目を丸くしてた。クッキーのこと、っていうよりもステイルのヤバい覇気のほうだろう。相手が第一王子じゃなかったら絶対騎士全員が剣を構えてた。父上とクラークなんて俺達が何の話をしてるかも絶対わかってない。

「だからプライド様、泣くほど怒ってくれたんすね……」

　落ち着かせるためにステイルの肩に腕を回しながら、プライド様へ言葉を掛ける。気がつけばやっと普通にプライド様と話せるように戻っていた。

俺の言葉にティアラが無言で何度も頷く。どうやらティアラも案外根に持っていたらしい。プライド様が、そうねと返しながら俺とステイルに苦笑いした。「子どもみたいな理由でごめんなさい」と言われ、そんなことありませんと返そうとするよりも先に言葉を続けられた。

「でも、私はもう大丈夫だから」

怒ってくれてありがとう、と。さらりと言い放ったプライド様の言葉に俺だけじゃなくステイルやティアラも目を丸くした。それは、もうセドリック王子を許したとかそういうことなのかと疑うと、プライド様はそっと隣に並ぶティアラの両肩に手を添えた。

「だって今日。ティアラのお陰で特別な人への特別な贈り物を全部、もっと素敵な形で贈れたんだもの。今すっごく幸せだわ」

特別……その、言葉に折角落ち着いてきた身体がまた熱くなる。肩を突き合わせたステイルまで熱くなっていくのが触れた腕からだけじゃなく目に見えてもわかった。

心から嬉しそうに笑うプライド様にまた目が奪われる。こんな特別な人の〝特別〟に俺がなれたのかということが信じられなくて耳を疑う。聞き返すのもすげぇ躊躇うぐれぇに畏れ多くて、口が開いたまま喉が詰まった。言葉を失う俺達にプライド様はにこにこと笑顔を向け続けてくれている。

いや聞き違いだろと頭の中で俺自身に言い聞かすけど、プライド様とティアラの笑顔とかステイルの反応を見るとどうしても聞き違いには思えない。

掴んだ手紙が一瞬落ちそうになって、慌てて力を込めた。なんかもう、全部が全部どうでもよくなっちまうぐれぇに嬉しい言葉を言われた気がして、心臓が破けそうになる。

くらりと今度こそよろけて腕を回していたステイルに体重が掛かった。その途端ステイルまでよろけたから急いで足に力を込める。「わりぃ」と謝ったけどステイルはまだ口が動かねぇみたいだった。

　こんな、嬉しい言葉ばかりを言ってくれる人が手紙にどんなことを書いたのか。そう考えただけで心臓がまた激しく高鳴った。

「お姉様っ、そろそろ帰りましょう！」

　ティアラが、俺とステイルを見比べた後に楽しそうに笑ってプライド様の腕をぎゅっと握る。明るいティアラの言葉に、そういえばこれから帰るところだったんだと思い出す。ステイルから腕を解けば「そうだったな……」とまだぼんやりとした声がティアラへ返された。

「私もすっごく幸せですっ！　またこんなお祝いを皆さんとしたいです！」

　ティアラが満面の笑みでプライド様をはじめ俺達全員へ笑いかけてきた。プライド様もそれを見て嬉しそうに「そうね」とティアラの頭を撫でる。

「ただし、これは非公式だ。あまり頻繁にはできないぞ」

　気を取り直したらしいステイルが眼鏡の黒縁を押さえながら釘を刺せば、ティアラが頬を膨らませた。ティアラからの反撃の前に逃げるように、ステイルが俺の部屋へ持ち込んできた料理の皿をテーブルごと瞬間移動で全部片付けだす。一気に部屋がガラリとだだっ広いだけの空間に戻った。

　姉君、とステイルがプライド様に並んで手を伸ばす。大事そうに手紙を服の中に仕舞うと、プライド様とティアラと一緒に俺達へ最後の挨拶をしてくれた。プライド様が最後に締め括った後、三人一瞬で姿を消した。

　その直後。その場にいた全員が同時にプライド様から貰ったカードを開き、……俺だけがそっと団服の中にしまった。

「〝ちからをかしてくれてありがとう。だいすきよ〟？　……ねぇ、読み方あってるわよね?!」

クッキーの包みの口に結ばれたカードを開きながらセフェクはヴァルへと振り返る。クッキーの包みごと二つヴァルに突きつけ、カードを読んでとせがむ。ナイフ投げの合間にセフェクもケメトもティアラから文字の読み書きを少しずつ教わってはいるが、まだ読み慣れていない為自信はなかった。

鬱陶しそうに顔を歪めるヴァルが最初にケメト宛のカードを摘み、読んだ。「合ってる」と短く答え最初にケメトの包みをセフェクに突き返せば、今度はこっち！　とセフェクの分も確認するように促される。

「……〝力を貸してくれてありがとう〟あとは、…………テメェが良い女だとよ」

「〝セフェクは素敵な女の子よ〟じゃないの?!」

読めてんなら聞くんじゃねぇ、と舌打ちを交えながら二個目の菓子の包みを突き返す。

配達中だった彼らは、フリージア王国の近隣国の一つに身を置いていた。元の場所に戻され早速城下の宿屋に一室を借りた後、セフェクとケメトはベッドに腰かけながらプライドから受け取ったクッキーを眺めていた。隣のベッドのヴァルは、大量に持ち込んだ酒瓶を開け盛大に飲み散らかす。

ヴァルにより量産されていく大量の空き瓶を全く気にも留めず、プライドからのメッセージに二人は声を弾ませていた。「ちゃんと僕もセフェクも読めました！　大好きって書いてもらえました！」

「主が私を素敵ですって！」と夜中にもかかわらず騒ぐ二人に、酒瓶を持たないほうの手でヴァルは耳を塞いだ。

「ねぇ！　ヴァルの分は何て書いてあったの?!」

セフェクの言葉に「あー？」と面倒そうに返すヴァルは、自分の元にあるクッキーの包みに目をやった。既に中身は読んだそのカードを片手で摘み外し、服の中へとしまった。「大したことじゃねぇ」と返しながら、手の中にある酒瓶を一気にまた空にしてベッドの下へ放る。そして自身も足を組んでいた状態からベッドへごろりと転がった。

「沢山書いてありましたか?!」

ヴァルが寝入り始めたのを確認したケメトが、同じように自身のベッドの中へ潜り込みながらも声を掛ける。内容を教えてもらえなかったことに少し唇を尖らせたセフェクも、二人に続くようにケメトの隣のベッドへ飛び込んだ。

運良くベッドが三つある部屋を借りられた三人は、久々に自分だけのベッドで広々と足を伸ばした。未だ小柄なケメトと違い、背が伸びてきたセフェクは特にヴァルやケメトと同じベッドだと、かなりの確率で相手を蹴落としていた。

ケメトからの問いかけに、再び舌打ちを鳴らしたヴァルは寝返りを打つように二人へ背中を向け毛布を被る。

「…………………一言だけだ」

一言？　本当に??　とそれぞれベッドの中で問いかけを続ける二人にヴァルはうんざりと息をはく。

そのまま手を伸ばし、ベッドの横に置かれた灯りを消した。

おやすみなさいと二人からの揃った言葉に生返事し、再び背中を向けた。暗闇に包まれ、セフェクとケメトは互いの姿さえ見えない中、ヴァルはそっと服の中にしまったカードを取り出す。夜目が利く彼には、暗闇の中でもカードの文字がはっきりと読み取れた。

〝貴方がいて良かった〟

「…………覚えてて書きやがったのか……？」

二人にも聞こえないように口の中だけで小さく呟く。カードに書かれたその一文は、一年前に自分に掛けられた言葉と全く同じだった。

『本当にありがとう。…………貴方がいて良かった』

あの時の言葉も、声も、プライドの姿も全て鮮明に思い出し、ヴァルは眉間に皺を寄せた。本当に覚えていた上で書いたのであれば、死ぬほど厄介だと心の底から思う。だが同時に、もし覚えていなくてその上でまた彼女の頭に同じ言葉が浮かんで自分に贈られたのだとしたら。

──……どちらにしろ厄介だ。

言葉にはせず顔を顰め、強く目を瞑る。カードを懐にしまい、吐き出すように薄く低く唸った。

一年前とは比べ物にならないほど、女性らしい身体つきになってきたプライドにこのままでは「ガキ」呼ばわりすることも難しくなりそうだと、その事実が小さく頭を悩ませた。自分がプライドを〝ガキ〟と思えなくなれば、隷属の契約の主であるプライドにそれを放てなくなるかもしれない。不敬は許されても彼女に嘘はつけない。

──摘み食いで泣いたり一夜を仄めかす程度で騒ぐうちはまだガキだ。

自分の言葉にムキになったり、真っ赤になったり慌てふためいたりと顔色を変えたプライドの姿をいくつも思い出し、ヴァルは大きく息を吐き出した。己へ言い聞かせるようにガキだガキだと思いながら、背後で寝息を立て始めるセフェクとケメトへ一度だけ振り返る。二人とも自分と同じ方向に身体を向け、毛布を巻いて眠っていた。文字が少しずつ読めるようになり、自分を介さなくてもステイルへ二人が話しかけることができていたのも遠目から見た。

——ガキは成長するのが速すぎる。

ふと、そこで自身の口端が緩みかけていることに気がついた。誰も見ていないというのに思わずパシッと片手で口を押さえつけ、緩みかけた口端を爪で強く引っ掻いた。頭を横に振り勢いをつけて毛布を被り直し、二人へ背を向ける。結果的に三人で同じポーズで眠ってしまっていることに気づき、苛々と歯を食い縛った。

「…………クソガキ共が」

敢えて声に出し、低く唸りながら今度こそ眠りについた。

独り言でもそう悪態をつける自分に、安堵しながら。

「それで、お前達はなんて書いてあったんだ？」

アーサーの部屋の片付けと荷解きを手伝い終えた後、騎士団長であるロデリックとアーサーを門まで見送った副団長のクラークは投げかけた。自分と同じくアーサー達を見送ったアラン達も、このまま騎士団演習場へ戻るべく並んでいる。

副団長からの問いかけにきょとんとするアラン達は「言って良いんですかね？」とそれぞれが首を

捻らせた。プライドが自分の前以外ならば良いと話していたことを思い出し、手の中の包みに吊るされたカードを静かに指で摘んだ。

「……自分は〝復帰してくれて本当に嬉しい、これからも怪我には気をつけて下さい〟でした」

照れたように顔をほくほくと綻ばせたエリックがカードを改めて眺めた。カードを外すのすら勿体なく感じ、両手で大事に包みごと抱える。クラークが「なら、もうプライド様の為にも怪我はできないな」と楽しそうに笑えば、元気の良い返事が返された。

「俺は〝残ってくれてありがとう。これからも私達を守って下さい〟……で、した。カラムもだよな⁇」

なぁ？ と言う前に肘で突いてくるアランに、カラムは少し肩を揺らしながら「あ……ああ」と返した。少し慌てた反応にエリックとクラークも気がついたが、あまり気にせず二人に笑んだ。アランとカラムが騎士を辞退せずにこうして残ってくれていることをエリックもクラークも心から良かったと思っている。

アランが投げかけるように「副団長はどうでした⁇」と尋ねると、クラークはクッキーの包みごと三人にカードを示す。

「〝国を護って下さってありがとうございます。これからも騎士団長や騎士達を宜しくお願い致します〟だ」

騎士にとって誉れだな、と嬉しそうに笑むクラークに三人が大きく頷いた。ハナズオの防衛戦にクラークは加わらなかったが、その間ラジヤ帝国からの訪問を受けていたフリージア王国と女王を護り続けていた。プライドがそれをちゃんと理解し感謝してくれているのだと近衛騎士の誰もがわかった。

三人から尊敬の眼差しが向けられるクラークは、そこでふと思い出したように顎に触れながら口を開く。

「ちなみに、ロデリックには〝いつも心配して下さってありがとうございます。大事なことを教えて下さる騎士団長のことを心から尊敬しています〟だったな」

門で見送る前に見せてもらったよ、と語るクラークの言葉を聞きながら、三人は思わず感嘆の声を漏らした。〝流石騎士団長〟の言葉が全員の頭に浮かぶ。第一王女からそこまでの言葉を受けるなど騎士にとって名誉以外の何物でもない。プライドから尊敬まで得たロデリックを改めて彼らも尊敬した。近衛騎士としてプライドの傍にいることが多い彼らの目からでも、プライドに厳しく進言し、時には説教までできる騎士はロデリック以外いないのだから。……今は、まだ。

「やっぱすげぇよなぁ、騎士団長」

アランはそう声に出しながら、静かに自分とカラムが謹慎処分令を言い渡された日のことを思い出す。プライドの為に自分達がすべきこと。それはきっと、今までロデリックが六年前からやってきたことなのだろうと改めて理解する。

歩きながら無言でアランはクッキーの包みに吊るされていたカードを取り外した。包みを服の中へとしまい、カードだけを摘みながら月明かりに照らす。先程クラーク達へ話した内容の後、もう一文だけカードに書き記されていたことを敢えて彼は言わなかった。更にカラムも同じだろうと察し、その場で口裏も合わせた。

〝強くて頼りになるアラン隊長に心からの賞賛を。〟

〝勇敢(ゆうかん)で優しいカラム隊長に心からの賞賛を。〟

二人宛のメッセージは、殆どが同一だ。だがその短文で二人には充分だった。何より最後の数文字は互いに同じだろうと理解してもなお、自身の胸を強く高鳴らせた。

〝賞賛を〟

プライドが自分達を最後に引き止めようとしてくれた時、与えてくれた口づけと証。二人にとっては一生忘れられない言葉と瞬間が、その数文字だけで鮮明に思い出させられた。アランの反応に、カラムもやはりその言葉が書き添えてあったのだろうと理解し目を向けた。……その時。

アランがカードへそっと口づけを落とした。

「なっ……!? アラン！ お前っ……!!」

思わず声が上擦り、カラムは身体を反らして足を止めた。まるで見られた張本人かのように顔を赤くさせるカラムに、アランは軽く目を向けると「ん??」とけろりとした様子で顔を向けた。

カラムの突然の声にクラークとエリックも反応したが、それでもアランは気にしないようにカラムの慄く姿に苦笑した。

「良いじゃんか、カードくらいさ。別に本人にまでそんなことしようとなんて思わねぇし」

そう言いながら今度はエリックとクラークの注目を浴びたまま悪びれもなく再びカードに軽く口づけをしてみせた。その途端今度はエリックの顔まで赤くなり声が上擦った。

「本当にプライド様をお慕いしているなぁ、アラン」

くっくっと喉を鳴らしながら笑うクラークは、アランよりもそれを見て慌てるカラムとエリックの反応を楽しそうに眺めた。プライドが騎士団の誰もに慕われていることはクラークも六年前からよく理解している。

「そりゃもうすっげぇ大好きですよ！　近衛騎士になれて良かったたって心から思いますし、あの時の立ち回りは今でも目に残ってます！　それに……」

恥ずかしがる様子もなくはっきりと答えるアランが、思い出すように一度言葉を切った。アランがプライドの勇姿や立ち回りに惚れ込んでいることは今や騎士団の誰もが知っている。ただ、今は。

「………最近はプライド様のどんな姿見てもすげぇドキドキするんですよ」

へへっ、と軽く笑いながら言い放つアランに、カラムとエリックは同時に顔が余計赤らんだ。あまりにもあっけらかんとプライドへの好意を曝け出すことのできるアランが恥ずかしい反面、羨ましく思う。まるで触発されるように二人も改めて手の中のカードに視線を落としてしまう。

「……間違ってもそれはここだけの話にしておけ、アラン」

そう呟きながら、カラムは包みから取り去ったカードを額に当てた。それだけであの時のプライドの温もりが思い出され、俄かに手までが火照った。カラム自身、プライドに引き止められたあの日から以前にも増して彼女の振る舞い一つひとつに身を焦がすことが増えたのは自覚していた。だが、それをアランのように公言しようとも、……彼と同じくそれ以上求めようとも思わない。ただ、プライドを今度こそ護り通すのだと。自身が何よりも尊ぶ騎士の誇りに懸けてそれをやり遂げてみせるとその誓いだけが胸に焼きついていた。

カードを懐にそっとしまい、ふとそのまま指先に目がいった。指先に触れたプライドの唇の感触を思い出し、それだけで腕がまるごと痺れるような感覚に襲われる。もうこの腕は全てまるごと自分のものではなく、彼女の為に存在し振るう為のものなのだと。……そう思ってしまうほどに。

「……最近、少しだけ思うんですよね」

ぽそり、とエリックが独り言のような声量で呟いた。クッキーの包みごと大事そうにカードを抱きしめたエリックは未だに頬をうっすらと染めながら遠い目で微笑んでいた。

「プライド様が、………ただの〝ジャンヌ〟という名の庶民の女性だったら。……なんて」

くだらない妄想ですけれど。と自分の発言に苦笑してしまうエリックを誰も笑わなかった。

エリックは、二人のように賞賛の証も受けていない。だが傷を負い絶対安静を言いつけられている中でプライドがわざわざ自分の為に足を運んできてくれた時を思い出すと、その度に悶えたくなるほど恥ずかしくなる。そして、……自分が知らない間にプライドが足に怪我を負ったと知った時はそれだけで己が傷よりも胸に痛みが走った。

もしあの時自分に見舞いにきてくれたプライドがただの庶民で身分などなかったら、自分は彼女に惑うことなく手を伸ばせていたのだろうか。……そんなことを考えては、何度も顔が熱くなった。誠心誠意を尽くして見舞いにきてくれたプライドへ惑うばかりで何も返せず礼も尽くせないまま帰してしまったことに後悔を感じているのかそれ以外かは、自分でもわからない。

「そんなんだったら、俺が一番最初に求婚するなぁ」

ゴホッゴハッ!? と、アランの歯に衣を着せない言葉にカラムとエリックが同時に噎せ込んだ。とうとうクラークも声に出して笑い出す。

「アラン!!　お前は何故そんなに極端なんだ?!」

「アラン隊長?!　ご自身が何を言ってるかわかっていますか?!」

不敬罪で罰せられますよ?!　とカラムに続いたエリックが声を上げる。二人の反応にアランは「大げさだって」と歯を見せ、笑って流した。

「もしも、の話だろ?? ちゃんとわかってるって。それよりカラム。お前はどうだよ？ お前ン家なら……」

「ッお前の不敬罪に私を巻き込むな!!」

それ以上言わせまいと声を荒らげたカラムが、とうとうアランの頭を叩いた。顔を真っ赤にしたカラムにアランは悪い悪いと返しながらも「本気で応援するぜ？」と笑顔でその顔を覗き込んだ。途端にカラムは余計に顔が熱くなり、怪力の特殊能力でアランを放り投げたい気持ちを必死に抑える。

「お前達、それぐらいにしておけ。もう騎士館だ。……その包みもちゃんとしまっておけよ」

騎士団本隊の居住館に近づいてクラークがそっと彼らの会話を切れば、三人もそれぞれクッキーとカードを服の中に仕舞い込んだ。まだ飲み足りねぇなぁとアランが零すと、エリックは可笑しそうに笑って言葉を返した。

「明日、騎士達で行うアーサーの昇進祝いでは朝まで飲みましょう」

エリックの言葉に、クラークもアランもカラムも同意した。明日もまた寝不足になることを覚悟しながら、それぞれは自室へと戻った。

「…………家、帰るんじゃなかったんすか。……父上」

キィ……、と使い古された扉が開かれる。俺の言葉に「すぐに帰る」とだけ答えた父上は立ち止まることもなく扉の奥へと進んでいった。

昇進祝いが終わって、プライド様が帰った後にはアラン隊長達が片付けだけじゃなく本当に荷解きまで手伝ってくれた。俺の為にやってくれた祝いの席だし、荷解きまではいいって言ったけど六人ならあっという間だとクラークまで言って、まさかの父上まで巻き込んで荷解きも終えてしまった。

ただ、それでもやっぱりもう真夜中で、父上と一緒に騎士団演習場を出た時には日付も変わっている頃だった。クラーク達に門まで見送られた後にも、今からじゃ母上も起きてないと言ったけど父上は俺に構わず黙ったまま歩き続けた。

……ンで、何故か途中で家とは違う方向に向かい始めた。

寝ぼけているのかとも思ってそう言ったけど、父上は「少し寄る所がある」とだけ言って行き先も言わず俺を引っ張っていった。街中まで入って最後に辿り着いたのが、この酒場だった。

うっすらとだけ、覚えもある……気がする。すっげぇガキの頃、父上がクラークと飲みにいく時に連れてきてくれた酒場だ。本当にガキの頃で、酒を飲んでた父上とクラークの姿しか思い出せねぇけど、確かこんな感じだった気がする。

まさか酒一杯じゃ足りねぇから帰る前にまだ飲むつもりなのかと少し呆れる。俺が入り口で立ち尽くしている間にも、父上は店主と軽く話す。そのまま店主が鍵だけを父上に預けると奥へ引っ込んだ。なんとなく被るその光景に、やっぱガキの頃のあの酒場なのかなと思う。

父上はカウンター席でグラスと酒瓶を出すと、扉を閉めろと俺に声を掛けた。

「……まだ飲むんすか」

早く母上に報告して手紙を開けてぇのに、と心の隅で思いながら言われた通りに扉を閉める。父上が隣の席にグラスを置いたから、俺も座れという意味らしい。その途端……少し、嬉しくなった。ガキの頃には父上とクラークが肩をつき合わせてたその席に、俺が座れることが。

促されるまま席に座ると、無言で父上が自分のグラスより先に俺のグラスに酒を注いできた。いきなり過ぎて、ありがとうございますと言葉を返しながら頭を下げて変に恐縮しちまう。いつもより更に口数の少ない父上にまさか何か説教されるのかとも考える。

「……今回の防衛戦でのお前の活躍は、……私も他の騎士達も認めている」

ふいに、父上の口が開いた。自分のグラスに酒を注ぎながらその言葉は確実に俺に向けられていた。

「アーサー。……お前はまだ戦闘以外は未熟だ」

ぐっ、と思わず肩に力が入る。褒められると思った瞬間にダメ出しされた。自分でもそれぐらいわかってる。特に作戦指揮とかはまだまだだし、騎士隊長としての書類仕事も俺だけじゃわかんねぇことが沢山あった。明日にでもハリソンさんか、……ハリソンさんが駄目だったらカラム隊長に教わろうかと考えてもいた。でもやっぱり、父上に言われると凹む。そう思うと父上が続けて「だというのに……」と低い声で酒瓶をカウンターにドンっと置いた。

「お前は、騎士団長になると言ったな……」

ビクッと、その言葉を聞いた瞬間に一気に俺の肩が跳ね上がった。ぐんなりと言う父上が、グラスに口をつける前から首を垂らし片手で頭を抱える。俯いてて顔が見えねぇから怒ってるのかどうかもわからない。……やっぱ、覚えてるよなそりゃあ。

『父上にはっ……俺が、騎士団長になるのを見てもらわねぇと』

最前線での戦闘中、勢いに任せてつい口が滑った。絶対誰にも言えねぇ目標を、よりにもよって現騎士団長の父上に言っちまった。後から思い出すとすげぇ恥ずかしくなって、父上に聞こえてなければとか忘れててくれねぇかなとかも本気で思った。

父上が「あれは私への宣戦布告か？」と低い声のまま続けてくるから、じわじわと急に気恥ずかしくなってきて額に汗が滲む。

「まだ騎士になって十年にも満たないお前が……」

目の前のグラスを触れる気にすらなれず、両膝に拳を置いたまま固まる。横目でちらっと見たら俯いた父上の肩が若干震えてた。……やべぇ、すげぇ怒ってる。

まさかここに連れてきたのは母上に騎士隊長昇進の報告をする前に、調子に乗るなって釘を刺す為だったのかと考えれば今から喉が鳴った。次第に父上の肩の震えが大きくなって段々と今度は……

堪えるような笑い声が、聞こえてきた。

くくっ……と、一瞬誰の声かわからなかったけど確実に父上からだった。まさか笑ってンのかと、信じられず思いっきり身体ごと父上へ向ける。顔は見えねぇけど、父上が絞り出すように「まだ二十にもなっていない若年のお前がっ……!!」と漏らした声が完全に笑ってた。父上が笑ってたことにも驚いたけど、それ以上に俺の目標を笑われたことに急に顔が熱くなって腹が立ってくる。

「ッ笑わないで下さい！」と叫ぶと、その途端今度はブフッ!! と吹き出す音と共に逸らされた顔からはっきりと父上の笑い声が聞こえてきた。さっきまで緊張してたのが急に馬鹿らしくなって、父上から俺も顔を背けて言い返す。

「べっ……別に良いじゃないですか……！　将来そうなりてぇってだけで、別に今からとかそんな身の程知らずなことは考えていませんよ」

自分でもまだまだなのはわかってる。騎士団長どころか、騎士隊長になれただけでもこんなに取り乱しちまう俺がなれるわけねぇって。でも、……いつか。

「私は……あと二十年はこの座に居座るぞ」

くくっ、と笑いを交じえながら父上が口を開いた。まだ笑われてるのに腹が立ってきて、つい
「構いませんよ」と強めの口調で言い返す。

「二十年後には絶ッ対その椅子を勝ち取ってみせますか――」


「二十年後で良いのか？」


……急に、父上が遮った。突然の落ち着いた声に顔を上げれば、まだ口元が笑ったままの父上がこっちを向いていた。言われた意味がわかんなくて、大口を開けたまま固まる俺に父上は身体ごと向き直った。

「……私は、二十年はこの席に居座る。だが、約束しよう」

静かに告げる父上が、グラスを手に取った。まだ一口も口をつけていないそれを軽く揺らせば水面が小さく波打った。

「もし、それまでにお前が。……私を越える器となったその時は」

カウンターに片肘ついたまま、目を半分閉じて柔らかく語る父上はすげぇ優しい声で話してくれた。その姿にその言葉に、……手の平が段々と湿って気がついたらまた喉を鳴らしてた。あんだけ食ったのに、胃が空っぽな感じがして心臓がバクバクいう。父上は、柔らかい笑みと共に俺へグラスを傾けた。

「この騎士団長の席を、お前に譲ろう」

ドグンッ、と。大きく一度、心臓が身体を振動させた。とうとう手が指先まで震えて汗ばんだ。自分でも目が、信じられねぇくらい見開かれるのがよくわかる。

父上は俺の反応を予想してたみたいに口端を引き上げ、……笑った。

「この私を越えてみろ、アーサー・ベレスフォード」

嬉しくて、今度は全身が粟立(あわだ)つみてぇに震えた。息を飲んで、口を引き結ぶと父上が待つみてぇに俺に傾けたグラスを左右に揺らした。ニッと力強く笑う父上がすげぇ格好良い。

俺もこんな風に、ってまた前みてぇに欲が出て震える手でグラスを取った。深く呼吸して、震えを止める。目の前にいるのがこの国の騎士団長で、俺の父上だということが言葉にできねぇくらいに誇らしい。

父上のグラスに向けて、手の中のグラスを中身が零れる勢いで傾ける。

「はい……‼‼」

カラァンッ！　……と。軽やかな硝子の音が酒場に響いた。顔も身体も熱いまま、冷たい酒を一気に飲み込んだら今度は喉が焼けた。予想外のアルコール度数の高さに噎せる俺に、父上が「八番隊騎士隊長昇進おめでとう」と紛れるように言った。噎せてる時に言うなよと俺が怒ったら、今まで見た

ことがねぇくらいの笑顔が返ってきた。
すげぇ嬉しそうに笑う父上の顔を見たら、……少しだけ込み上げた。

裏の事情は人それぞれ

「復帰から一日経ちましたけれど、お身体のほうはお変わりありませんか？　エリック副隊長」

そう投げかけたプライドの言葉に、復帰を遂げたエリックは「勿論です」と言葉を返した。

ハナズオ連合王国の防衛戦後、安静と療養を命じられていたエリックは昨日、予定通りに復帰を果たしていた。プライドにとっても彼の復帰は嬉しいものだったが、同時に復帰から一日経過した今日もまた体調が気になった。復帰したは良いものの無理をして傷が開いてないか、もう暫く療養が必要ではないかと心配したままに朝の挨拶後すぐに尋ねてしまう。

ステイルもそれには気になるように眼鏡の黒縁を押さえながら彼を覗いた。ステイルにとっても、プライドの優秀な近衛騎士の体調は気に掛かる。近衛騎士が少ない現状は、特にだ。

「身体のほうは大丈夫です。長らくお休みを頂いていた分、これ以上鈍らせるわけにもいきませんから」

そう言いながら、エリックは平常心を意識し笑みで返した。特殊能力者や医者の治療も受け、今はもう完全に本調子に戻っている。昨日も一日近衛としての護衛任務だけでなく騎士団で行われる演習もこなしたが、傷が開くどころか痛むことも全くなかった。むしろ復帰した昨日、久々にプライドの顔を見た時が一番心臓に悪かったと密かに思う。

彼女と直接会うなど、防衛戦後の見舞い以来だったのだから。全く心の準備もできていなかった自分の前に現れ、至近距離で憂いの帯びた微笑みを掛けてもらったあの衝撃は今も忘れない。お陰で復帰して早速プライドに迎えられ駆け寄られた時は心臓が鳴りやまなかった。プライドから「もうお怪我は？」「お元気になられて本当に良かった」と再び安堵の笑みを向けられ、脈が異常なまでに速まった。復帰して一日経った今でも、思い出せばじわりと額から顔全体に熱が帯びてくる。

「これ以上、と言いますとやはり久々に身体を動かすとエリック副隊長でも違うのですかっ？」

きょとんと、今度はティアラが金色の目をぱちぱちさせながら尋ねた。いつものようにステイルと共にプライドの部屋へ朝食の迎えに訪れていたティアラもまた、近衛騎士の一人であるエリックの体調は気になった。食堂へ向けて歩きながらも振り返る。ナイフ投げを日々密かに特訓していたティアラだが、騎士であるエリックでも長期の空白は痛手なのかと、少し意外な気もしてしまった。

彼女からの問いかけにエリックは苦笑まじりに一言返す。全くというわけではないが、やはり長い間演習どころか自主鍛錬もできない期間が続けば少なからず感覚も体力も落ちてくる。昨日もプライドの近衛につく前から騎士団での早朝演習にも参加したエリックだが、やはり傷は痛まずとも疲労の感じ方の違いは嫌でも自覚した。剣や素手、銃の腕もあからさまにではないがそれでも防衛戦前よりは鈍っていると、誰よりも自分がわかった。本音を言えば無理をしないどころか、昨日から早速演習以外も自主鍛錬の時間も戻したい。……しかし。

「今はご不在中のアラン隊長の分の隊長業務を自分が補完しなければならないので、あまり自分の鍛錬だけの為に時間が取れないのも手痛いところです」

ははは……と弱い笑い声で誤魔化しながら、小さく頭を掻いてしまう。エリックの言葉に、プライドとティアラも今度は少し寂しげに唇を閉ざした。エリックと入れ替わりで近衛任務から離れることになったアランとカラムは謹慎処分に入っている。しかし、エリックもそして代理として近衛に入っている三人の騎士達も〝謹慎〟という言葉を敢えて使わない。隊長である二人が罰せられた理由も情報共有してわかってはいるが、しかし彼らのことを恥とは思わない。同じ騎士として彼らの功績もわかっている。今はただ、彼らがひと月後に復帰してくれることを願うばかりだった。

アランと同じ一番隊であるエリックに至っては、昨日と今日で改めてアランの凄まじさが身に染みていた。謹慎処分に入ったアランに代わり隊長業務にも一時的に入ることになった副隊長のエリックだが、一番隊への監督指導に加えて書類業務も積み重なっていた。

一番隊指導報告書に加え、自隊の連携案や指導案。そして他隊と共に合同演習や合同任務をすればその隊への問題点や改善案も騎士団長への直接の報告書と共に提出しなければならない。報告書も毎日提出するものとは別に週ごと、半月ごと、ひと月ごとに総まとめして提出をしなければならない。騎士団長へ提出するものと、そして一番隊で保管するものと別々にある。任務があればまたその報告書も当然別に必要とされる。副隊長としても任務や演習の報告書の他に隊員への指導や一部隊員への改善指導案や問題点などをアランに提出していたエリックだが、隊長のアランのほうが遥かに書類仕事も多かったのだと復帰早々思い知らされた。

あれだけ毎朝毎晩自主鍛錬や自主演習を欠かさず、飲み会も多いアランがいつ書類仕事をこなしているのかエリックでも想像がつかない。アランから許可を得て先月までの記録内容を参考にしながら昨日も無事記載を終えたが、自分が思っていた以上にアランが詳細に記載していたことにも驚いた。

任務を終える後にアランが報告書の類を書かなければならないと零すことはあったが、それでも手を抜いていないところはやはり隊長なのだと思った。結果、その記録の継続を自分の番で劣らせるわけにはいかないとエリックもまた詳細に書けば書くほどに時間を削られた。

副隊長としての書類を含めた業務は他の一番隊騎士にも手伝ってもらっているが、慣れない隊長業務を代行しながら本調子時の自主鍛錬も加えることは流石に難しかった。

「三番隊の副隊長も大変そうです」とカラムの所属隊についても告げれば、ちょうど近衛代理に立たされていた一人の三番隊騎士が深々と頷いた。

三番隊もまた一番隊と同様に書類業務がある。唯一書類業務が大幅に免除されているのは、他隊との連携もなければ隊内ですら連携を必要とされない八番隊だけである。三番隊の副隊長はエリックと違い負傷による空白はなかったが、それでもカラムの業務を一時的に引き継ぐのは荷が重かった。それは副隊長本人から聞かずとも、騎士団の誰もに察せられた。他隊長を更に上回る記載の多さと詳細さは、簡単に真似できるものでもない。

「ちゃんと眠れていますか？　エリック副隊長は復帰したてなのですし、あまり無理は……」

「御心配ありがとうございます。ですが、騎士として不眠にも慣れていますから御安心下さい」

とうとうステイルにまで言葉を掛けられ、深々と礼をする。むしろ睡眠時間よりも身体を本調子に戻すまで時間が掛かりそうなのが一番不安だとエリックは心の中だけで呟く。

安静中は傷が完治してからも医者から許可を得るまで激しい運動のできなかったエリックにとって、今はむしろ身体を動かしたい欲も密かに強い。アランと同じくエリックも斬り込み隊である一番隊だ。それなのに今は代理隊長指導として、演習でも監督として立つことが多い。普段、アランが演習監督中に自ら直接指導に飛び込んでくることが多い理由がわかった気がした。

「！　そういえば、アラン隊長とカラム隊長は今どうされているのですか？」

ふとティアラが気がついたように視線を上げる。エリックだけでなく控えている三人の騎士も眼差しを合わせたが、プライドもこれには気になるように視線を向けた。

エリックの復帰と入れ替わりに昨日謹慎に入った二人がどこでどうしているのかは、プライドもティアラもまだ知らなかった。王女二人からの問いかけに、エリックは「アラン隊長は……」とまず自分がよく知るほうの隊長について報告すべく顔の位置まで挙手をした。

「アラン隊長は、演習場に今もおられます。昨夜も騎士達が演習を終えた後は、明け方まで自主演習もされて……日中は、……新兵に交じっておられました……」

新兵に?!　と、直後にはプライドとティアラも声を上げてしまう。ステイルも眼鏡が僅かにずれた。二人揃って階段を降りる途中の足が止まる。

謹慎期間中も鍛錬を欠かさないのはアランらしいと思うが、後者は驚きだった。騎士隊長であるアランが何故新兵にと、瞼をなくして訴える三人にエリックだけでなく他の騎士達も苦笑を禁じ得ない。

騎士団長であるロデリックからの許可を得て、謹慎処分中も演習場施設と設備を使用することを許された。しかし日中はどこも騎士団が演習に使用している為、彼らを押し除けて謹慎中の自分達が使うわけにもいかない。だからこそ設備施設を使用する自主演習は深夜に行うことにしたアランだが、そこで日中に身を休めているだけで気が済むわけでもなかった。

謹慎初日にまさかの誰よりも先に外に出て演習場に立っていたアランの衝撃は、エリックも忘れられない。今日から暫く姿を見ないとすら思った隊長が、朝一番に佇んでいたのだから。しかも新兵ですら着ている筈の白の団服を脱いでいた。「一体どうして」「今後の進退に関係があるのか」と、矢継ぎ早に尋ねる騎士達にアランの答えはシンプルだった。

『いやー折角だしお前らや新兵の役にくらい立っとこうかな~っと思って』

後頭部に両手を回しいつものように笑うアランは、これから走りにいくくらいの気軽さだった。

まるで初心に戻る為のようにも、退任前の記念のようにも聞こえる言葉に、朝から騎士達の困惑は増すばかりだった。深夜に自主演習をする姿すら、復帰後の腕を鈍らせない為なのか騎士人生の締め括りに悔いを残さない為なのかもわからない。ただ、騎士達の戸惑いをよそにアランは本当にいつもの調子だったとエリックは遠い目で断言する。

騎士団長から許可は得たと言うアランは、新兵の仕事である演習用具の配置や片付けを始めとする雑用に加わっていた。新兵の演習中ですら、あくまで雑用か演習場の隅で自主鍛錬に徹していたアランに騎士団全体が落ち着かなかった。新兵にとっては騎士隊長と関わる貴重な機会でもあるが、憧れの存在が隣に来て同じ業務など到底落ち着かない。新兵複数人で運ぶ用具を一人で担ぎ駆け、その手並みは長年任じている新兵よりも早く手慣れていた。

新兵全体による業務は凄まじく迅速に進み、合間の空いた時間に新兵へ一対複数人の手合わせの形で稽古をつけていた。そういうところはアランらしいと思うエリックだが、真意は未だに読めない。

結局昨日も今日も運動量は演習中の本隊騎士とさほど変わらない。むしろ深夜の自主演習や鍛錬も含めればあいも変わらず自分達を遥かに凌ぐ鍛錬量だと思えば、アランへの畏敬の念が改まる騎士もいた。

「やはり騎士隊長は、本隊にいても新兵にいても抜きん出ておられるのだなと思いました……」

「そ、そうですか……。アラン隊長、お元気そうで何よりです……」

説明してくれたエリックのやんわりとした締め括りに、プライドも少し口元が引き攣ったまま答えてしまう。聞いてみればなんともアランらしいと彼女も思うが、その言動が今後の進退にどう繋がるのかはプライドにも予想がつかない。ただ、常に明るさを持ち続けてくれている彼が今も変わらないことは純粋に嬉しくも思った。

「それでは、カラム隊長は……？」

もう一人の謹慎に入った騎士の名を今度はステイルが尋ねる。部下想いの彼ならばアランと一緒に新兵への指導に加わっていてもおかしくないと思った。その問いに、エリックを含めた騎士達は互いに一度目配せをした。どこまで自分達の口から言って良いかを思案し、今度は四人の中で一番最年長の騎士が挙手し答える。

「一度御実家のほうに帰られているとのことです。今回の件についても自分の口で報告したいと言っておりました」

自室に荷物も団服も残したまま、謹慎期間が明ける前には必ず戻ってくると騎士団長にも周囲の騎士達にも約束してから去ったと。そう告げる騎士の言葉にやはりプライド達も判断がつかない。カラムが言ったのだからこのまま消えることはないのだと信じるが、それが謹慎後には復帰してくれるという意味なのか、それとも単に別れの挨拶に戻ってくるという意味なのかはわからなかった。不安に眉を垂らしながら姉妹で見つめ合う。

それを受け、エリックも言葉に迷う。今はこうして平常心を意識している自分だが、二人の進退に不安がないわけではない。騎士の任を簡単には捨てない人達だとはわかっているが、同時に責任感の強い隊長達であることも知っている。

アランとカラムの本心を知るのは騎士団長と副団長、そして話を聞かされたアーサーのみ。二人が謹慎後に復帰することを望むからこその各々の行動だということは、この場の誰も知り得ない。

一番隊を安心してエリックに任せられるからこそ初心に戻って鍛錬と共に新兵と本隊騎士の力になろうとするアランと同じく、カラムも復帰するからこそ一時的に騎士団演習場から去ることを選んだ。

アランと同じくロデリックから騎士団演習場の使用は許可されたカラムだが、日中に謹慎中である自分が騎士達の前に姿を出すことが躊躇われた。進退を明言すらしない自分が騎士達の前に容易に現れれば、演習中の彼らの心を乱すことはわかっていた。しかし、謹慎が解けた後のことを考えれば鍛錬も抜かりたくはない。日頃演習を欠かさない身体がひと月も夜間だけの自主演習や鍛錬で賄えるとも思えなかったカラムは、城下から少し離れた実家へ帰っていた。まさかアランが新兵に交じっているとは思いもしない。

「……アーサーも、頼れる隊長の二人が不在で少し寂しそうですね。カラム隊長は特に、他の隊や新兵にも支持が高くてアーサーも昔からお世話になっていますから」

暫くの沈黙後、エリックが明るい話題へと緩やかに流した。プライド達も、アーサーがカラムを慕っていることは本人から聞いて知っている。しかしこうしてアーサーの先輩でもあるエリックからも聞けば少しほっこりと笑みが零れた。

昨日も自分達の前ではしっかりとして、むしろ他の騎士達もいた分いつもより張り詰めていたようにも見えたアーサーだが、やはり気持ちは一緒なのだと思う。周囲の騎士達も言葉にはしないが、それぞれが小さな頷きでエリックの言葉を肯定した。そこでふと、「アーサーも昔から」という言葉にプライドは新たな疑問を浮かべる。

「……アーサーは八番隊に入隊した頃から、カラム隊長にお世話になっていたのですよね？」

「そうですね。カラム隊長はご自身の三番隊以外の騎士も本当に目に掛けて下さる方ですから。自分も、入隊前から本当にお世話になりました」

「その、……アーサーは、入隊してから八番隊のハリソン隊長には……？」

………………。と、二度目の沈黙が流れた。プライドからの問いに一度はさらりと答えたエリックも、次の言葉には表情筋が固まってしまう。

アーサーが他隊のことも気に掛けるカラムに世話になったことはプライドもわかる。しかし本来ならば入隊したアーサーを最も補助し指導すべきなのは八番隊の騎士、ひいては隊長と副隊長だ。そして、アーサーがハリソンのことを「すげぇ怖い」としか基本的に証言していなかったことも、ハリソン自身がアーサーを可愛がってはいても本人に気づかれる兆しすらないことも知っている。

アーサーが世話になっていたのが他隊のカラムならば、同隊のハリソンとは入隊時からどうなのか。アーサーの主観だけではなく、他の騎士達からも客観的に聞いてみたいと思った。いくらハリソンがアーサーを可愛がっていても、具体的に何か支援や指導をしていたのだろうかと気になった。

アランとカラムから、ハリソンがアーサーを可愛がっている事実は秘密にと口止めされている以上あくまで知らない前提から尋ねてみたプライドだが、それぞれ暗雲色になるエリック達に聞いてはいけない質問だったかと早くも少し後悔した。

そうですね……と掠れた声でなんとか繋いだエリックは目を逸らしたくなるのを耐え、プライド達へ視線を合わせる。

「ハリソン隊長は……なんと言いますか、八番隊の特化型そのもののような御方で。あまり部下と交流はなさらないので……」

歯切れの悪いエリックに、今度はプライドのほうが相槌を打ちにくくなる。一言短く返しつつ、エリックの傍に立つ騎士三名の顔色が綺麗に二種に分かれていることがわかった。三番隊の騎士はエリックと同じ苦々しい表情、そして四人の中で最年長の騎士と六番隊の副隊長は苦笑いで互いに目を合わせていた。ハリソンがアーサーを可愛がっている事実を知らない者と、知っている者の差であることは明らかだった。その様子にステイルは顔を逸らし、笑いを堪えた肩が僅かに震えた。

エリックもまたアーサーと同じくハリソンの本心を知らない側だということに少し驚いたプライドだが、よくよく思い返せば納得だった。エリックが本隊騎士に上がったのは六年前の騎士団襲撃事件よりも後の為、ハリソンが髪を伸ばしたきっかけも知らないのだろうと思う。

「アーサーが所属された当時も説明すらなくただ実力の確認だけで終わったそうです……」

そう告げるエリックへと目を合わせながら、視界の中では彼の傍で苦笑を堪える騎士二名を捉えた。プライド達がまさか事情を知っているとは思いもしない騎士達は、代理で近衛についている自分達が軽はずみに言うべきではないと判断し口を結ぶ。その様子に、やはりアーサー本人だけでなくハリソンの当時を知らない者にも理解し辛い愛情表現なのだとプライド達はそれぞれ思う。そして、知る者にはあまりにもわかりやすいのだとも。

話しながらとうとう食堂に辿り着き、王族三人がテーブルにつけば、一度会話にも区切りがついた。王族の食事の邪魔にならないように壁際に並び控え、黙する騎士達全員が静かに思い返すのは今から四年前。……アーサーの入隊先が任命された時のことだった。

「只今より本隊入隊者の配属を任命する！」
そうロデリックの横で副団長のクラークが高らかに声を上げたのは、叙任式を行ったその翌朝だった。正式に本隊入隊を認められた新生騎士達が横一列に並ぶ中、正面には騎士団長と副団長。そして

ずらりと隊ごとに整列した本隊騎士達が彼らを迎えるように佇んでいた。

叙任式と祝会の直後に提出した所属志願書を元に、騎士団長と副団長が決定する所属隊。騎士になる者にとって今後の騎士人生を左右する分岐点でもある。希望を出したところで、本人の力量によって叶うかどうかは別の話だ。最終決定権を持つ騎士団長が命じれば、希望通りでなくともその所属隊に従事しなければならない。

入隊者が多い時は主席入隊者以外はリストの掲示で発表されたが、今年の入隊者は三名のみだった為全員騎士団長から直々に任じられることになった。そして今回、一番に所属隊を発表されるのは。

「アーサー・ベレスフォード」

騎士団長の低い声で呼ばれたのは、首席入隊を決めた十五歳のアーサーだった。父親でもある騎士団長に名を呼ばれ、それだけでもビリビリと皮膚が痺れ心臓が高鳴った。一声で姿勢を正し答えたアーサーだが、そこで一歩前に出れば無数の視線が全身に刺さるのがわかった。

首席入隊、騎士団長子息。たった二年前に騎士になると誓い宣言した青年の所属隊は、誰もが気になるところだった。父親と同じ一番隊か、それとも敢えて異なる道を選ぶか。それだけでも注目度は跳ね上がる。各隊の誰もが、首席入隊として優秀さが保証される彼を欲してもいた。他の入隊者と異なり、本隊入隊試験の優勝者である主席入隊者は基本的に志願通りの所属を拝命する。

つまりこれから発表される隊こそがアーサー自身が希望した隊であると考えて間違いないと、騎士全員が緊張と期待で張り詰めた。……そして。

「八番隊所属を任命する」

その言葉に、最初は殆どの騎士が耳を疑った。

はい!! と間髪を入れず声を放つアーサー一人が、志願が叶ったことに胸を高鳴らせながら表情を引きしめた。事前に指示されていた通り駆け足で任命された八番隊の前へと移動する。そこで先頭に立つ隊長へ「宜しくお願いします!!」と声を張りながら深々と頭を下げた。

その数秒間ですら、大勢の騎士が自分の耳の聞き間違いではないかもしくは騎士団長の発表間違いではないかとすら考えた。今日この瞬間まで、アーサーの所属隊をいくつも想像した騎士達だったが、唯一その隊だけは誰も予想しなかった。

騎士全員の戸惑いと疑いの空気は、ロデリックとクラークにもひしひしと伝わってきた。まだ任命式途中の為誰も声にはせずそれぞれの胸の内や顔色だけで留めたが、声が出せる状況であれば騒然としただろうということもわかった。しかし父親のロデリックやアーサーと古い仲のクラークですら、彼が何故よりにもよって八番隊を選んだのかはわからない。

八番隊の先頭へ向け、アーサーが深々と下げた頭をゆっくりと視線ごと上げた。その、瞬間。

「ツッッい?!!」

緊張と喜びで強張っていた肩が大きく上下した。大事な式中に出してはならない声を零してしまったことに、ガキンと歯を食い縛る。それでも伸ばした背筋が僅かに反ってしまうのは誤魔化せなかった。背中に結んでいた両手の指に力を込め、なんとかそれ以上は堪えた。しかし目は瞼をなくし真っ直ぐと釘付けになったまま一瞬も逸らせなかった。

自分以上に大きく見開いた眼光を向けてくるハリソンに。

周囲の騎士の目の丸さとは比べ物にならない。血走っていないことが不思議なほどの強い視線を至近距離で受け、しかも低頭していた自分へ向けて頭を傾けたハリソンの黒髪が垂れていた。ぱっつり切られた前髪の下の表情が中途半端に長い横髪に隠され、幽霊のような覗き方をしてきた相手にアーサーも平静を保てるわけがなかった。

まるで怒っているようにも見える眼光に、アーサーも段取り通り速やかに八番隊の最後尾へ回ることができず固まってしまう。何故そんな顔で睨まれるのかもわからず、不意打ちと上官への緊張で凄まじい量の汗が溢れ出た。完全に蛇に睨まれた蛙になったアーサーが動けるようになったのは、騎士団長から一喝の声を受けてからだった。

アーサー・ベレスフォード!! と二度目の名前を呼ばれ、雷に打たれたように全身が跳ねたアーサーは慌てて再び姿勢を正す。失礼致しました!! と謝罪と共に駆け出そうとしたその時。

「何をした」

呟くような短さで拾ったハリソンからの問いかけに、アーサーは首だけで振り返った。しかしハリソンは正面を向いたまま、アーサーのほうにはもう目を向けていなかった。今度は足を止めずそのまま八番隊列の最後尾に並んだアーサーだが、その後に同期の騎士二名の所属隊が発表されてからも言葉の意味を考え続けた。自分にとって望んだ八番隊に所属できた喜びを噛み締める暇もない。それどころか直属の上官である隊長に歓迎とは思えない眼差しで睨まれ圧をかけられ「何をした」など、まるで容疑を掛けられたような言葉を受けた。入隊早々先行きの暗雲に喉がからりと干上がり出した。

任命式を終え、早朝演習が命じられた後もアーサーの不安は消えることはなかった。

「えっと……八番隊は演習所、こっちだよな……？」

朝食を終えたアーサーは、八番隊の集合場所である演習所に駆け足で向かった。食堂では所属隊に関係なく本隊騎士から歓迎されたアーサーだが、同時にいくつも同じ質問も受けた。

「お前何やった?!」と騎士達にハリソンと同じ問いで詰め寄られ、何故疑問に思ったのかまで話されたアーサーはそこでやっと問いの意図も理解できた。八番隊は各自に判断が許された戦闘における特殊部隊だ。しかしその実体は戦闘において実力はあっても連携が伴わない、他者との協力や隊としての行動に難がある者達だけが集められた隊である。最初から連携することを不可能だと諦められた騎士が任命される、もしくはそれを自覚している騎士が自ら望む隊でもある。

しかしアーサーは連携が下手でもなければ、むしろ上手い。人との関わりも円滑で、新兵の時から周囲に可愛がられている。それなのに八番隊へ任命されたとなると何か他に問題があったか、もしくは起こしたのではないかと考えるのは当然のことだった。

何もやってません、自分で志願しましたと言葉を繰り返しながらも、自分が思った以上に八番隊は他の隊からの評判は良くないのだなと再認識した。

新兵になって先輩から聞き、自身も新兵の業務を通して八番隊のことも他隊と同程度には理解していた。しかしまさか八番隊に所属が決まっただけで騒がれるとは思わなかった。

尊敬する騎士達全員によりにもよって八番隊をと言われた今も、志願したことを後悔はしていない。しかしこうして駆けるうち、やはり八番隊は他とは異質なのだということはひしひしと感じた。

早朝演習後、各隊に分かれて演習は行われる。演習によって演習所も異なり、内容によっては他隊と合同での演習も行われる。合同であれば他隊長からの指導を受けるが、そうでなければ隊によって演習場所は異なる。そして今回アーサーの向かう演習所には、同じ八番隊騎士しか向かわない。

自分と同じ新入り本隊騎士の同期二人は、食堂からそれぞれ入隊した同隊の先輩達と共に移動していったが、アーサーだけは一人の移動だった。先輩騎士から挙って話しかけられはしたアーサーだが、その中に八番隊の騎士はいなかった。今こうして演習場内を走っても、他隊はそれぞれ二、三人かそれ以上の集団で移動する騎士が多いが、八番隊の集まる演習所の方向にはアーサー以外誰も向かう仲間がいなかった。普段も個人行動が多い八番隊騎士は、食事から演習所に向かうタイミングもそれぞれ異なる。中には朝食もとらない為食堂に立ち寄らない者もいる。

先輩騎士達に連れられ演習所に向かう同期を少し羨ましく思いながら、やっと目的の演習所が見えてきた時。

「アーサー・ベレスフォード」

「は、えッなッだ?!」

瞬間。視界に過った影と、呼びかけられたその声に、アーサーは振り返ると同時に背中を反らした。直後には逃げ遅れた前髪だけが数本両断された。

何が起こったかもわからないアーサーはあまりの不意打ちに、反らせた背中の方向そのままに転ぶ。尻餅まではつかず受け身は取れたが、突然目の前に現れた白い影と、凄まじい速さの一太刀に目も口も開けたまま唖然としてしまう。しかしそれだけでは終わらない。転んだまま手を地につけたところで今度は眼前から堂々と蹴りまで繰り出された。今度は真正面から受けたこともありすぐに対応はできた。息を止め地面を手足で蹴り、避けると同時に体勢も立て直した。自分の頭があった場所を相手の足が通り過ぎたのを視界の隅で確認しつつ、今は自分へ刃を向けてきた相手の顔を見定めた。

最初の一瞬は本気で敵襲かと思ったが、すぐに改めた。目の前にいるのは本隊騎士でもあれば、自分の所属する八番隊の騎士隊長だ。

ハリソン隊長、と。自分が攻撃されたことよりも挨拶をしなければならないという意識で姿勢を正すが、それもものの一秒ともたなかった。

「ハリッ」

「剣を抜け」

〝ハリソン隊長〟〝失礼しました〟〝改めてお世話になります宜しくお願い致します〟そう、アーサーが隊長に自己紹介と共に言おうと心に決めていた言葉が、どれも言いきる前に断ち切られた。直後にはハリソンの剣が再び向けられた。真上から両断するかのような剣筋に、アーサーも今度は腰の剣を抜き構えた。キィィイン！　と金属同士の音が鳴り響き、演習所を前にして刃が交差する。

必死に剣でハリソンの攻撃を受けながら、アーサーはまさかもう演習が始まっているのかとまで考える。しかし自分は余裕のある時間に食堂を飛び出した筈だとも思う。

本隊に上がったばかりの自分がここで「一体どういうことですか！」と上官相手に叫ぶのも躊躇われ、ただ必死に自分へ繰り出される攻撃を防ぐしかない。途中から拳かと思えばナイフまで放たれ、本気で殺されると顔を青くする。折角の新品の本隊騎士の団服がもう少しで傷がつくところだった。

「ハリソン隊長。演習時間です」

「わかった」

剣戟の音を響かせ必死に避け逃げ防ぐを繰り返す自分の前を平然と横切っていた騎士の一人が、ハリソンへ呼びかけた。初めて間に入ってくれた騎士の存在と、同時に初日早々遅刻という言葉がアーサーの頭を過る。ハリソンの短い了承の言葉と共に剣が引かれる感覚に、助かったとアーサーも剣を下ろし息を整える。……直後、大回しの外蹴りが左肩にぶつかり真横に吹っ飛んだ。

ぐぁッ?!　と二度目の不意打ちに呻き、地面を削りながら転がった。視界から完全に外れていた為に何が起こったかもアーサーにはわからない。

「遅い。次からは反撃もしろ」

「?!　す……みませんでした……」

痛む肩を押さえ立ち上がり、ハリソンが剣を収めたのを確認してからアーサーも腰へ収めた。

突然何の説明もなく叩きのめされて、その上で何故か怒られた。しかも反撃をしなかったことを怒られるということは、自分は反撃すべきだったのかと今知る。上官に手を上げるなど以ての外だと思い必死に耐えきったのにと、訴えは浮かんだがやはりそれも上官相手に言えるわけがない。

自分の謝罪も聞こえていないかのように速足で演習所へ入っていくハリソンを、アーサーも慌てて追いかけた。ただでさえ遅刻なのに隊長より遅れるわけにはいかない。

ゼェハァと息を切らせながら、未だ痛む肩よりも足に意識を向け急ぐ。何故いきなり攻撃されたのか、何か悪いことでもしたのかと考えながら整列に加わった。すみません、遅れましたと頭を下げながら並ぶアーサーに、騎士の誰も気に留め声を掛けることもなければ責めることもなかった。アーサーが列に並び両足を揃え止めたところで、ハリソンから今日の演習について号令される。

入隊早々よりにもよって騎士隊長に目をつけられたのかと、アーサーは早くも先行きの不安に溜息を漏らしつつ号令に耳を傾けた。

……例年ならば、自身の隊員が何人増えたところで見定めるべく睨みはしても凝視などはしない。そこまで部下に興味を持たないハリソンがアーサーの入隊に喜びと共に、彼が正当な評価を受けられなかったのではないかという不満で動揺を隠せなかったことも。配属発表後にその足で副団長のクラークへ問い質しに行っていたことも。

何も、知らずに。

「……なのに、演習は何事もなく進行したらしく。睨まれはしてもその程度で済んだのが逆に不気味だったと当時アーサーが零していました……」

配属初日の夜はかなり困惑していました、と。当時のことを遠い目でエリックが語ったのは、プライド達が朝食を終えてからだった。先程のお話の続きをとティアラから投げかけられれば、ちょうど当時を思い返していたエリックもすぐに言葉を返せた。

アーサーの昔の話に、ティアラとプライドは当然のこと、ステイルも食堂を後にする足を止めて耳を傾けた。アーサーが入隊初日から八番隊の洗礼に疲労困憊（こんぱい）を露（あら）わにしていたことが語られると、プライドも口の端が引き攣った。アーサーがハリソンから奇襲を受けていたことを知ったのも最近だ。

「まぁその日はハリソン隊長から斬りかかられた八番隊騎士が他にも大勢後を絶たなかったので、アーサーも自分だけが狙（ねら）われたわけではないことはすぐにわかったそうですが」

八番隊はハリソン隊長からの実力確認が頻繁なので。と、苦笑気味に語るエリックの傍では事情を知る騎士達が口の中を噛んで表情を抑えた。

既にアランとカラムからハリソンの奇襲が意味する感情を聞いているプライド達も、表情に出さないように意識する。そうですか……と嗄れた声で返しながらも、きっとその日ハリソンは本当に大はしゃぎだったのだろうと理解する。しかも隊長である彼が演習に遅刻してしまうほどアーサーとの戦闘に夢中だったことを考えると、本当に嬉しかったのだなと微笑ましくも思えてしまう。ある意味、誰よりもアーサーを八番隊で熱烈歓迎したのがハリソンだ。アーサーが配属を発表された直後睨まれたのも、それだけ驚いて目を逸らせなかったと思えば納得できた。

しかしハリソンのそんな心情も知らないアーサーには、この上なく厳しい洗礼だった。入隊初日に斬りかかられ、強制的に遅刻させられ、八番隊の誰も自分に関わってくれない。

「……僕らには何もそういった弱音は聞かされませんでしたが」

当時、という言葉を飲み込みステイルは眼鏡の黒縁を押さえる。代わりに誤魔化すように「今まで」と補足した。自分にとっては知られても良いことだが、アーサーが第一王子である自分との友人関係を伏せたがっていることはわかっている。

アーサーからハリソンが怖いという話は聞かされたこともあったステイル達だが、ハリソンから初日に斬りかかられたこと、遅刻させられたこと、落ち込んだことは何も知らなかった。そのことに拗ねるように眉の間を狭めるステイルに、今度はプライドとティアラも表情に出して小さく笑んだ。自分達にも話して欲しかったといえばそうだが、アーサーらしいとも思えた。それに、今はアーサーが本人の思うほど隊内で孤独ではないこともわかっている。

しかしステイルは相棒である自分にくらい愚痴を零して欲しかったと密かに思う。そんなステイルの不貞腐れに、エリックは「アーサーですから」とやんわり言いながら当時の彼を思い出した。ハリソン隊長に斬りかかられました、なんすかアレ、何の説明もなくて、八番隊の方々もこちらから話しかけないと全然相手にしてくれません。と、……そう落ち込んだアーサーが食堂で大勢の騎士に労われていたことを昨日のことのように思い出す。

　八番隊の洗礼は他の騎士達も知っていたが、アーサーが何故八番隊を選んだのかを尋ねることで忙しく、助言まで考えが及ばなかった。

「アーサーも騎士としての矜持がありますから。実際、ハリソン隊長に反撃が認められていると知ってからは順応も早かったです」

　自分が守りたい存在であるプライドやティアラ、そしてステイルには言いたくなかった。一人で乗り越えたかった。当時十五だったアーサーの心情をそう想像しつつ明確な答えは敢えて控えるエリックの言葉に、共に並ぶ三人の騎士も深く頷いた。

　当時は落ち込みテーブルに突っ伏しては他隊の騎士達に慰められ労われていたアーサーだが、一週間もしないうちにハリソンの奇襲に対しても及第点に達することができてきた。同隊内の騎士がそっけないのは相変わらずでも、もともと対人能力のあるアーサーは他の隊の騎士や同期とも仲良く交流できていた。特にアランやカラムを始めとする、アーサーの将来を個人的に楽しみにしていた騎士達には可愛がられ、騎士団内でいえば孤独を感じるほどのことはない。

　エリックの言葉に、ステイルも唇は結んだが同時に肩の力も自然と抜けた。「そうですね」と溜息混じりに言いながら、悔しいほどにアーサーらしいと認める。順応も早いと言われたならば、アーサーにとっては越えられる壁だったのだろうと納得した。その結果が若き副隊長だ。

「それでは、僕はここで。ヴェスト叔父様の補佐に行かなければならないので。皆さん、姉君とティアラを宜しくお願いします」

ええ、兄様頑張ってねとプライドとティアラそれぞれに言葉を受け、エリックを含む護衛の騎士達に挨拶したステイルは足早に摂政であるヴェストの元へと向かった。

奇襲を受けながらも逞しく副隊長まで出世したアーサーの話に続き、摂政のヴェストの補佐も順調にこなしているステイルの背中を見送るプライドは、なんともしみじみと胸が温まる。二人とも間違いなく日に日に成長していると思う。

「……やっぱりステイルとアーサーにあの時お土産買えば良かったかしら」

ぽつりと零すプライドに、ティアラも気づきぴょこんと顔を覗き込んだ。ティアラの丸い眼差しに、プライドも「この前のアネモネの」とすぐに補足した。アネモネ王国への定期訪問でレオンと服屋で楽しい買い物をしたことはティアラもよく覚えている。その際に、ステイルとアーサーへも何か土産代わりに服を買おうかと話したことも。

「？　何か、アーサーにも土産を？」

二人の会話に気になったエリックが言葉を返す。アーサーが王族であるプライド達と仲が良いことを察しているエリックには、彼女達が何かしら贈り物を考えたことも意外ではない。更には副隊長就任時のアーサーへのお祝いが中止になったことを考えれば、プライド達が今回何かを買おうとしたというのも納得できた。エリックの問いかけに、プライドとティアラは互いに顔を見合わせる。そして、眉を垂らしながら笑みを浮かべた。

「買いたかったのだけれど、……残念ながら二人に合うのは見つからなくて」

「私達にはとっても素敵な服がいっぱいだったのですけれど！」

決してレオンが勧めてくれた服屋が悪かったのではないと、そう主張を交じえながらも二人は肩を落とす。二人に服を選びたいという希望はレオンも賛成してくれた。しかしいざ服屋に入ればどれもステイルやアーサーには系統違いの服ばかりだった。それでも似合いそうなものをと一度は検討したが、結局は諦めることにした。

しかしこう頑張っている二人を目にすると、やはり気持ちだけでも伝える為に買うべきだったかしらと思ってしまう。

たとえ、彼らが間違っても袖を通すことのない系統のデザインだったとしても。

「……おいレオン。なんだそのゴチャついたのは」

うげぇ、と顔を引き攣らせたヴァルは背中を反らす。いつものアネモネへの配達ついでにレオンから酒をと招かれたヴァルは、開かれた扉から先に入るのも躊躇った。全身が拒絶を示す中、傍に立っていたセフェクとケメトのほうが先に踏み込む。今までもう何度も訪れたレオンの自室に、二人とも今は警戒心がない。しかし、入ってすぐ目に入った見慣れない物体を前に足が止まった。テカテカと輝く箇所も多いそれにぱちくりと瞬きを繰り返してしまう。

三人の反応にレオンは苦笑気味に笑んでから、改めてそれに自分も目を向けた。確かに彼らには馴染みのない品々だろうと理解する。

「この前訪問した服屋からの献上品でね。試作品らしくて、行き先を考えているところなんだ」

「燃やす以外にあんのかこんなモン」

真正直過ぎるヴァルの感想に、今度はレオンも肩を竦めてしまう。プライド達と共に訪問した服屋は、レオンの予想通り王族訪問の噂を知った民により大評判が続いていた。

ただでさえ王族が訪れたというだけで観光地のように人が集まるが、今回はその服屋で王族がしっかりと買い物をしたことが余計に人気を高めた。王女が買った品と同じデザインは、同じ刺繍は、同じドレス職人のものはと求める客で庶民貴族も関係なくごった返した。

殆どが一点物の為王女達と同じ品は提供できなかったが、普段使いにならずとも鑑賞用に手元に欲しいと思うのが流行りに敏感な女性心理でもある。金を持て余した人間ほど顕著だ。

その売り上げの返礼に心ばかりの感謝の気持ちをと、服屋が新作でもある試作品の山をレオンの城へと献上していた。そして検問も問題なく通過しレオンの許可を得て彼の部屋へと運ばれた。

城への献上品は、それをどう扱うかは基本的に王族に委ねられる。自身が使うも、他者に譲るも、売りに出すも捨てるも全て自由だ。

アネモネ王国では流行り出した服屋の品々だが、ヴァルの反応からもわかる通り万人受けするわけではないことはレオンもわかっている。特に今回届いた衣装はどれも、服屋の気合が入り過ぎた結果荘厳な装飾と派手かつ高級生地を惜しみなく使われたものばかりである。流石に燃やそうとは思わないレオンだが、素材だけを分断して売ったほうが早く買い手は見つかるだろうと冷静な目利きで思う。

「セフェクはどうかな。女の子だし気になるドレスがあったら一着くらい持っていても良いと思うよ。大き過ぎれば調整くらいするし」

「いらない。……どうせ配達中に汚れるし動きにくそう」

はっきりと断るセフェクに、これにはレオンも少なからず落胆する。もの掛けにずらりと吊るされたドレスはどれも、プライド達が好んで買った衣装とも系統からして異なる。巨大なリボンや色とりどりの花の装飾や金属製の鳥や動物、蝶が縫い込められているものもある。何重ものレースが服の裾という裾全てにあしらわれていた。

今の生活には不便だというセフェクの意見は尤もだが、これがもし彼女の目を奪うものであれば反応も違ったのではないかと考える。つまりは並べられたドレスのどれもが彼女の好みには合わなかったということになる。せめてプライドやティアラが買ったようなデザインのものがあればと心の底で思うが、それ以上は思考と共に唇を結び黙した。

更にいつもはセフェクやヴァルに何かしらを勧めるケメトまでも、一着一着丁寧に眺めはするが口をぽっかり開けたまま発言はない。途中手が止まったと思えば、まさかの一言に刺された。

「あの！　この服も女性用ですか⁇　ヒラヒラがいっぱい付いてますけど！」

「…………いや、男性用だよ。そこから先は全部パーティ用の礼服だね……」

男性用でも変わらずレースをふんだんに使われた衣装への純粋過ぎるケメトの疑問と感想だった。

光沢のある生地を使い、更には華やか過ぎるレースの入った衣装は形態こそシャツにジャケットとズボンという男性仕様の上下セットだ。しかし、あまりのヒラヒラっぷりと鮮やかさと輝く装飾が、ケメトには変わった女性服に思えた。こちらはプライド達が服屋で目にしてきた衣装とも大して変わらない。

プライドにとっては、前世で徹底派のビジュアルバンド衣装を彷彿とさせた衣装は右眼が疼く十四歳が喜びそうだという感想だった。

ティアラが「これなら兄様に似合うかも」と吸血鬼のような衣装を手に取り、プライドが止める。アーサーには白の上衣に黒と銀色のベルトが至る所に巻かれている衣装をティアラが取り、今度は賛成をしようとしたプライドを護衛中のアランとカラムが止める。当時の服選びの光景を思い出したレオンは、自然と顔が笑ってしまった。

「チャラチャラし過ぎだ」

やっと部屋に一歩以上入ったヴァルだが、そこでケメト達と並び衣装を見れば当然顔はさらに引き攣り歪(ゆが)んだ。生地の色や質もさることながら、レースと装飾の夥(おびただ)しさに吐き気を覚える。手に取ることすら拒絶し、ケッと吐き捨て通り過ぎた先の壁にどっかりと腰を下ろした。

「上流階級というのはそういうものだよ。僕やステイル王子もそれなりだろう？」

あまりにもどうしようもないヴァルの感想に、レオンも顎(あご)を引く。王族も貴族も、自身の階級を示す為にある程度の衣装の煌(きら)びやかさや装飾は必要不可欠だ。しかしヴァルにとっては自分の格好もまた「チャラチャラ」に含まれるのだろうかと考えれば、レオンも自然と今の服に目がいってしまう。民の感覚に自分よりも遥かに近いヴァルに否定されるということは、愛するアネモネの民にもそう映っているのかと少し心配にもなった。

片眉を上げたヴァルは首を捻(ひね)る。レオンとステイルの衣装と、今並べられている派手な衣装は自分にとっても全くの別物だった。確かにステイルもレオンも普段煌びやかな衣服を身に纏(まと)っている。レースをあしらった衣装も少なくない。しかしあくまで気品を遵守した彼らの衣装に吐き気は覚えない。そう考えれば、自分もいつの間にか王族の姿に目が馴染んでしまったのかと思い、そこではっき

りと顔が不快に歪んだ。その反応にケメトがレオンと自分を見比べれば、仕方なく口を開く。

「……テメェらのは見飽きた」

「それは褒め言葉として受け取って良いのかい？」

顔ごと逸らしながら面倒そうに言うヴァルに、レオンは滑らかに笑んだ。彼にしては棘のない言葉とそして否定が投げ返されないことに、小さく安堵する。やはり王族の気品を表した服は民にも伝わり自分の目にも煌びやか過ぎる衣装は彼らにもそうなのだと、改めて並ぶ衣装を眺めた。

「……いっそこの山もプライド達に贈ってみようかな」

「嫌がらせなら賛成してやる」

プライド達の反応も見てみたい。と、冗談めいたレオンの言葉に、ヴァルも欠伸混じりに返した。

プライドとティアラが勧めれば、アーサーやステイルだけでなく他の近衛騎士達も着てくれるかもしれない。そんな悪戯心が擽られたレオンはそこで意識的に視線を外し、酒瓶の棚へと歩みを進めた。

「ヴァル！　お酒出ますよ！　テーブル座りましょう！」

「そのチャラついた布に近づきたくもねぇ」

「どければ良いでしょ！　ねぇそれより私達のおやつは?!」

ケメトに腕を引かれるヴァルに、セフェクが眉を吊り上げながら衣装の山を端へと移動させた。そんな微笑ましいやりとりを耳だけで知りながら、レオンは酒瓶を纏めて四本最初に取った。彼らに衣装が不評だったのは予想通りとはいえ残念でもあったが、……それよりも。

ステイルとアーサーに凄まじい衣装を選んでいた彼女達の背中をもうちょっと押しておけば良かったかなと。そう思ってしまう自分に、飲み仲間の影響を静かに自覚した。

あとがき

こんにちは、天壱です。

この度は「悲劇の元凶となる最強外道ラスボス女王は民の為に尽くします。」略して「ラス為」七巻をお手にとって下さり、誠にありがとうございます。

皆様のお陰で、鈴ノ助先生と共に七巻まで出すことができております。

今回の物語は防衛戦の後日談、その先へと続く物語となります。題して〝防衛戦後日談〟として今回も内容自体は変えず、読者の方に読みやすくなるように再編成させて頂きました。

今回の番外編では、いつもと少し異なり過去編も含まれております。Web版でも書いてみたいと思っていたエピソードを含ませつつ構成させて頂きました。

もし今巻までを読み、お気に召したりご興味を持って頂けたエピソードや登場人物がおりましたら、是非「小説家になろう」様掲載のWeb版にもいらっしゃってみて下さい。

鈴ノ助先生、今回も美しいイラストの数々をありがとうございました。毎度のことながら豪華なイラストの数々に目を見張るばかりです。登場人物の関係性も伝わるイラストで、この作品は輝かせて頂いております。

そして今回書籍七巻に加え嬉しいことがいくつもございます。ラス為コミカライズが新章スタートし、公式アンソロジーが発売され、そして……

ラス為、アニメがただ今放送しております……！

本当に、本当にこんなにも嬉しいことが続き皆様への感謝でいっぱいです。作者の頭の中にしかなかったラス為の世界が、鈴ノ助先生の手腕で美しく視覚化されコミカライズでも彩られ、そしてアニメで声や動きと共に命を吹き込まれていることが嬉しくて仕方が有りません。

素晴らしい方々にご協力頂いて完成したアニメ、皆様にも是非お楽しみ頂けたら嬉しいです。

最後に、この本をお手に取って下さった皆様。Web版を見守って下さっている読者の方々、鈴ノ助先生、かわのあきこ先生、こがわみさき先生、ファンレターを送って下さった方、一迅社の方々、出版・書籍関係者の皆様。本作を販売し、店頭に置いて下さった営業様、書店の方々、そしてサポートして下さった担当様、支えてくれる家族、友人、全ての方々に心からの感謝を。

心優しい皆様に、また再びお会いできる機会がありますように。

IRIS NEO

『悲劇の元凶となる最強外道ラスボス
女王は民の為に尽くします。』

著：天壱（てんいち） イラスト：鈴ノ助

８歳で、乙女ゲームの極悪非道ラスボス女王プライドに転生していたと気づいた私。攻略対象者と戦うラスボスだから戦闘力は高いし、悪知恵働く優秀な頭脳に女王制の国の第一王女としての権力もあって最強。周囲を不幸にして、待ち受けるのは破滅の未来！……って、私死んだ方が良くない？　こうなったら、攻略対象の悲劇を防ぎ、権威やチート能力を駆使して皆を救います！　気づけば、周囲に物凄く愛されている悪役ラスボス女王の物語。

IRIS NEO

『虫かぶり姫』

著：由唯　イラスト：椎名咲月

クリストファー王子の名ばかりの婚約者として過ごしてきた本好きの侯爵令嬢エリアーナ。彼女はある日、最近王子との仲が噂されている令嬢と王子が楽しげにしているところを目撃してしまった！　ついに王子に愛する女性が現れたのだと知ったエリアーナは、王子との婚約が解消されると思っていたけれど……。事態は思わぬ方向へと突き進み⁉　本好き令嬢の勘違いラブファンタジーが、WEB掲載作品を大幅加筆修正＆書き下ろし中編を収録して書籍化‼

IRIS NEO

『家政魔導士の異世界生活 ～冒険中の家政婦業承ります！～』

著：文庫 妖　イラスト：なま

A級冒険者のアレクが出会った、『家政魔導士』という謎の肩書を持つシオリ。共に向かった冒険は、低級魔導士である彼女の奇抜な魔法により、温かい風呂に旨い飯と、野営にあるまじき快適過ぎる環境に。すっかりシオリを気に入ったアレクだったが、彼女にはある秘密があって——。冒険にほっこりおいしいごはんと快適住環境は必須です？　訳あり冒険者と、毎日を生き抜く事に必死なシオリ（＆彼女を救った相棒のスライム）の異世界ラブファンタジー。

IRIS NEO

『捨てられ男爵令嬢は黒騎士様のお気に入り』

著：水野沙彰　イラスト：宵 マチ

「お前は私の側で暮らせば良い」
誰もが有するはずの魔力が無い令嬢ソフィア。両親亡きあと叔父家族から不遇な扱いを受けていたが、ついに従妹に婚約者を奪われ、屋敷からも追い出されてしまう。行くあてもなく途方にくれていた森の中、強大な魔力と冷徹さで"黒騎士"と恐れられている侯爵ギルバートに拾われて……？　黒騎士様と捨てられ令嬢の溺愛ラブファンタジー、甘い書き下ろし番外編も収録して書籍化!!

悲劇の元凶となる最強外道ラスボス女王は民の為に尽くします。7

2023年8月5日　初版発行
2024年3月18日　第2刷発行

初出……「悲劇の元凶となる最強外道ラスボス女王は民の為に尽くします。～ラスボスチートと王女の権威で救える人は救いたい～」小説投稿サイト「小説家になろう」で掲載

著者　天壱

イラスト　鈴ノ助

発行者　野内雅宏

発行所　株式会社一迅社
〒160-0022 東京都新宿区新宿3-1-13 京王新宿追分ビル5F
電話　03-5312-7432（編集）
電話　03-5312-6150（販売）
発売元：株式会社講談社（講談社・一迅社）

印刷所・製本　大日本印刷株式会社
ＤＴＰ　株式会社三協美術

装幀　AFTERGLOW

ISBN978-4-7580-9570-9
©天壱／一迅社2023

Printed in JAPAN

おたよりの宛て先
〒160-0022 東京都新宿区新宿3-1-13 京王新宿追分ビル5F
株式会社一迅社　ノベル編集部
天壱 先生・鈴ノ助 先生

●この作品はフィクションです。実際の人物・団体・事件などには関係ありません。

※落丁・乱丁本は株式会社一迅社販売部までお送りください。送料小社負担にてお取替えいたします。
※定価はカバーに表示してあります。
※本書のコピー、スキャン、デジタル化などの無断複製は、著作権法上の例外を除き禁じられています。
本書を代行業者などの第三者に依頼してスキャンやデジタル化をすることは、個人や家庭内の利用に限るものであっても著作権法上認められておりません。